천극의 서

天極之書

권인호 신무협 장편소설

ORIENTAL FANTASY STORY & ADVENTURE

7

dream books
드림북스

천극의 서 7

반즉살(反卽殺) 복즉생(伏卽生)

초판 1쇄 인쇄 / 2011년 9월 9일
초판 1쇄 발행 / 2011년 9월 19일

지은이 / 권인호

발행인 / 오영배
편집팀장 / 신동철
책임편집 / 문보람
편집디자인 / 신경선
펴낸 곳 / (주)삼양출판사 · 드림북스

주소 / 서울특별시 강북구 송천동 322-10호
대표 전화 / 02-980-2112 팩스 / 02-983-0660
편집부 전화 / 02-980-2116 팩스 / 02-983-8201
블로그 / blog.naver.com/dreambookss

등록번호 / 제9-00046호
등록일자 / 1999년 3월 11일

값 8,000원

ISBN 978-89-542-3980-6 04810
ISBN 978-89-542-3675-1 (세트)

* 지은이와 협의하에 인지는 생략합니다.
* 잘못된 책은 구입한 곳에서 바꾸어 드립니다.

천극의 서
天極之書
권인호 신무협 장편소설
ORIENTAL FANTASY STORY & ADVENTURE
7
dream books
드림북스

목차

제1장 비급 대방출 | 007

제2장 돈줄이 틀어막히다 | 035

제3장 반가운 손님이 가져온 집채만 한 선물 | 055

제4장 자승자박(自繩自縛) | 079

제5장 신(神)을 버린 대가 | 105

제6장 이 관여락에게 한번 맡겨 보지 않으시겠습니까? | 133

제7장 현천문은 태동하고 모래바람은 불어온다 | 155

제8장 소악귀 이진하 | 179

제9장 극악(極惡)과 극마(極魔)의 만남 | 199

제10장 마황성의 선택 | 227

제11장 반즉살(反卽殺) 복즉생(伏卽生) | 247

제12장 해명은 권하고 홍유는 고민한다 | 271

제13장 무림맹으로 | 301

제1장

비급 대방출

천극의 서

천목산 가장 깊은 곳에 현천사라는 작은 암자가 있다. 워낙에 산세가 높고 험준해서 오랫동안 주인이 없었다고 한다. 그러던 것이 언젠가부터 늙은 승려 하나와 젊은 청년 하나가 살기 시작했는데 그들 또한 언젠가부터 보이지 않게 되었다고 한다.

현천문은 그곳에 있었다. 현천사라는 현판을 현천문이란 이름으로 바꿔 달았을 뿐, 낡고 초라한 그 모습 그대로 그곳에 있었다.

한데, 그저 현천문이란 이름으로 바꿔 달았을 뿐인데 그 낡고 초라했던 암자가 당금 무림을 그야말로 초유의 혼란으로

몰아가고 있었다.

'아 글쎄, 내가 직접 이 눈으로 똑똑히 봤다니까. 천하오절의 비급이 산처럼 쌓여 있더라고. 그중 아무거나 집어서 준 게 바로 이 무풍권(無風拳)이었단 말이야!'

현천문에만 가면 누구라도 천하오절의 비급을 얻어 고수가 될 수 있다!

처음에는 말도 안 되는 소문이라고 다들 무시했다.

어떤 할 일 없는 자의 장난질이거나 어떤 정신 나간 자의 헛소리거나 둘 중 하나일 거라고 생각했다.

그러나 혹시나 하는 마음으로 현천문의 문을 두드렸던 자들이 하나둘 천하오절의 비급을 들고 나타나자 더는 한 귀로 듣고 한 귀로 흘려버릴 수도, 그저 헛소문으로 치부해 버릴 수도 없었다.

정말로 현천문에만 가면 누구라도 천하오절의 비급을 얻어 무림고수가 될 수 있었던 것이다.

무림이 발칵 뒤집혔다.

천절문의 개파선언 때와는 비교도 안 될 만큼 전 무림이 흥분으로 뜨겁게 달아올랐다. 그리해 일 년 내도록 찾아오는 불자 하나 없던 그곳에, 그 깊고 험한 산세에도 불구하고 남녀노소 할 것 없이 하루에도 수십 수백 명의 사람이 찾아와 현천문의 문을 두드렸다.

*　　*　　*

샤락—

손에 쥔 수북한 서류 뭉치 중 한 장을 펼쳤다.

이름: 곡방(曲芳)

나이: 42세

출신: 하남성(河南省) 허창현(許昌縣)

특기사항: 현(現) 천절문의 문도

천풍의 눈이 천절문의 문도라는 글귀에 이르러 이채를 띄었다.

"전(前)이 아니라 현(現)이군요."

현천문을 열어 문호를 개방한 지 두 달하고도 보름이 지났다. 하루에 한 명도 찾아오지 않던 것이 이젠 이렇게 입문 신청서가 한 손에 다 들기도 힘들 만큼 많았고, 문밖에서 대기하는 자는 끝이 안 보일 지경이었다.

하지만 입문 희망자가 그렇게 많이 찾아오고 있는데도 지금까지 천절문의 문도는 단 한 명도 없었다. 기껏해야 일 년 전 천하오절과의 관계를 부정했던 그 사건으로 인해 당시 천절문을 떠났던 자들이 전(前) 천절문의 문도라는 특기사항을 들고 찾아왔을 뿐이다.

그도 그럴 것이 천절문과 천하오절의 불편한 관계를 생각해 보면 현천문은 천절문의 문도가 쉽게 찾아올 수 있는 곳이 아니었던 것이다. 당연히 이 곡방이란 자가 이곳까지 오는 데도 그만큼의 용기와 결단이 필요했을 것이다.

하지만 세상만사가 다 그렇듯 시작이 어렵지, 그 뒤로는 쉬운 법이다.

"이자가 물꼬를 터 주면 천절문의 낮고 얕은 담은 금세 무너질 것입니다."

마립의 말에 충분히 공감을 한다는 듯 고개를 끄덕이는 천풍이다.

현천문을 세운 목적이 바로 그것이다.

천절문을 세상에서 지우는 것.

그리해 천하오절의 이름을 잃는다는 것이 어떤 의미인지 가르쳐 줄 것이다. 천하오절의 이름을 잃은 천절문이라는 것이 얼마나 부질없고 하찮은 것인지 똑똑히 깨우쳐 줄 것이다. 세상의 도의라는 게 왜 중한 것인지도 그들의 뇌리에 깊이 새겨 줄 것이다.

곡방 같은 자가 오기를 참 많이도 기다렸다.

"그럼 특별히 더 잘 대해 줘야겠군요. 물론 그전에 현천문의 제자가 되기에 적합한 자인지 확인부터 해 봐야겠죠. 보시기에 어땠습니까?"

"본성이 그리 나빠 보이지는 않았습니다. 첫 번째이니만큼 아예 글러 먹은 인간이라 해도 고민을 해야 할 터인데 그 정도면 상당히 양호한 편이 아니겠습니까?"

천풍이 고개를 끄덕였다.

"마 집법께서 그리 보았다면 틀림이 없는 거겠죠. 그럼 만나 보도록 하죠."

곡방은 마립의 말대로 첫인상부터 그리 나빠 보이지 않았다. 불안한 듯 연신 눈을 두리번거리는 모양새가 오히려 순박해 보이기까지 했다.

"하나 물어봐도 되겠습니까?"

연신 불안히 눈을 굴려대던 곡방이 천풍의 말에 움찔한다.

"무, 물론입니다. 뭐든 물어보십시오."

"천절문에는 어떻게 들어가시게 된 겁니까?"

"그야 천하오절의 이름을 보고…… 천절문에 들어가면 천하오절의 비급의 얻을 수 있을지도 모른다고 생각해서…… 저만 그런 게 아니라, 초창기 천절문에 든 사람들은 대부분 저와 같은 마음이었을 겁니다."

그 정도는 천풍도 알고 있었다.

"하면 일 년 전에 천절문에서 천하오절과는 무관하다고 밝혔을 때, 왜 떠나지 않으신 겁니까?"

"마음이야 굴뚝같았지만 목구멍이 포도청이 아니겠습니까? 천절문을 나가면 당장 처자식 먹여 살릴 걱정을 해야 하는 판국이니……."

둘러대는 말이 아니었다. 천절문에 소속되어 있는 것만으로도 천절문에서 지급하는 액수가 상당했다. 그때 떠나지 않은 자 중에는 천절문이라는 큰 배경과 그로 말미암아 얻게 되는 권력을 포기 못 하는 자도 있었지만, 곡방처럼 그만한 돈벌이가 없어서 차마 떠나지 못하는 자도 있었다.

당시 절반가량이 떠나 삼만도 채 남지 않았던 것이 불과 일 년 사이 오히려 더욱 기세를 더해 다시 오만 명을 넘긴 것도 그러한 이유에서였다.

'그 오만 명을 넉넉히 먹여 살리는 돈은 염 단주님의 주머니에서 나오는 돈일 테고.'

염장의 주머니에서 나오는 돈은 결국 장안에서처럼 힘없는 상인들의 피고름을 쥐어짜서 강탈한 돈일 것이다.

천절문이 배를 불리면 배를 불릴수록 그보다 더 큰 설움이 어딘가에서 늘어나고 있음이다.

천풍이 다시 물었다.

"그렇게 목구멍이 포도청인데 여기까진 어떻게 오셨습니까? 그간 형편이 좀 나아졌습니까? 미리 말씀드리지만 우리 현천문에서 줄 수 있는 것은 비급뿐입니다. 천절문처럼 제자들의 생계를 책임져 줄 기반이 아직 아무것도 마련되어 있지 않습니다. 어쩌면 오 년이 지나도 십 년이 지나도 가족들 생계를 걱정하게 될는지도 모릅니다. 그래도 괜찮겠습니까?"

사실 이곳 현천사에다가 책을 쌓아 두고 문도들을 모으는 것도 결국 돈 때문이었다. 염가상단의 지분 삼 할로 지난 일 년간 마련한 돈은 처음 이만 오천 냥을 포함해서 십이만 냥 정도였다. 염가상단의 알맹이가 대부분 천절문으로 옮겨지면서 그나마도 날이 갈수록 줄어들고 있는 실정이었다.

물론 그것도 적은 돈은 아니었지만 그중 대부분이 또 추가로 장안 상인들을 돕는 데 쓰였다. 남은 돈으로는 문파의 건물과 부지를 확보하기에도 턱없이 부족한 실정이었다.

너무 안일하게 생각했다. 문파를 세우는 일에 이렇게나 많은 돈이 필요할 줄은 생각지도 못했다. 덜컥 시작은 했지만 앞으로 문파의 재정을 어떻게 확보해야 할지 실로 막막한 상황이었다.

그러니 제자들의 생계를 책임지는 것은 더더구나 불가능한 일이다. 비급을 얻어 간 자들에게도 따로 통보가 있을 때까지 무공을 익히며 기다리라고만 했을 뿐, 이렇다 할 기약조차 해주지 못했다.

"괜찮습니다."

천풍의 물음에 곡방이 조금도 주저하지 않고 고개를 끄덕였다.

"그런 걸 걱정했다면 이곳까지 오지도 않았을 겁니다. 어차피 사람들 등골이나 뽑아 먹는 그런 곳에 더는 있고 싶지도 않았습니다. 무엇보다, 이왕지사 손에 칼을 쥐고 무인의 길을 걷기 시작한 이상 아무것도 돌아보지 않고 한번 무인답게 살아 보고 싶습니다."

이곳이라면, 지금 이 기회라면 분명 그리할 수 있을 것 같았다. 이 기회를 놓치면 평생토록 다시는 꿈도 꾸어 보지 못할 것만 같았다.

"후회를 남기고 싶지 않습니다. 처자식들에게는 면목이 없지만, 그래도 한번 꿈을 꾸어 보고 싶습니다!"

처음에는 어딘지 어수룩하고 순박해 보이던 것이 지금은 이미 무인답게 호기가 넘쳤다. 다른 걸 다 떠나서 그 호기만으로도 비급의 주인이 될 자격은 충분한 듯 느껴졌다.

천풍이 흡족한 표정으로 고개를 끄덕이며 곡방의 앞으로 책 한 권을 내밀었다.

단혼절백도법(斷魂絕魄刀法).

곡방의 꿈을 현실로 만들어 줄 천하오절의 비급이다.

곡방이 단혼절백도법으로 떨리는 손을 가져가는데, 그전에 그의 앞으로 다른 무언가가 내밀어 졌다.

반으로 접힌 한 장의 종이였다.

곡방이 의아히 천풍을 보자 천풍이 간단히 말했다.

"현천문의 제자가 지켜야 할 행동 강령입니다."

곡방이 종이를 펼쳤다. 거기에 적힌 현천문의 행동 강령이라는 것은 헛웃음이 날 만큼 실로 단순 명료한 것이었다.

문주의 명에 절대복종할 것!

그것뿐이었다. 하지만, 헛웃음이 날 만큼 단순 명료했지만 그것을 가슴에 새겨 넣어야 하는 곽방에겐 더없이 무겁게 다가왔다.

"그것만 지켜 주신다 약조를 하면 그 비급은 그대의 것이 됩니다. 그러나 그것을 지키지 않을 시에는 그대의 팔 하나와 다리 하나를 거두고 파문 조치할 것입니다."

간단한 강령이지만 그만큼 무거웠고 어길 시의 형벌은 그보다 더 무서웠다.

"어쩌시겠습니까? 그래도 현천문의 제자가 되시겠습니까?"

어쩌나 마나, 달리 선택의 여지가 없다. 그럼에도 절대복종이라는 글귀를 받아들이기엔 선뜻 결심이 서지 않는지 조심스레 물었다.

"그전에 하나만 여쭤도 되겠습니까?"

"얼마든지요."

"여기…… 현천문의 문주님이 옥면신룡 대협이 맞습니까?"

곽방의 조심스러운 질문에 천풍이 마립을 보았다.

마립이 입가에 어색한 미소를 떠올렸다.

딱히 숨기려고 했던 것은 아닌데 이 눈앞의 청년이 바로 그 옥면신룡이자 현천문의 문주라는 말을 미처 해 주지 않았던 것이다.

지금에 와서 밝히려니 조금 민망한 상황이 되어 버렸다. 게다가 문주가 옥면신룡이냐고 묻는 그 질문 속에는 왠지 어떤 사연이 느껴졌다. 그래서 짐짓 시침을 떼며 물었다.

"현천문의 문주가 옥면신룡이어야만 하는 이유라도 있습니까?"

한데, 들려온 대답은 천풍을 더욱 의아하게 만들었다.

"현천문의 문주가 옥면신룡이라 듣지 못했다면 비급이 아무리 탐나도 이곳까지 올 용기는 내지 못했을 것입니다."

천풍이 고개를 갸웃거렸다.

당연히 곡방과는 일면식도 없다. 지금만 해도 자신의 얼굴조차 알아보지 못하고 있지 않은가. 그렇다고 옥면신룡이라는 이름이 누군가에게 용기가 되어줄 만한 것이냐 하면 그 또한 아니었다.

그 어떤 활약도 신위도 세상에 알려진 것이 없었다. 옥면신룡이 내세울 수 있는 거라고는 천하오절의 전인이라는 것뿐이다. 그마저도 천절문에서 내침을 당한 순간 이미 하찮아질 대로 하찮아져 버렸다. 그 하찮아진 이름 어디에서 용기를 얻었다는 건지 도무지 이해가 안 된다.

"천절문에 들기 전에 산동의 금봉표국이란 곳에서 표사로 일을 한 적이 있습니다."

선뜻 기억은 나지 않지만 금봉표국이라는 이름이 왠지 낯설지가 않다.

"그곳에서 평소 친하게 지내던 아우가 하나 있는데 이곳에 오기 전에 우연히 얼굴을 보게 되었습니다. 그 아우가 그러더군요. 자기가 세상에서 제일 존경하는 사람이 옥면신룡이라고. 천절문 같은 더러운 곳에서 그만 발을 빼고 옥면신룡에게 몸을 의탁하라고. 옥면신룡이라면 사나이 인생을 걸어볼 만한 충분한 가치가 있는 사람이라고 말입니다."

칭찬은 고래도 춤추게 한다고 했다. 이 같은 극찬에 낯이 간지럽기는 했지만 그리 싫지만은 않은 천풍이다. 그러면서도 이렇게까지 자신을 칭찬한 사람이 도대체 누군지 궁금했다.

"그 아우라는 분의 이름을 알 수 있겠습니까?"

"임도평이라 합니다. 옥면신룡과는 무당파에서 만난 적이 있다고 하던데, 자세한 사정까지는 잘 모르지만 옥면신룡에 대한 마음만큼은 정말로 대단했습니다. 표국에 입은 은혜만 아니라면 자신도 벌써 옥면신룡에게 몸을 의탁했을 거라고도 하더군요."

"아……!"

그제야 기억이 났다.

임도평이라면 무당파에 들었을 때 호형호제까지 하며 가깝게 지냈던 자였다.

그렇잖아도 혜광과 얽히면서 인사조차 제대로 못 하고 떠나온 것이 늘 마음에 걸렸는데, 생각지 못한 곳에서 생각지 못한 사람을 통해 그 이름을 듣게 되고 보니 상당히 반갑다. 곡방이란 사내에 대한 마음도 보다 친근하게 다가왔다.

"도평 아우의 마음을 그렇게까지 사로잡은 분이시라면, 이곳의 문주님이 옥면신룡 대협이라면, 저도 제 남은 인생을 그분께 걸어 보겠습니다. 그분의 명이라면 그것이 무엇이 되었든 충심으로 따르겠습니다!"

진정과 격정으로 떨려 나오는 말에 천풍도 흔쾌한 기분으로 말했다.

"이곳의 문주는 분명 옥면신룡이 맞습니다."

그러고는 품속에서 주머니 하나를 꺼내어 곡방에게 건넸다.

"……?"

얼떨결에 주머니를 받아 든 곡방이 의아한 눈으로 천풍을 본다.

"오십 냥입니다."

"예……에?"

"이 정도면 당분간 가족분들 곡기 걱정은 하지 않아도 되실테니, 무공을 익히는 것에만 전심전력을 다하십시오."

처음에는 의아함이었던 눈빛이 놀람으로 바뀌고, 그것은 이내 감격으로 자리를 잡았다.

지금 이 순간의 곡방은 그것이 옥면신룡의 명이라면 설혹 끓는 물, 타는 불 속으로 뛰어들라고 해도 기꺼이 뛰어들 것 같은 표정을 하고 있었다.

"돈까지 쥐여 주실 줄은 몰랐습니다. 지금까지 한 번도 그런 적이 없으셨는데…… 곡방이란 자가 상당히 마음에 드셨나 봅니다."

곡방이 문밖으로 사라지자마자 마립이 뜻밖이라는 듯이 그렇게 말했다.

그도 그럴 것이, 지금까지 문도가 되고자 찾아온 자들에게 비급 이외의 것을 준 것은 이번이 처음 있는 일이었다. 더구나 오십 냥이면 현재의 재정 상황을 고려할 때 그리 적은 돈이라고도 할 수 없었다.

아무리 천절문에서 나온 인물이라고는 해도 천풍의 선심은 지나쳐 보였다. 앞으로 천절문에서 나오는 자마다 이렇듯 돈을 쥐여 주었다가는 제대로 문파를 세워 보기도 전에 알거지 신세가 되어 거리에 나앉게 될 것이 분명했다.

천풍을 보는 마립의 눈빛에는 천절문에 너무 집착하는 것 아니냐는 걱정이 담겨 있었다.

천풍이 걱정하지 말라며 말했다.

"어차피 이번 한 번뿐입니다. 단순히 곡방이란 사내가 마음에 들어서도 아니고요. 마 집법께서도 천절문의 낮고 얕은 담을 무너뜨리는 데 그자가 물꼬를 터 줄 거라고 하지 않았습니까? 저는 그저 그 물꼬가 조금 더 쉽게 조금 더 크게 나기를 바랐을 뿐입니다. 아마도 오십 냥은 충분히 그 값을 해 줄 것입니다."

천풍의 계산은 틀리지 않았다. 아니, 오히려 천풍이 건넨 오십 냥은 천풍의 계산보다도 훨씬 더 큰 파문을 일으키며 천절문을 뒤흔들었다.

*　　*　　*

'비급에다가 오십 냥까지 받았다고?'

곡방의 소식을 가장 먼저 접한 것은 평소 곡방과는 사이가 그다지 좋지 않았던 조남생이었다.

조남생은 마지못해 천절문의 녹을 먹던 곡방과는 달리 꽤 충직한 천절문의 문도였다. 일 년 전 장안에서의 패악에도 한몫 단단히 했을 뿐만 아니라, 그런 생활에 상당히 만족해하고 있기도 했다.

수중에는 항상 돈이 넉넉했고 현천문의 문도라는 것 하나만으로도 세상이 그의 앞에서 고개를 숙였다. 뒷골목에서 샌님들 돈이나 뜯어먹고 살던 때에 비하면 그야말로 계급 상승이라 할 수 있었고 인생 역전이라 할 만했다.

그래서 천절문이 천하오절을 부정했을 때도, 옥면신룡을 내쳤을 때도 별반 동요하지 않았다. 그로 인해 떠나는 문도들이 그저 멍청하게만 보였다.

하지만 그런 조남생임에도 불구하고 천하오절의 비급과 현천문의 소문을 들었을 때는 귀가 솔깃해졌다. 천하오절의 비급을 익힐 수만 있다면야 또 한 번의 신분 상승을 노려볼 수도 있는 것이다.

그러나 이내 마음을 접었다.

그런 엄청난 기회가 아무에게나 주어질 리가 없다. 분명 헛소문이거나 혹여 소문이 진짜라고 해도 그 혜택이 자신에게까지 올 리가 만무하다. 무엇보다 자신은 천하오절을 부정하고 옥면신룡을 내친 천절문의 문도가 아닌가.

천하오절이, 옥면신룡이 제아무리 성인군자라 한들 천절문에게까지 그런 선심을 베풀 리가 없었다. 어쩌면 현천문을 세운 것도, 비급을 뿌리는 것도 천절문에 대한 배신감에서 비롯된 것일 수도 있었다.

그래서 일찌감치 포기를 했다. 아니, 포기를 한 것으로 그치지 않고 천절문 내에 감도는 불온한 움직임들을 앞장서서 막았다. 그에게 남은 단 하나의 보금자리를 잃지 않기 위해 그렇게 발버둥을 쳤다.

한데, 그렇게 애를 썼건만 결국 이탈자가 나왔다.

곡방이 천절문을 뛰쳐나가 현천문으로 갔다는 소식을 들었을 때만 해도 결국 현천문에는 발조차 들이지 못하고 내쫓길 거라 생각했다. 그리해 천절문의 배신자 딱지만 붙인 채 오갈 곳 없는 미아 신세가 될 거라 그리 믿었다.

'그런데 뭐? 비급에다가 오십 냥까지 받아?'

그 순간 그의 머릿속에 떠오른 것은 곡방에 대한 배신감이나, 그 일로 인해 천절문이 흔들리게 될지도 모른다는 위기감이 아니었다.

'그럼 나도 안 될 건 없잖아?'

곡방이 된다면 자신 또한 비급을 받지 못할 이유가 없다. 비급에다가 돈까지 쥐여 줬다면 천절문의 문도에게는 오히려 더 좋은 대우를 해 주려는 것일 수도 있었다.

일찌감치 체념해 버렸던 마음에 희망이 생겼다.

천절문을 등에 업은 권세도 좋지만 역시 사나이로 태어난 이상, 실력을 갈고닦아 한번 신명 나게 질풍강호해 보고 싶은 마음이 조남생이라고 왜 없었겠는가.

체념하고 포기하면서 오래도록 묻어 두었던 어린 날의 꿈이 가슴속에서 들불처럼 타올랐다.

하지만 꿈을 꾸는 데도, 그 꿈을 이루는 데도 천시(天時)와 지리(地理), 인화(人和)가 적절히 들어맞아야 하는 법이다. 안타깝게도 조남생에겐 지금이 하늘의 때도 아니었고 주어진 상황이 그리 좋지도 못했으며 사람의 도움을 받을 만한 인덕은 더더구나 없었다.

결심을 세운 그날, 천무구룡의 이름으로 공문이 떴다.

천절문을 무단으로 이탈하는 자, 배은 배덕의 이적 행위로 간주하여 기사멸조의 죄로 다스릴 것이다!

어쩌면 공문이 따로 필요 없을 만큼 지극히 당연한 규율이지만 천절문에서는 그렇지가 않았다. 천절문은 일반의 문파들에 비해 나고 드는 게 상당히 자유로운 편이었다. 그도 그럴 것이 통제를 하기에는 워낙에 많은 인원이었다.

게다가 머릿수가 곧 힘이자 유일한 무기이다 보니, 일 년 전 천하오절과의 관계를 부정하면서 잃게 된 인원을 서둘러 충당하느라 뜨내기들조차 가리지 않고 받은 탓에 어제 같이 번을 섰던 자가 다음 날이면 보이지 않게 되는 경우가 허다했다.

'그런 상황인데 왜 이제 와 안 어울리게 문호를 단속하는 거냐고! 왜 하필이면 지금이냔 말이야!'

딱 하루면 되었다. 딱 하루만 늦게 공문이 떴어도 그는 청운의 꿈을 안고 현천문으로 달려갔을 것이다.

하루가 빨라 버린 공문과 하루가 늦어 버린 결심 탓에 이러지도 저러지도 못한 채 벙어리 냉가슴 앓는 신세가 되어 버렸다.

그렇다고 공문을 무시해 버릴 만한 용기가 있는 것도 아니니 그저 불만만 가득 품은 채 신세 한탄만 해댈 수밖에 없었다.

비단 조남생만 그런 것은 아니었다.

공문이 뜬 후부터 오히려 잠재된 불만들이 여기저기서 튀어나오기 시작했다. 술자리마다 천절문에 대한 불만으로 수군거렸고 현천문에 대한 기대로 웅성거렸다. 심지어 일 년 전 사건까지 새삼 들먹여대기도 했다.

"굳이 천하오절을 부정할 필요는 없었던 거 아냐? 옥면신룡은 또 왜 파문한 거고? 그러지만 않았어도 천하오절이 비급을 이렇게 마구잡이로 뿌려댈 리가 없잖아. 팔은 안으로 굽기 마련인데, 아무렴 우리 천절문한테 먼저 몫이 돌아오지 않았겠냐 이 말이야."

평소 천절문에 불만을 품었던 자들뿐만 아니라, 당시 천하오절이 다 무슨 소용이냐며 옥면신룡을 내친 건 천절문의 미래를 위해서 잘한 일이라 떠들어댔던 자들마저 이구동성으로 그날의 배은망덕함을 성토했다.

물론 그중 가장 열을 올리는 것은 조남생이었다. 공문을 무시하고 천절문의 담을 넘을 용기는 없었지만 그의 입만큼은 끓는 물 타는 불 속이라도 두려워하지 않을 만큼 용감했다.

하지만 언제나 그렇듯 입은 화를 불러오기 마련이었다. 특히 끓는 물 타는 불 속도 두려워하지 않는 입이라면 더욱 그러했다. 결국 그에 사달이 났다.

* * *

그날도 여느 날과 다를 것이 없는 일상이었다.

친우들과 어울려 천절문을 안주 삼아 현천문을 반주 삼아 밤늦게까지 술을 마셨고, 아침을 먹기도 전에 다시 친우들과 어울려 천무구룡을 해장 삼아 또 한잔 술을 걸쳤다.

"천무구룡이 뭐 별거야? 기껏해야 천하오절의 비급 하나 얻어서 어쭙잖게 거들먹거리고 있는 거 아니냐고. 그럼 천하오절의 비급만 얻으면 나라고 천무구룡이 되지 못할 것도 없잖아? 안 그래?"

언제나 그렇듯 술이 한 잔씩 더할 때마다 열은 오르고, 열이 오르는 만큼 해장 삼아 씹어대는 천무구룡에 대한 불평과 불만은 강도를 더해 갔다.

그러나 오늘은 다른 날과는 달랐다. 그 자리에 그렇게 씹어대는 그의 해장거리를 듣는 자가 그의 친우들 말고도 또 있었던 것이다.

"네놈, 죽고 싶으냐?"

"……!"

서늘한 목소리에 놀라 급히 돌아보니 곱상하게 생긴 이십대 중후반의 사내가 그를 매섭게 내려다보고 있었다.

'귀령대(鬼靈隊)……!'

아는 얼굴은 아니었다. 그저 가슴에 새겨진 귀(鬼) 자를 통해 그의 신분을 알았을 뿐이다.

천무구룡은 각기 친위대를 두고 있었다. 천절문에 입문한 자 중 제법 실력깨나 있는 자들을 선별한 것인데, 그중 귀령대는 무상귀도(無常鬼刀) 황조광(黃照光)의 친위대였다.

상대가 귀령대임을 알게 된 조남생은 정말이지 심장이 덜컥 내려앉을 만큼 놀랐다. 천무구룡의 친위대 앞에서 천무구룡을 욕했으니 놀라는 거야 당연했다.

"어디 소속의 누구냐?"

하지만 취기가 알싸하니 올라서인지 추궁하듯 물어오는 그 말이 상당히 귀에 거슬렸다.

'날 언제 봤다고 반말지거리야?'

언제 심장이 덜컥 내려앉을 만큼 놀랐냐 싶게 가슴 속에서 울화가 치밀었다.

'새파랗게 어린놈의 새끼가…….'

평상시 같으면 천무구룡의 친위대를 상대로 감히 나이 같은 걸 따지는 짓은 엄두도 내지 못했을 것이다. 한데, 지금 이 순간은 족히 십 년은 더 살았을 자신의 인생이 직위나 실력에 무시당하는 게 왠지 억울하고 분했다.

따지고 보면 천무구룡의 친위대라고 해 봐야 천무구룡의 똥오줌이나 치우는 졸자들일 뿐이다. 만일 자신이 천하오절의 비급을 얻게 되면 천무구룡과 동급이 되는 것이니 이 눈앞의 귀령대도 결국 자신의 발바닥이나 핥게 될 수도 있었다.

그리 생각하니 친위대고 귀령대고 간에 하나도 안 무섭다.

"어디 소속의 누구냐고 물었다!"

그래서 재차 다그쳐 오는 말에 고개를 빳빳이 하고 퉁명스레 대답했다.

"어디 소속이면? 누구면? 댁이 어쩔 건데?"

"뭐라?"

조남생이 이 같은 반응을 보일 줄은 생각지도 못했던지 귀령대가 움찔하며 어처구니없다는 눈을 한다. 그게 또 조남생의 기세를 더욱 돋우었다.

"그러니까 내가 누구건 댁이 무슨 상관이냐고!"

하지만 조남생은 두 가지를 잊고 있었다.

하나는 귀령대가 천무구룡의 친위대 중에선 성질이 사납기로 가장 유명하다는 것과 자신은 아직 천하오절의 비급을 얻지 못해 천무구룡과는 동급이 아니라는 것.

"무례한!"

귀령대의 노기 어린 목소리가 귀를 쩡하니 울린다 싶은 순간,

빠각!

뭐가 어찌 된 건지 알아차릴 새도 없이 눈앞이 번쩍했다.

"컥!"

이어서 극심한 통증이 밀려오고,

쿠당탕!

몸은 절로 붕 떠서 그대로 나동그라졌다.

"이런 개…… 쌍……!"

뒤늦게 귀령대의 주먹이 자신의 턱을 사정없이 후려갈겼다는 것을 알고 벌떡 몸을 일으켜 본능적으로 주먹부터 내지르는데, 그 순간 그의 시야에 들어온 것은 귀령대의 얼굴이 아니

라 귀령대의 발바닥이었다.

퍼억!

"쿠억!"

우당탕탕!

그때부터는 아무런 정신도 없었다.

정신없이 맞았다.

정신을 잃을 때까지 맞았고 그 후에도 얼마간 더 맞은 것 같은데, 다행인지 불행인지 기억은 정신을 잃은 시점에서 더 이어지지 않았다. 그리해 다시 정신을 차렸을 때 조남생에겐 전신의 피멍과 함께 없던 용기가 생겨나 있었다.

"흥! 이따위 돼먹지 않은 문파, 나도 이제 더는 관심 없어! 두고 보라지. 내가 천하오절의 비급만 얻게 되면 천무구룡이고 귀령대고 간에 깡그리 다 밟아 줄 테니까!"

어쩌면 용기가 아니라 오기일지도 모르지만 어쨌거나 천절문을 떠나기로 작심했다. 작심한 그날로 짐을 꾸렸다.

야음을 틈타지도, 담을 넘지도 않았다. 오기가 받칠 대로 받친 조남생은 여봐란듯이 환한 백주대낮에 보무도 당당히 천절문을 나섰다. 한데,

"어딜 가려는 거지?"

마치 조남생이 그리 나올 것을 예상이라도 했다는 듯 조남생의 앞을 가로막은 것은 전날 그를 개 패듯 팼던 바로 그 귀

령대였다.

조남생은 전혀 굴하지 않고 꿋꿋하게 맞섰다.

"내가 어딜 가든 무슨 상관이요?"

"설마 본문을 떠나겠다는 건 아니겠지?"

"떠나겠다면 어쩔 테요?"

"무단으로 본문을 떠나는 자는 기사멸조의 죄로 다스리겠다는 명을 듣지 못했나?"

"그래서? 나를 또 비 오는 날 먼지 나도록 두들겨 패시게? 흥! 이 조남생이 그깟 매질 따위에 굴할 사내로 보이시나? 어림도 없는 말씀!"

조남생이 해볼 테면 해보라는 듯이 나오자 귀령대가 눈꼬리를 추어올렸다. 그런가 하면 슬며시 손을 허리춤의 칼자루로 옮겨 간다.

"오호라? 나를 죽이기라도 하시겠다?"

하지만 조남생은 전혀 주눅 드는 기색이 아니었다. 그도 그럴 것이 아무리 사납기로 소문난 귀령대라고 해도 이런 백주대낮에 칼부림을 할 만큼 대책 없이 막 나가지는 않을 거라 생각했기 때문이다.

더구나 그 같은 소란에 무슨 일인가 싶어 하나둘 모여들기 시작한 사람들이 이미 상당수였다. 그렇게 많은 눈이 보고 있는데 제아무리 귀령대라도 성질대로 행동하지는 못할 터였다. 하물며 그 눈들 대부분이 조남생과 같은 처지의 것들이었다.

귀령대를 향하는 눈빛에 담긴 것은 결코 호의가 아니었다.

가뜩이나 요즘 들어 부쩍 어깨에 힘을 주고 내부 감시에 열을 올리는 친위대였다. 말 한마디 하는 것조차 눈치를 살펴야 할 지경으로 살벌한 분위기를 조장하던 그들에 대한 불만과 질타가 지금 이 자리에서 고스란히 귀령대에게로 옮겨 가고 있었다.

그러면 그럴수록 더욱 기세를 올리는 조남생이다.

"자! 죽일 테면 죽여 봐! 어디 한번 죽여 보라니까! 이 사나이 조남생! 목에 칼이 들어와도 아닌 건 아닌 사람이라 이거야!"

정말 목이라도 쳐 보라는 듯이 모가지를 길게 빼고는 귀령대에게 들이댄다. 그렇게 분위기를 타 한껏 기세를 올리는 조남생이지만 이번에도 조남생은 모르는 게 두 가지 있었다.

하나는 천무구룡의 이름으로 선포된 공문이 결코 허튼 위협이 아니라는 것과 바로 조금 전 귀령대를 비롯한 그들 친위대에게 천무구룡으로부터 특별한 지령 하나가 떨어졌다는 것.

'본문 내의 불온한 움직임을 더는 묵과할 수 없는바, 본문을 무단으로 이탈하려는 자가 있다면 일벌백계의 본보기로 삼아 벌을 엄히 하라!'

그만큼 천절문 내의 분위기를 천무구룡도 심각하게 받아들이고 있다는 것일 테지만, 어쨌거나 그 지령으로 인해 귀령대에겐 성질대로 행동할 수 있는 명분이 생긴 것이다.

조남생에겐 든든한 배경이 되어 주고 있는 많은 눈조차 양날의 칼이 되어 일벌백계의 본보기라는 구실에 당위성만 더해 주는 격이었다.

스르릉!

귀령대가 칼을 뽑아 들었다. 그 눈에선 진득한 살기마저 묻어나고 있었다.

그런데도 한껏 기세가 오른 조남생은 귀령대를 자극하는 데 재미를 붙여서는 그런 낌새는 전혀 알아차리지 못하고 있었다.

"날 찢어 죽이든 때려죽이든 마음대로 해! 숨통이 붙어 있는 한은, 아니 혼백이 되어서라도 천절문을 나가고 말 테니까! 천절문 따위 이제 눈곱만큼도 미련이……."

그러나 조남생은 그 말을 더 이어 가지 못했다.

귀령대가 뽑아 든 칼을 치켜들고 한낮의 일광이 그 칼날 위에 내려앉아 서늘한 한광을 뿌릴 때에야 뭔가 잘못되고 있다는 걸 느꼈지만, 하지만 그때는 이미 상황은 돌이킬 수 없는 지경이었다.

서걱!

귀령대의 칼이 조남생의 목을 가르고,

툭!

조남생의 목이 떨어졌다.

뎅구르르—

그렇게 조남생의 목은 실로 덧없이 살았던 그의 인생만큼이나 허무하게 바닥을 뒹굴었다. 그 순간에도 조남생은 뭐가 어떻게 된 건지 모르겠다는 듯 어리둥절히 눈을 굴리고 있었다.

"어…… 어……!"

뒤늦게 사태를 파악한 구경꾼 중 하나가 신음성인지 놀람성인지 모를 소리를 토하며 주춤주춤 뒷걸음질을 쳤다.

그렇게 놀라서 뒷걸음질을 치는 자가 있는가 하면 '으아아아!' 아예 비명을 지르는 자도 있었고, 개중 비교적 무림에서 오래 굴러먹은 자들은 그저 놀란 눈으로 귀령대와 조남생의 시체를 번갈아 보기도 했다. 그렇게 제각각 다른 반응들이었지만 크고 작은 차이만 있을 뿐, 그들 모두의 눈에 깃든 것은 다름 아닌 공포였다.

그러한 시선을 한 몸에 받으며 귀령대가 서릿발보다도 날카롭고 차가운 목소리로 단호히 말했다.

"지금 이후로 다시 본문을 무단으로 이탈하는 자가 있다면 지위 고하를 막론하고 여기 이자와 같이 될 것임을 명심들 하셔야 할 것입니다!"

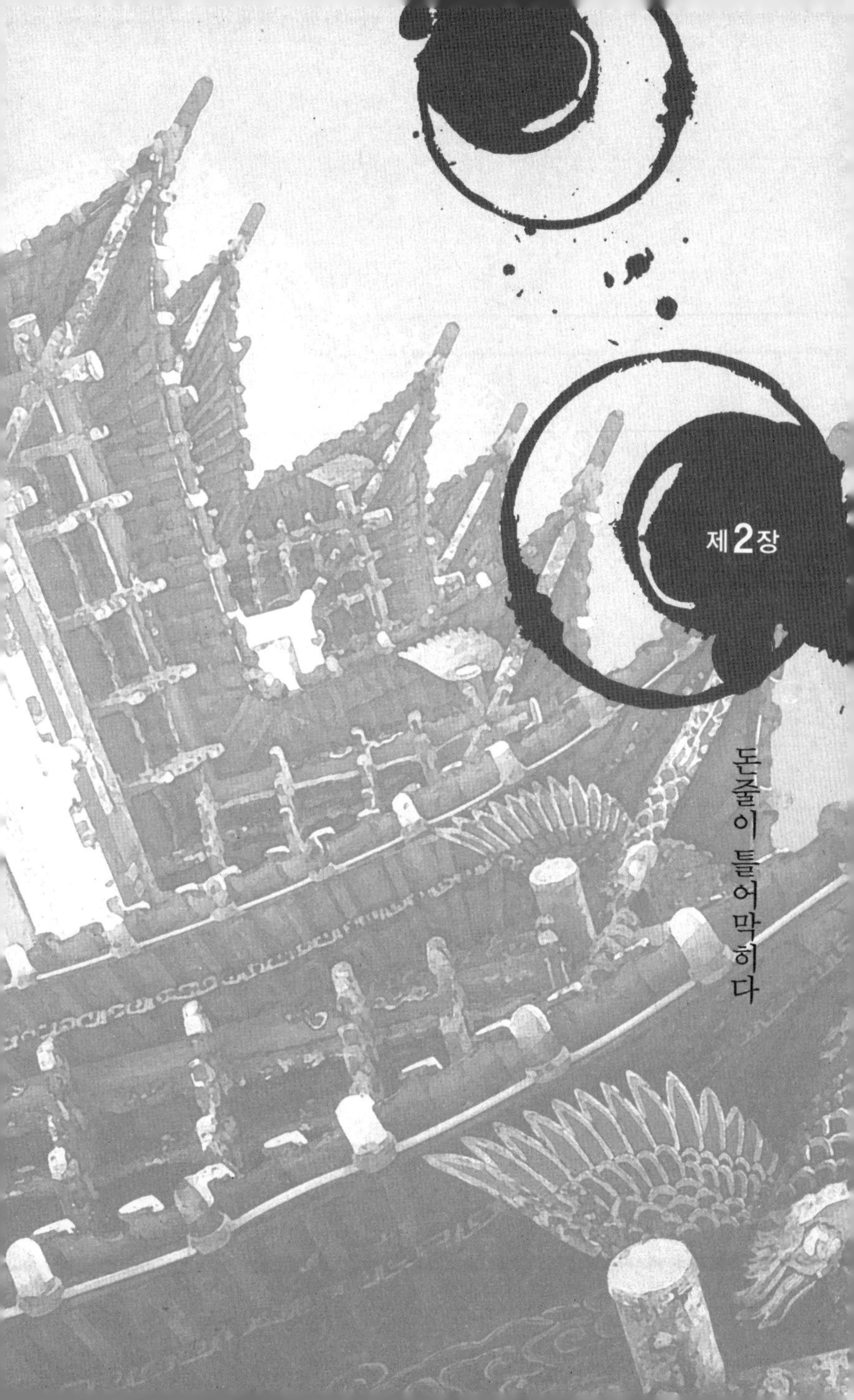

제2장

돈줄이 틀어막히다

조남생에게 주어진 사명이 일벌백계의 본보기라면 분명 그는 제 역할을 다했다. 그가 원했건 원치 않았건 가장 적절한 장소에서 가장 적절한 모습으로 최후를 맞이해 준 덕분에 그 파급효과도 상당히 컸다.

온통 그 이야기로 떠들썩했다.

다만, 조남생은 살신성인하여 일벌백계의 본보기로 그 역할을 다했지만 천절문 문도들은 천무구룡이 기대했던 것과는 전혀 다른 방향으로 그 일을 본보기 삼았다.

'이대로 천절문에 더 있다가는 언제 조남생처럼 황천길로 가게 될지 모른다.'

개죽음을 당하지 않으려면 하루빨리 천절문을 떠나는 게 상책이다.

친위대들의 감시가 심해지면 심해질수록, 천절문 내에 감도는 살얼음 같은 긴장이 팽배해지면 팽배해질수록 그 같은 기류는 걷잡을 수 없이 커져 갔다.

그도 그럴 것이, 이제 와 철혈 통치를 하기에는 그동안 너무 방임을 해 왔다. 무규칙과 무질서가 몸에 밸 대로 배서 강압은 복종이 아니라 반발만을 불러온 것이다.

게다가 이를 뒷받침할 체계도 턱없이 부족하고 허술했다. 친위대만으로 오만 문도를 단속하는 것은 사실상 불가능한 일이었다. 그것이 불가능한 일이라는 것을 천절문의 문도들이 더 잘 알고 있었다.

달리 오갈 곳이 없다면야 또 모르지만, 천절문 밖에는 천절문에서 얻을 수 있는 것들과는 비교도 안 되는 보물이 그들을 향해 유혹의 손길을 보내오고 있었다. 그리해 잠재된 불만이 폭발하고 내재된 욕구가 들불처럼 솟구쳐 올라 천절문을 떠나는 자들이 속출하기 시작했다.

하루에도 수백 명이 천절문을 떠났다. 다음 날이면 그보다 많은 수가 천절문에서 보이지 않게 되었다. 심지어 친위대가 더욱 눈에 불을 켜고 감시를 하자 감시를 벗어나기 위해 아예 숙소에다 불까지 질러 놓고 야반도주하는 자들도 있었다.

속수무책이었다. 아니, 파죽지세였다. 천절문은 그야말로 벌집이라도 쑤셔 놓은 것 같았다. 난장판도 그런 난장판이 없었다. 그리고 그렇게 난장판이 되어갈수록 속이 타는 것은 천무구룡들이었고, 천무구룡들보다 더 속을 태우는 것은 염가상단의 단주 염장이었다.

*　　*　　*

콰앙!

탁자를 부술 듯이 주먹으로 힘껏 내려친 염장이 분기 어린 눈빛으로 추혼검 장치성을 노려보았다.

"지금 그걸 말이라고 하시오?"

분기도 분기지만 실로 어처구니없다는 투의 말투였다.

그도 그럴 것이 이젠 무력이나 강압으로는 천절문을 지킬 수 없다며 돈을 내놓으라 한다. 천절문도들의 떠나는 발길을 다시 돌리기 위해서는 돈밖에는 달리 방법이 없다는 것이다.

천절문의 사정이야 누구보다도 잘 알고 있었다. 그래서 천무구룡이 지금 얼마나 다급한 지경인지도 충분히 짐작하고도 남음이 있었다.

하지만 아무리 그렇다고 해도 생각해낸 방법이 너무 무식했다. 더구나 그를 더욱 어처구니없게 하는 것은 그렇게 돈을 요구하는 장치성의 태도였다.

너무도 당당했다. 마치 맡겨 놓은 돈 다시 달라는 듯이, 받아야 할 돈 마땅히 받는 거라는 듯이 그 태도에선 한 점 미안함도 찾아볼 수 없었다.

당연히 맡겨 놓은 돈도 아니었고 당연히 받아야 할 돈 또한 아니었다. 염가상단의 상권을 천절문으로 옮겨 놓긴 했지만 어디까지나 천절문과는 개별적인 것이었고 그렇게 운영해 왔다. 아니, 그렇게 운영하고자 했었다.

그러나 천무구룡은 그의 생각보다도 더 몰염치했다. 문도 수가 늘어날수록, 그리해 권력이 커질수록 그들의 몰염치함은 점차 도를 넘어 염장의 돈을 마치 자신의 돈처럼 쓰는가 하면 염장을 아예 그들의 수하쯤으로 생각하고 부려 먹으려 들기까지 했다.

그 정도는 그래도 참았다.

호북과 섬서 상권만 확실히 장악하고 나면 무식한 무림인들쯤이야 얼마든지 원하는 대로 다룰 자신이 있었다. 천절문의 실권 또한 되찾아서 자신이 세울 대륙 제일의 상단에 충직한 말로 써먹을 계획까지 이미 세워 두고 있었다. 그래서 어지간한 무례는 그냥 웃어넘겼고 무리한 요구에도 싫은 내색 한 번 하지 않았었다.

하지만 이번만큼은 그냥 웃어넘겨 지지가 않았다.

싫은 내색을 하지 않으려야 하지 않을 수가 없다.

지금의 위기를 자초한 것이 대체 누군가 말이다.

집안 단속 하나 제대로 하지 못해서 그가 그렇게도 공들여

키운 천절문이 뿌리째 흔들리고 있는데, 자책은커녕 미안한 기색 하나 없이 어찌 저리 당당할 수가 있단 말인가. 게다가 지금 이 사태가 어디 돈으로만 해결이 된단 말이던가.

"그러나 이대로 두고 볼 수만은 없지 않소? 이대로라면 필경 본문은 문을 닫게 될 것인데……."

정말이지 뚫린 입이라고 말은 잘도 한다.

누가 그걸 몰라서 이러는 것인가.

'근본적인 대책을 마련해야 할 것 아니냐고!'

남의 돈을 이용해 그저 임시방편으로 편한 길부터 찾으려는 그들이 못마땅하기만 한 염장이다. 더구나 그 남의 돈이라는 것이 바로 자신의 주머니에서 나가는 것이기에 더욱 못마땅하고 더욱 괘씸하기만 했다.

하지만 화를 내 본들 무슨 소용이겠는가. 애당초 이 사태를 책임질 만한 능력이 안되는 자들이었다. 아예 기대를 말아야 했다. 굳이 탓을 하자면 능력이 안되는 자들을 지금의 자리에 올려놓은 염장 자신을 탓해야 했다.

'이런 자들을 믿고 내 인생 최대의 도박을 벌인 내가 바보 멍청이인 거지.'

차라리 그때 어떻게든 천풍을 설득하는 쪽으로 방향을 잡았다면 어땠을까, 새삼 후회가 들기도 한다.

천풍이 이렇게까지 나올 줄은 생각도 못했다.

'현천문이라니? 천하오절의 비급이라니?'

대방출은 또 뭐란 말인가.

아무리 그때 화가 많이 났었다고 해도 설마하니 지난 일 년 동안 이런 일을 꾸미고 있을 줄은 정말이지 꿈에도 몰랐다.

천풍에게 이렇게까지 무모하고 대담한 면이 있었다는 게 놀라웠다. 더구나 그 무모함과 대담함이 이미 공룡이 되어 버린 천절문을 이처럼 휘청이게 하고 있으니 놀람과 아쉬움이 더 컸다.

그러나 놓친 물고기를 아쉬워만 하고 있을 때가 아니었다.

*　*　*

"어찌하실 생각이시오?"

장치성이 그렇게 모든 책임을 염장에게 떠넘기고 사라지자 조충이 염장에게 물었다. 머리로 따지면 조충의 머리나 천무구룡의 머리나 별반 다를 게 없으니 마땅한 대책이 생각나지 않는 거야 당연했다.

마땅한 대책이 없기는 염장도 마찬가지였지만 그래도 그에겐 마땅치 않은 대책이나마 한두 가지 정도는 있었다.

"우선은 지금 있는 인원이나마 지키는 게 급선무지."

염장의 말에 조충이 답답하다는 투로 다시 물었다.

"그러니까 무슨 수로 떠나는 놈들을 붙잡느냔 말이오?"

"방법이야 하나밖에 더 있어? 아까 그자의 말대로 그 개 망

종들 턱주가리 밑에다 돈이라도 쑤셔 박아야지."

"아니 한두 명도 아니고 한두 푼씩 쥐여 줘서 될 일도 아닌데, 그럴 만한 재원을 어디서 마련한단 말이오?"

"있는 돈 없는 돈 모조리 긁어모아 봐야지. 부족한 것은 상인들 주머니를 좀 더 쥐어짜면 어느 정도는 충당이 될 테고."

"상인들 주머니를 더 쥐어짜다니? 설마 세금이라도 더 올려 받자는 말씀이오?"

조충이 어이없어한다.

"지금만 해도 터무니없는 정도인데…… 여기서 세금을 더 올렸다가는 정말이지 삼시 세끼도 해결하기 힘들어질 지경이 될 터인데…… 과연 끼니를 걸러 가면서까지 그들이 순순히 내어놓겠소? 아니, 그전에 그들에게 그만한 세금을 낼 돈이 있기나 하겠소?"

"쥐어짜면 다 나오게 되어 있다는 것쯤은 네놈도 잘 알잖느냐."

"허……."

조충이 기가 막혀 하며 헛웃음을 터트린다.

'이 양반이 정녕 어디까지 가시려고…….'

지난 일 년 사이 너무도 많이 변해 버린 염장이다. 비단 악덕 상인의 행태만이 아니라, 독하게 번득이는 눈매도 그랬고 어딘지 무언가에 쫓기듯 매사에 여유를 잃고 조급해하는 모습도 그랬다. 거기가 지금 염장의 뒤에 서 있는 날카로운 눈빛의

호위무사들은 또 뭐란 말인가.

어느 때부터인가 호위무사까지 두기 시작했다. 상단이 커지고 적이 많아졌으니 이전보다 위험해진 건 사실이지만, 이미 이중 삼중으로 내외곽 경비를 두고 있는 상황에서 처소에까지 호위무사를 붙여 두는 건 너무 지나친 방비였다.

그건 곧 잠자리마저 안심을 못할 만큼 염장이 예민해져 있다는 뜻이었다. 그리고 그것은 또한 염장의 심리 상태가 요즘 그만큼 불안해져 있다는 뜻이기도 했다.

이렇게까지 불안해하면서 악착을 떠는 염장이 안쓰러울 지경이다.

"이보시오, 형님. 정말 그렇게까지 하셔야겠소?"

"어차피 기호지세(騎虎之勢)야. 지금 와서 뛰어내렸다가는 호랑이를 잡기는커녕 다리몽둥이만 부러질 뿐이야."

"그러나 자칫 때를 놓치면 다리몽둥이 하나로 끝이 안 날 수도 있소. 아무리 생각해 봐도 이건 미친 짓이오. 언제까지 돈으로 발을 묶어 둘 수는 없는 일이잖소? 결국엔 자금이 바닥이 날 테고 그렇게 되면 천절문도 천절문이지만 우리 상단마저도 같이 무너지게 될 것이 불을 보듯 뻔한 일인데……."

"그렇게 되기 전에 현천문의 숨통을 끊어야지."

"무슨 수로 현천문의 숨통을 끊는단 말이오?"

"조사해 보니 지금까지 현천사를 찾아간 사람이 이만 오천 명이고 그중 비급을 얻은 자가 팔천이더군. 이미 만들어 둔 비급은 거의 바닥이 난 상태라 문객들이 밤을 새워 가며 필사를 하는데도 물량이 턱없이 부족할 지경이라는 게야. 왜 아니 그렇겠어? 하루에 찾아오는 사람만 해도 수백 명이고 그중 셋에 하나는 비급을 얻는다는데, 책이란 게 하루에 대여섯 권씩 뽑아낼 수 있는 것도 아니고 고작 문객 몇으로는 감당이 안 되는 게 당연하지."

"그래서요?"

"자금줄을 끊어 버릴 거다."

염장이 씹어뱉듯 그렇게 대답하고는 말을 이었다.

"책 한 권 만드는 데 드는 종이 값만 해도 얼만 줄 알아? 무려 오백 문이야. 열 권이면 은자 다섯 냥, 백 권이면 오십 냥, 천 권이면 오백 냥, 그게 팔천 권이면 자그마치 사천 냥이나 돼. 거기다 문객들한테 들어가는 비용까지…… 그 큰돈이 다 어디서 나왔겠어?"

"염가상단의 지분……."

"그래, 애초에 남겨 두질 말았어야 했어. 내 나름의 도리라고 생각해서 남겨 둔 염가상단의 이름이, 상권이, 그 알량한 양심이 지금 이렇게 내 뒤통수를 후려치고 있는 거야. 염가상단의 상권, 모조리 거둬들여야겠다!"

염가상단의 현판을 완전히 내려 버릴 것이다. 그리해 천풍이 염가상단을 통해 더는 단 한 푼도 얻을 수 없도록 할 것이다. 그리하면 현천문이 문파로서 힘을 발휘할 기반 자체가 사라진다. 문파를 세울 설립 자금은 물론이고 당장 현천문을 찾는 사람들에게 줄 비급조차 만들기 힘들어질 것이다.

'그리되면 한껏 달아올라 있는 지금의 분위기가 분명 한풀 꺾일 테지.'

그리고 그리되면 현천문으로 향하고 있는 천절문도들의 마음도 어렵지 않게 잡을 수 있다.

'돈으로 되지 않는 것이 없는 세상인 만큼 돈이 없이는 아무것도 할 수 없는 것이 또한 세상이니까.'

염장의 그 같은 노림수는 더없이 적절했다. 그 효과 또한 즉각적이고도 확실하게 나타났다.

* * *

"이거 참, 어찌한다……?"

천풍은 실로 난감한 표정으로 장흥전장을 보고 있었다. 아니, 장흥전장이 아니라 한때 장흥전장이었던 곳이다. 이미 현판도 내려졌고 문도 굳게 닫혔다.

마침 책을 만들 재료도 떨어지고 문객들에게 지불할 돈도 찾을 겸, 겸사겸사 해서 산을 내려왔다. 먼저 돈을 찾아야겠기에 염가상단의 전장부터 들른 것인데 그렇게 찾아온 장흥지부의 전장이 이 모양인 것이다.

비단 장흥지부뿐이 아니었다. 덕청(德淸)이며 안길(安吉)이며, 절강의 끝자락인 이곳 장흥까지 오는 동안 들른 전장 모두가 장흥전장과 똑같은 모습을 하고 있었다.

"염가상단이야 망했지. 염가상단이 망한 지 이미 달포가 넘었는데 그걸 여직 몰랐소?"

하도 이상해서 오가는 길손에게 물었더니 그런 대답이 들려왔다.

염가상단이 망했을 리가 없다. 염가상단이 정말로 망한 것이라면 그전에 먼저 천절문부터 문을 닫아걸었을 것이다.

망한 척하는 것이다.

정확한 이유는 모르지만 필경 현천문과 관련이 있을 것이다.

'현천문의 자금줄을 끊겠다는 의도인가?'

언뜻 생각나는 건 그것뿐이다.

'아무리 그래도 그렇지 염가상단의 간판을 내리다니…….'

이렇게까지 치졸하게 나온다는 건 그만큼 염장이 현천문에 압박을 느끼고 있다는 걸 테지만, 그래서 어떤 식으로든 대응이 있을 거라 짐작은 했지만 설마하니 염가상단의 이름마저 버려 버릴 줄은 생각도 못했다.

사실 천풍은 염가상단의 내부 사정을 그렇게 잘 파악하고 있지는 못했다. 염장이 염가상단의 상권 대부분을 천절문으로 옮겨 갔다는 것조차 최근에야 알았다.

그래서 얼마 전까지는 자신에게 배당되는 지분의 액수가 원래의 십 분의 일도 되지 않는다는 것도 인식 못 하고 있었다. 워낙에 은밀하게 진행된 탓도 있지만 정보력이라고 할 만한 기반이 아무것도 없는 까닭이었다.

'어쨌거나 염 단주님의 의도가 현천문의 자금을 끊겠다는 것이 맞는다면 제대로 한 방 먹은 거로군.'

현천문을 상대로, 아니 자신을 상대로 염장이 본격적인 대응을 시작한 것이다. 그러고 보면 한동안 물밀듯이 밀려오던 천절문도들의 발길도 어느 사이엔가 뚝 끊겼다.

난감한 노릇이었다.

돈이라는 게 있을 때는 중요한 줄 몰랐었는데 막상 없다고 생각하니 앞일이 막막했다.

현천문의 건물과 부지를 마련키 위해 모아 둔 돈이 있어서 당장 급한 것들이야 그것으로 처리하면 된다지만, 이대로는 현천문을 세우겠다는 처음의 계획은 제대로 시작도 못 해 보고 접어야 할 판국이었다.

거기다 장안 상인들도 걱정이었다. 지금까지는 그가 보내 준 돈으로나마 근근이 버텼는데 그마저 끊기게 생겼으니 그야말로 절벽 끝으로 내몰리게 되는 것이다.

이래저래 걱정이 컸다. 걱정은 큰데 도통 해결책이 떠오르지 않는다.

일단은 돌아가기로 했다. 현실적인 문제에 있어서만큼은 자신의 머리보다 여산삼귀의 머리가 더 쓸모 있었다.

그러나, 현천사로 돌아가 여산삼귀로부터 듣게 된 말은 해결책은커녕 그를 더욱더 난감하게 하는 것이었다.

"세금을 더 올렸다고요?"

천풍을 보자마자 한다는 말이, 염장이 장안 상인들의 세금을 두 배나 더 올렸다는 것이었다.

"그게 말이 됩니까? 지금까지만 해도 터무니없는 세금이었는데 거기서 두 배를 더 올리다니? 공 원주님께서 그리 연락을 주신 겁니까?"

"공가 놈도 염치가 있지, 지금까지 받은 것만 해도 어딘데 이런 일로 다시 문주께 부담을 드리겠습니까. 조금 전 비급을 얻으러 온 자 중에 하진 땅에서 장사를 하던 사람이 있었는데 그자에게서 들은 것입니다. 비단 장안뿐만이 아닙니다. 호북이며 섬서며, 염장 그자의 상단에 들어간 상인들은 죄다 그런 말도 안 되는 세금을 강요당했다는군요. 하진 땅에서 온 그자도 그 때문에 결국 장사를 때려치우고 이곳까지 온 것이라 했습니다."

"대체 그렇게까지 하는 이유가 뭐랍니까?"

"천절문 때문입니다. 아니, 보다 정확히 말하면 우리 현천문 때문입니다. 요즘 들어 천절문도들의 발길이 끊긴 이유가 알고 보니 거기에 있었더군요."

"무슨 말씀이십니까?"

"천절문에 남아 있는 것만으로 한 사람당 은자 일백 냥씩이 지급되고 있다고 합니다. 그것도 달마다 그리 준다고 하니 어느 누가 천절문을 떠나겠습니까? 본문에 온다고 해서 모두가 비급을 얻게 되는 것도 아닌 만큼 괜한 모험을 하기보다는 받을 건 받으면서 사태의 추이를 지켜보겠다는 심산들이랍니다."

천풍이 어이없다 못해 황당하다는 표정을 했다.

"한 사람당 일백 냥이라고요?"

천절문도들이 많이 떠났다고는 해도 아직 사만 명이 넘었다. 한 사람당 일백 냥씩이면 무려 사백만 냥이다. 그것도 일 년도 아닌, 한 달에 지급되는 돈이라지 않는가?

세금을 올릴 수밖에 없는 이유가 있었다. 어쩌면 그렇게 올리고도 모자랄 지경일지도 몰랐다.

"염가상단의 간판을 내린 것도 아마 그 때문일 것입니다. 우리의 숨통을 조이자는 뜻도 있겠지만 한 푼이라도 허투루 내돌릴 처지가 아닌 거지요."

"그럼 장안 상인분들은 어찌하고 계시답니까? 이대로는 정말 더 버티기가 힘드실 텐데……."

천풍의 물음에 옆에 있던 마화가 뾰족하게 외쳤다.

"지금 내 코가 석 잔데 장안 상인들 걱정이나 하고 있을 때가 아니잖아요! 자금줄이 완전히 막혔는데 이제 어떡할 거예요? 현천문, 이대로 접을 거예요?"

마화의 말대로였다.

장안 상인들도 장안 상인들이지만 자신들에게 닥친 문제부터 해결을 해야 했다.

"지금 남은 책이 몇 권이나 됩니까?"

"오백 권도 채 되지 않습니다."

오백 권이라고 해 봐야 지금의 추세라면 열흘이면 바닥이다.

"그럼 우선 건물과 부지 확보에 쓰려고 했던 돈을 책 만드는 데로 돌려야겠습니다."

"그럼 현천문은요? 건물도 없이 개파를 하겠다는 거예요? 아니면 모양새 안 나게 쥐새끼 똥구멍만 한 이곳을 총단으로 삼기라도 하시게요?"

"지금으로서는 방법이 없지 않습니까? 건물이야 차후에라도 방법을 궁리해 보면 되지만, 책이 없어 문도를 받지 못하게 되면, 그래서 소문이 이상하게라도 나면 지금까지 해 온 노력이 모두 물거품이 될 수도 있습니다."

"지금은 오히려 사람을 늘리는 것보다 문파로써 어느 정도 구색이라도 갖추는 게 나아요. 비급을 얻어 간 자들을 마냥 이대로 방치하는 건 그야말로 독화살을 입에 물고 있는 것과 같아요. 이대로 방치하다가 그들이 자칫 딴마음이라도 먹으면 어쩔 거예요? 그리되면 한둘 팔다리 떼서 파문시킨다고 해결될 일이 아닐걸요?"

듣고 보니 마화의 말도 맞다. 하지만 그렇다고 자금도 제대로 확보되지 않은 상태에서 덜컥 건물을 지어 개파를 하기에는 그 뒷일이 감당이 안 된다.

이래저래 어찌해야 할지 갈피를 못 잡고 있는데 그동안 묵묵히 있던 마등이 불쑥 끼어들었다.

"그러지 말고 비급을 넘길 때 돈이라도 받는 게 어떻겠습니까?"

"무슨 말씀입니까?"

"아! 그거 좋은 방법이네요!"

마등의 말에 의아해하는 천풍과는 달리 참으로 기발하다는 듯 감탄사까지 토하는 마화다.

"돈을 받다니 그게 무슨……?"

"그러니까 말 그대로 비급 값을 받자는 거죠. 명색이 천하오절의 비급인데 얻을 수만 있다면야 백 냥인들 천 냥인들 아까워하겠어요? 먼저 받아 간 사람들을 생각하면 형평성에야 조금 안 맞긴 하지만 어차피 미적대다 늦게 온 것이 잘못이니 누굴 탓하겠어요? 아니다, 차라리 이러는 건 어때요? 한 달 간격을 두고 늦으면 늦을수록 비급 값을 비싸게 받는 거예요. 한 달이 늦어지면 백 냥씩 올리는 거죠. 그럼 얌체처럼 돈이나 받아먹으면서 상황을 살피고 있는 천절문도들도 더는 미적대지 못하고 남을지 떠날지 양단간에 결단을 낼 거 아니에요."

마화의 말인즉슨 이러했다.

현천문도들에게 먼저 비급 값을 받는다. 그 비급 값으로 현천문의 운영 자금을 마련한다. 더불어 아직 결단을 못 내리고 있는 천절문도들에게 압박까지 가한다.

마화의 말은 처음에는 거부감부터 들었지만 듣다 보니 차츰 귀가 솔깃해지는 것도 사실이었다. 당장 앞일이 막막한 지금은 그것이 어쩌면 유일한 해결책일지도 몰랐다.

하지만, 분명 매력적인 제안이고 지금 상황에서 그보다 더 좋을 수 없을 만큼 시기적절한 해결책이지만 역시 내키지 않았다.

돈을 받고 비급을 넘긴다는 그 행위 자체도 모양새가 별로일 뿐더러, 그보다 대가를 지불하고 비급을 얻게 되면 그만큼 마음의 빚이 덜게 된다. 그리되면 현천문에 대한 충심에도 좋지 않은 영향을 미칠 것이고, 자연히 '문주의 명에 절대복종한다' 라는 단 하나의 규율도 흔들릴 수밖에 없는 것이다.

그럼에도 그것 말고는 차선도 차차선도 없다는 것이 천풍의 고민을 깊어지게 하고 있었다.

그렇게 이러지도 저러지도 못 한 채 고민과 갈등으로 하루하루를 보내던 중이었다. 그로부터 사흘째 되는 날, 뜻하지 않은 사람의 뜻하지 않은 방문이 있었다.

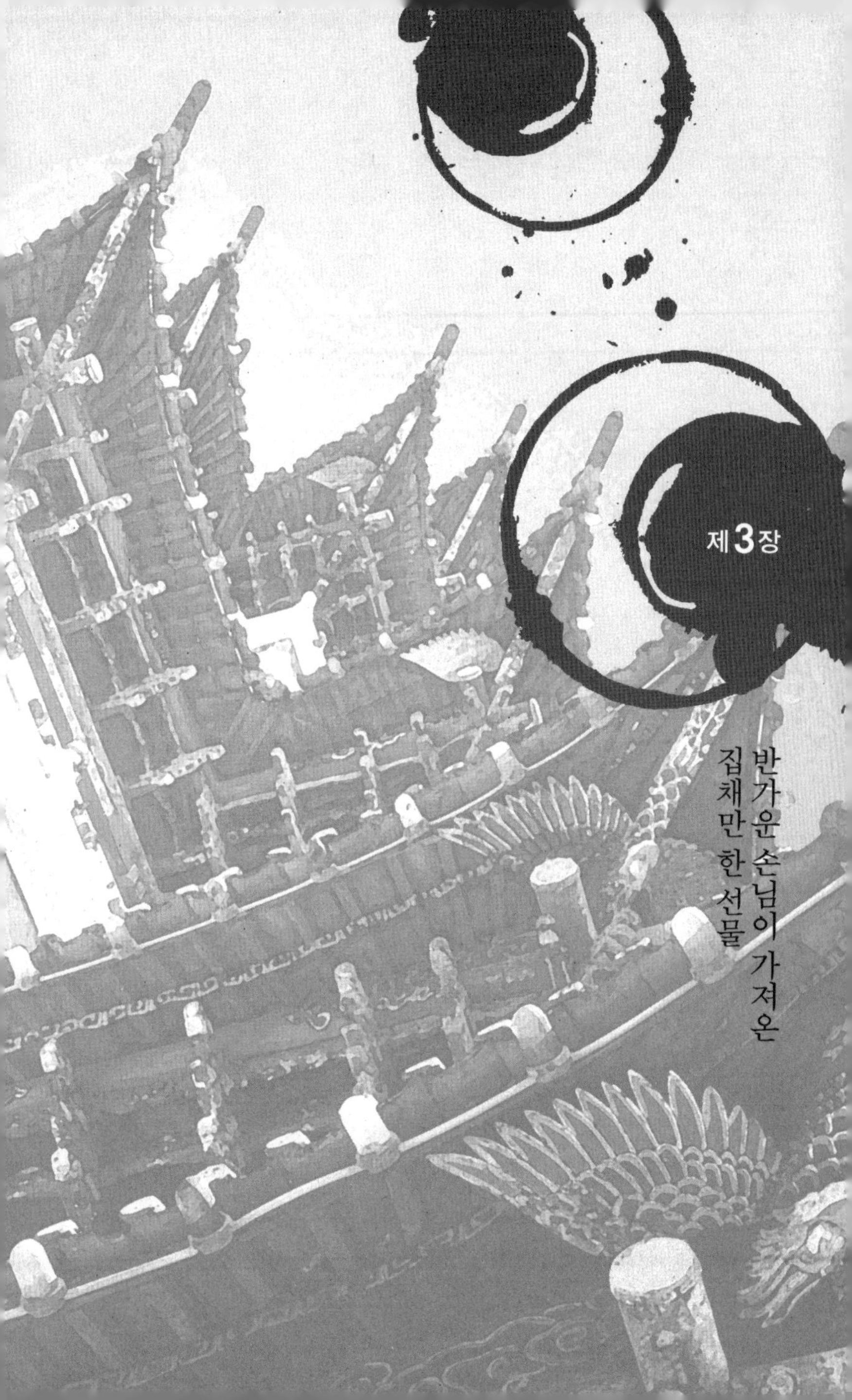

제3장

반가운 손님이 가져온 집채만 한 선물

천극의 서

불편한 침묵이 이어졌다.

그들의 앞에는 적막함을 달래 줄 차 한잔 놓여 있지 않았다. 차를 내어줄 만큼 반가운 손님도 아니었고 차를 나누며 담소를 주고받을 만큼 살가운 사이도 아니었다.

뜻하지 않은 방문객은 다름 아닌 염장인 것이다.

천풍은 자신의 앞에 마주앉은 염장을 아무 말 없이 경계로 대하고 있었고, 염장은 그런 천풍의 눈빛에는 아랑곳하지 않고 현천사에 들어선 후로 줄곧 감회 어린 표정을 하고 있었다.

먼저 정적을 깬 것은 그렇게 감회 어린 눈으로 주위를 둘러보던 염장이었다.

"일전에 이곳에 한번 와 본 적이 있었습니다."

염장의 말에 천풍이 살짝 눈살을 찌푸렸다.

조금 뜬금이 없다. 그런 한편으로 염장이 현천사에 와 본 적 있다는 것이 뜻밖이기도 했다.

"천하오절의 비급이 황산사에서 나왔다는 걸 알게 된 후 공자와 현야 스님의 행방을 수소문했었고, 그런 끝에 이곳까지 오게 되었던 것이지요. 그러나 그때는 공자도, 현야 스님도 모두 세상으로 나가신 후라 만나지를 못했었지요. 만일 공자께서 소흥전장을 찾지 않으셨다면 아마 공자님도 저도 지금과는 다른 모습을 하고 있을지도 모르겠습니다."

감회에 젖어 건네는 말은 정감이 넘쳤다. 하지만 천풍은 그저 '부연이 길다' 라는 느낌만 받았다.

"그래, 현야 스님의 소식은 들으셨습니까?"

지루할 만큼 부연이 길다. 염장의 그 같은 여유가 천풍은 그리 마뜩지가 않았다.

그리해 짤막이 대답했다.

"천축으로 가신다는 말씀이 있으셨습니다."

곧이어 딱딱한 어투로 물었다.

"한데, 이곳까진 어쩐 일이십니까?"

천풍의 그 같은 태도에 염장도 애당초 돌려 말할 생각은 없었다는 듯 이내 얼굴에 깃든 감회를 말끔히 지우고는 사뭇 진지하게 말했다.

"이제 그만 천절문으로 돌아오시는 게 어떻겠습니까?"

천풍이 다시 눈살을 찌푸렸다. 이번에는 염장의 말이 온전히 뜬금없어서였다.

"돌아오라니요?"

"공자께서 원래 계셔야 할 곳은 천절문이 아닙니까?"

"뭐라구요?"

어이가 없다.

"저를 천절문에서 내친 것은 염 단주님이 아니십니까? 설마 아직까지도 그 일은 염 단주님과 관계없는 일이라 발뺌을 하려는 건 아니시겠죠?"

"물론 그날 제가 공자께 거짓을 말한 것은 사실입니다. 공자를 천절문에서 내친 것 또한 제 결정이었습니다. 그러나, 그때는 공자께서 뜻을 세우지 않으셨기에 문파의 미래를 위한 어쩔 수 없는 선택이었습니다. 그러나 지금은 사정이 다릅니다."

"사정이 다르다?"

"명성을 얻어 문파를 세우고 인재를 모아 천하를 도모한다. 제가 천절문을 세우며 말씀드렸던 그 웅지를 공자께서 지금 실천하고 계시지 않습니까? 공자께서 뜻을 세우셨다면 당연히 그 시작도 천절문이 되어야 하지 않겠습니까?"

억지다. 궤변도 이런 궤변이 없다.

천절문을 세운 것도 천풍의 뜻이나 웅지와는 상관없이 그저 염장의 돈벌이를 위함이었고 또 실제로 그렇게 행하고 있지 않은가.

“공자께서 다시 천절문으로 돌아와만 주신다면 공자께서 명하시는 것은 뭐든 따르겠습니다. 장안뿐만 아니라 섬서와 호북 상계의 세금도 공자님의 뜻대로 하겠습니다.”

도대체가 자금줄까지 다 막아 놓고 이제 와 이런 궤변을 늘어놓으며 자신에게 이토록 저자세를 취하는 이유가 뭘까?

‘결국…… 돈 때문인가?’

떠나는 자들의 마음을 돌리기 위해 한 달에 은자 일백 냥을 지급한다고 했다. 한 달에 도합 사백만 냥이나 되는 거금은 염장에게도 상당한 부담일 수밖에 없다. 게다가 그 지루한 소모전이 언제까지 이어질지 모르는 판국이다.

염장의 제안은 결국 그런 무의미하고 제 살 깎아 먹기식의 소모전은 그만두자는 화해와 타협의 손길이었다. 거기다 천무구룡에 대한 불신과 회의도 염장을 이곳까지 오게 하는 데 크게 한몫을 했다. 하지만 그런 것까지는 자세히 알지 못하는 천풍은 그저 그런 염장이 새삼 무섭다는 생각을 하고 있었다.

이(利)를 위해서라면 당장 어제 칼을 겨누던 적에게도 얼마든지 손을 내밀 수 있는 사람이다.

‘아무리 이(利)를 따라 움직이는 것이 장사꾼이라지만 모두가 염 단주님 같지는 않을 테지.’

그렇게 염장의 무서운 일면을 새삼 느끼는 중이건만, 모순

되게도 그의 제안은 상당히 매력적으로 다가왔다.

실리만은 놓고 생각한다면 거절하는 게 오히려 더 이상할 정도였다.

어차피 현천문을 만들고 비급을 방출한 것도 천절문도들을 통제하겠다는 것이 일차적인 목적이었다. 그리고 천절문도들을 통제하는 것은 천절문에 들어가서도 얼마든지 할 수 있는 일이었다.

지금처럼 현천문의 개파조차 불투명한 상태에서 무리하게 고집을 부리는 것보다는 확실히 그편이 현명한 선택일 수 있었다. 더구나 상인들에게 부여한 터무니없이 과도한 세금마저 바로잡아 주겠다고 하지 않는가.

만일 일 년 전이었다면 염장이 내민 손을 거부하지 못했을 것이다. 하지만 그 손을 잡기에는 염장에 대해서 너무 많이 알아 버렸다.

이(利)를 위해서는 얼마든지 자신의 뒤통수를 칠 수 있는 사람이다. 천절문이라는 큰 장사 밑천을 그에게 간단히 넘겨줄 리도 만무한 일이다. 어떤 식으로든 천풍을 꼭두각시로 만들어 자신의 배를 불리는 데 사용하려 들 것이 뻔했다.

'이 능구렁이 같은 장사치와 심계를 겨루어서 과연 내가 이겨낼 수 있을까?'

자신이 없다.

반대로 염장에겐 그러한 자신감이 충분히 있을 것이다.

'그러니 이 같은 제안을 해 온 걸 테지.'

염장의 농간에 넘어갈 생각도 없고 그 장단에 맞춰 같이 춤을 춰 줄 생각도 없다.

천풍이 단호하게 말했다.

"천절문에는 가지 않습니다."

천풍의 단호한 말에 염장이 미간을 모았다.

"하면 기어이 둘 중 하나가 죽어야만 끝나는 이 개싸움을 계속하시겠다는 것입니까?"

"적어도 천절문과는 공존할 뜻이 없습니다."

"죽게 되는 건 비단 현천문과 천절문만이 아닐 겁니다."

"무슨 말씀입니까?"

"그동안 공자께서 뒤를 봐주던 장안 상인들…… 이대로 여기까지 먼 길 온 보람 없이 돌아가야 한다면 그 노잣돈이나마 그들에게서 받아내야겠지요."

염장의 말에 천풍의 눈썹이 파르르 떨렸다.

"설마 다시 또 세금을 올려 받기라도 하겠다는 말씀입니까?"

"예, 그리할 생각입니다. 이제 공자께서도 더는 그들의 뒤를 봐줄 여력이 안 되실 테니 현천문과 천절문과의 싸움에 가장 먼저 죽게 되는 것은 바로 그들이 되겠지요."

"협박……입니까?"

"간곡한 청이라고 해 두지요."

염장이 능글맞게 웃었다.

그 능글맞은 웃음을 보자니 순간 피가 거꾸로 솟는 기분이었다.

실로 치졸하고 교활한 술수다.

자신을 면전에 두고 이토록 치졸하고 교활한 협박을 아무렇지 않게 일삼고 있다. 천풍에겐 그것이 더 큰 충격으로 다가왔다.

일 년 전 그 흉심을 처음 알게 되었을 때에도 참으로 낯설게 다가왔던 염장이건만, 일 년이 지난 지금은 그보다도 더 낯설게 느껴진다.

천풍이 그렇게 분노와 충격으로 할 말을 잃고 있자 염장이 자리를 털고 일어섰다.

"그럼 저는 이만 가 보겠습니다. 천절문의 문은 항상 열려 있으니 마음 내키실 때면 언제든 돌아오십시오. 그러나, 빠르면 빠를수록 좋겠지요. 그만큼 장안 상인들이 편해질 테니까 말입니다."

그리 말을 맺고는 미련 없이 현천사를 떠났다.

염장이 현천사를 내려가고도 한참이 더 지나서야 겨우 화를 삭이는 천풍이었다. 그러고는 다시 고민에 잠겼다.

이대로 개싸움을 계속하다가는 염장의 말대로 장안 상인들만 상처를 입게 된다. 게다가 그런 희생을 치르고서도 죽게 되는 쪽은 아마도 현천문이 될 공산이 컸다.

'결국 책을 파는 것밖에는 방법이 없나?'

마화의 말대로 한 달씩 기한을 정해 놓고 비급 값을 올려 받는다면 문파의 체계를 갖출 재원도 마련할 수 있고 천절문도들의 마음도 흔들 수 있는 데다, 장안 상인들에게도 얼마간의 지원을 해 줄 수가 있게 된다.

그리되면 이 지저분한 개싸움에서, 이 지루하고 무식한 소모전에서 승기를 잡는 것은 그와 현천문이 될 것이다.

다만, 그것은 상처뿐인 영광이다.

일문의 문주로서 문도들 앞에 떳떳할 수 없음은 물론이고, 문도들에게 돈이나 뜯어내는 파렴치한 문주라고 세상의 지탄을 받게 될 수도 있다.

무엇보다 스스로가 왠지 염장과 같은 부류가 되는 것 같아 그것이 더 마음을 불편하게 했다.

하지만 지금은 그런 모든 것들을 감내하고서라도 밀어붙이는 수밖에 없다.

'후일을 걱정하기에는 지금 당장 발등에 떨어진 불이 너무 뜨거운 것을…….'

그렇게 반쯤은 체념으로, 그리고 반쯤은 배수의 진을 치는 결연한 마음으로 결단을 내렸다.

그러나 그렇게 결연한 마음으로 내린 결단은 바로 그다음 날에 그간의 고심이 무색할 만큼 간단히 뒤집어지고 말았다.

염장과는 달리 한잔의 차가 전혀 아깝지 않은 반가운 손님이 다음 날 아침 현천사의 문을 두드렸기 때문이다.

*　*　*

"여기까진 어쩐 일들이십니까?"

천풍의 눈에 반가움이 어렸다. 하지만 반가움은 이내 걱정이 되고 걱정은 다시 미안함이 된다.

그날 그렇게 현천사를 찾아온 것은 공자추를 위시한 십여 명의 장안 상인들이었다.

"문주, 우리의 방문이 썩 달갑지가 않은 모양입니다."

천풍의 표정이 어두워지자 공자추가 농담조로 그리 말했다.

천풍이 급히 손사래를 쳤다.

"아닙니다. 그럴 리가요. 한데, 정말 이 먼 곳까진 어떻게 오셨습니까?"

"우리를 이렇게 밖에다 세워만 두실 겁니까?"

"아, 이런…… 하도 경황이 없어서…… 어서들 안으로 드시지요."

장안 상인들을 급히 현천사 안으로 들이는 중에도 의문이 한가득인 천풍이다.

처음에는 답답한 현실에 지쳐 자신에게 도움이라도 청하러 온 건 줄 알았다. 그래서 지푸라기라도 잡는 심정일 그들에게 어떻게 사정을 말해야 할지 잠시 잠깐 고민도 했었다.

한데, 답답한 현실을 하소연하러 왔다고 하기에는 지나치게 밝다. 심지어 지금까지 천풍의 도움으로 살아온 처지라 하기에는 그 걸음새도 지나치게 당당하다.

세상에는 괜한 도움이란 없는 법이다. 그런 것을 모를 만큼 심장이 딱딱하거나 얼굴이 두꺼운 사람들이 아니다.

'대체 무슨 일들이지?'

여산삼귀조차 공자추로부터 미리 이렇다 한 언질은 듣지 못했는지 천풍과 마찬가지로 어리둥절해하고 있었다.

그렇게 의문만 한가득 안은 채 장안 상인들을 자신의 처소로 안내했다.

좁은 방에 천풍을 상석에 두고 십여 명의 장안 상인들이 빼곡히 구겨 앉았다. 직후 공자추가 푸념하듯 물었다.

"장안의 사정은 들으셨겠지요?"

순간, '역시 도움을 청하러 온 건가?' 라는 생각이 뇌리를 스쳐 갔다.

"예, 들어 알고 있습니다."

"그렇게는 도무지 살 재간이 없다는 것도 아시겠지요?"

"예."

"저희가 이렇게 염치 불고하고 문주를 찾아온 것은 그래서입니다."

역시 짐작했던 대로인 것 같았다.

천풍은 재빨리 머릿속으로 계산을 해 보았다.

현천문의 건물과 부지를 마련키 위해 모아 둔 돈이 얼마인지, 책을 팔아서 당장 벌 수 있는 돈이 얼마나 되는지, 그리고 그 돈이면 이들 장안 상인들이 얼마나 버틸 수가 있을지……. 하지만, 이어서 나온 공자추의 말은 그가 예상했던 것과는 조금 다른 것이었다.

"그래서 말입니다. 그래서 문주께 몸을 의탁하고자 왔습니다. 어떻습니까? 저희를 받아 주시겠습니까?"

"……?"

공자추의 말은 천풍에겐 너무 생뚱맞은 것이었다.

"무인이라도 되시겠다는 말씀입니까?"

천하오절의 비급만 있으면 상인이라고 무인이 되지 못할 것도 없는 일이라지만, 비급을 얻고자 찾아오는 자 중에는 실제로 장사를 하던 사람이 있기도 했지만, 아무리 그래도 이들과 무인은 어울리지 않아도 너무 어울리지 않았다.

아니나 다를까,

"일평생 돈만 만져 온 저희가 어찌 이 손에 칼을 잡겠습니까?"

무인이 되고자 하는 것은 아닌 모양이다.

"하면 어찌 제게 몸을 의탁하신다는 건지……?"

"현천문에 꼭 무인만 있어야 하는 건 아니지 않겠습니까?"

"……?"

무슨 말일까?

천풍이 의아해하자 공자추가 사뭇 비장한 투로 말했다.

"현천문 내에 상단을 하나 만들어 볼까 합니다. 상(商)과 무(武)는 하나로 묶을 수 없다는 것이 세상의 통념이긴 하지만, 그런 통념이야 이미 염가상단과 천절문이 깨트려 버렸지 않습니까? 해서 현천문도 상단을 같이 꾸려 보시라 말씀드리는 것입니다. 그리하면 분명 현천문의 재정에도 큰 보탬이 될 것이고, 저희 상인들 또한 현천문의 비호를 받게 되면 안심하고 장사를 할 수 있지 않겠습니까?"

뭔가 회심에 차서 이야기하는데 천풍은 그저 너무 갑작스러울 뿐이다.

"상단을 만드신다니…… 그게 그렇게 간단히 되는 일도 아니고…… 무엇보다 천절문에서 가만히 보고만 있겠습니까?"

어떤 패악을 부릴지 알 수 없는 일이었다. 지난날 장안에서 벌였던 그런 패악질보다도 필경 더하면 더했지 덜하지는 않을 터였다.

"저희야 현천문에 몸을 의탁할 것이니 저희의 안전이야 문주께서 책임을 져 주셔야지요."

"그건……."

"왜요? 자신이 없으십니까?"

솔직히 자신 없다.

지금까지 모은 인원이라고 해 봐야 고작 팔천이고 개중에는 칼 한 번 제대로 잡아 보지 못한 자들도 수두룩했다. 그사이 천하오절의 비급을 제대로 익혔을 리도 만무한 상황에서 이런 일에 도움을 기대한다는 것 자체가 어불성설이었다.

물론 자신이 직접 나선다면, 그리해 그 손에 피를 묻히기로 작정을 한다면 상황은 어쩌면 간단히 정리될지도 모른다.

하지만 그러고 싶지 않았다.

가능하면 무력은 사용하고 싶지 않았다. 이번 일은 무림인들 간의 싸움이 아니라 그 성격상 상단 간의 이권 다툼에 더 가까웠다. 무력이 끼어들기에는 합당치가 않았다.

더구나 천풍은 천절문에 대한 일말의 책임감마저 안고 있었다.

자신이 아니었으면 천절문은 생겨나지도 않았을 것이고, 그리되었다면 그들이 천절문에 들어 그런 패악을 저지르는 짓도 하지 않았을 것이다.

원인을 따지자면 자신에게 있다.

반대로 어찌 보면 천절문도들은 억울한 피해자일 수도 있었다. 그러니 그 모든 죄를 천절문도들에게 물어 자신의 손에 그들의 피를 묻힐 수는 없는 일이었다.

아니, 핑계다.

그는 그저 염장의 방식으로 염장을 꺾고 싶은 것뿐이다. 그것만이 배신과 기만에 대한 제대로 된 응징이라 생각했다.

처음부터 그렇게 하기로 했고 지금까지도 그것만을 보고 달려왔다. 일이 수월하지 않다고 해서 이제 와서 방향을 바꾸고 싶지는 않았다.

천풍은 숨기지 않고 말했다.

"죄송한 말씀이지만 지금은 여러분을 지켜 드릴 여력이 없습니다. 그럴 만한 인원도, 자금도 턱없이 부족할 실정입니다. 사실 현재로서는 개파조차 불투명한 지경인데 이 상황에서 어떻게 여러분을 거두겠습니까?"

"어허 참, 문주만 믿고 그 먼 길을 달려왔는데 문주마저 우리를 내치면 우리는 대체 어디로 가야 한단 말입니까?"

서로 간에 참으로 난감하기만 한 상황이다.

한데, 뭔가 좀 어색했다.

이렇게 억지떼를 쓰면서 사람을 곤란케 할 인물들이 아니었다. 공자추만 해도 천절문의 행패에 이 꼴 저 꼴 보기 싫다며 머리 깎고 중이 되겠다고 할 만큼 대쪽 같은 면이 있는 사내였다.

더구나 그렇게 죽는소리를 하면서도 입가에 떠올라 있는 저 묘한 미소는 대체 뭐란 말인가?

염장이 부과한 과한 세금 탓에 당장 숨통이 조여서 꼴깍꼴깍 숨이 넘어갈 판국이다. 그래서 이 먼 곳까지 지푸라기를 잡는 심정으로 달려온 것일 텐데 마치 남의 일인 양 여유로운 표정들은 도대체 뭐란 말인가?

'정말 무슨 꿍꿍이속인 건지…….'

왠지 놀림을 당하고 있는 기분이었다.

아니나 다를까,

"후후……."

천풍의 그 같은 얼굴이 재미있다는 듯 웃는다.

"설마하니 저희가 아무런 대책도 없이 문주께 몸을 의탁하러 왔겠습니까?"

"……?"

"현천문이 지금 어떤 상황인지는 물론 잘 알고 있습니다. 한데, 문주께선 현천문의 상황에 대해서 오히려 저희보다도 잘 모르고 계시는 것 같습니다."

"무슨 말씀이신지……?"

"현천문은 문주께서 생각하시는 것만큼 그리 자금이 부족한 문파가 아닙니다."

"……?"

"섬서와 호북의 모든 상권을 손아귀에 쥐신 분께서 돈이 부족하다시는 건 지나친 엄살이 아니겠습니까?"

도통 무슨 말을 하는 건지 모르겠다. 들으면 들을수록 혼란만 더한다.

"여기 이분이 누구신지 아십니까?"

천풍이 가중된 혼란에 잔뜩 눈살을 찌푸리고 있자 공자추가 자신의 옆에 앉은 중년인을 가리켰다.

그러고 보니 다른 사람들은 한 번씩들 안면이 있는 것에 반해 그 중년인만은 낯선 얼굴이었다. 게다가 풍기는 분위기나 존재감이 다른 상인들과는 사뭇 달랐다.

천풍이 의아해하자 공자추가 그 즉시 소개를 했다.

"서안상단의 서만경(西晩景) 단주님이십니다."

"정확히는 전(前) 서안상단이지요."

그렇게 공자추의 말을 받은 중년인이 이내 천풍에게 포권을 취해 보였다.

"서만경입니다. 부끄럽게도 능력이 부족하여 선대의 가업을 날려 먹은 한심한 필부입니다."

중년인의 소개에 천풍은 순간 놀란 눈을 동그랗게 떴다.

'서안상단의 단주라고?'

서안상단이라 하면 염장이 야심을 드러내기 전까지만 하더라도 중원 삼대 상단의 하나였다. 아니, 도문이 그렇게 멸문당하지만 않았더라도 여전히 중원 최고의 상단으로 남아 있었을 것이다.

그곳의 주인이었던 사람이다. 비록 염장의 야심에 휘말린데다 도문의 멸문이라는 악재마저 겹쳐서 결국 문을 닫기는 했지만, 그래도 서만경이라 하면 여전히 중원 상계의 가장 큰 거성이었다.

그런 자가 눈앞에 나타났다.

"대체 어떻게……?"

그런 자가 대체 무슨 일로 여기까지 자신을 찾아온 것일까?

"서 단주님께선 섬서와 호북의 모든 상인을 대표해서 오신 겁니다."

공자추의 말에도 의문은 조금도 가시지 않았다.

"섬서와 호북의 상인들을 대표해서 오셨다는 건…… 제게 달리 뭔가 원하는 거라도 있으시다는 말씀입니까?"

"말씀드렸지 않습니까? 현천문 내에 상단을 꾸리겠다고."

"……?"

"설마하니 장안 상인들만으로 그런 거창한 일을 벌일 수 있으리라 생각한 건 아니시겠지요? 명색이 상단인데 장안 상인들만으로 가능할 리가 없지 않습니까?"

"그럼 섬서와 호북을 대표한다는 게……."

"섬서와 호북 땅에서 장사하는 모든 상인이 현천문에 들기로 했습니다. 그 뜻을 전하기 위해 이분 서만경 단주님께서 직접 어려운 걸음을 해 주신 것이구요. 다시 말해 섬서와 호북의 모든 상권이 현천문에 귀속될 거라는 말씀입니다."

의문은 가셨지만 놀람은 감당할 수 없을 지경이 되었다.

섬서와 호북의 모든 상권이 현천문으로 귀속된다 함은 서안 상단의 모든 것을 현천문이 고스란히 물려받는다는 뜻이었다. 그것은 곧 천하를 삼분하던 중원 삼대 상권의 하나를 현천문이 갖게 된다는 의미였다.

너무 놀라서 어안이 다 벙벙할 지경이다.

"그러니까 이제 천절문은 걱정할 필요가 없습니다. 섬서와 호북 일대의 상인들에게선 단 한 푼도 얻어내지 못할 테니 말입니다. 당연히 염장 그자가 천절문도들에게 매달 주기로 한 은자 일백 냥도 어림없는 일이지요. 그리되면 천절문에 남을 천절문도가 과연 몇이나 되겠습니까? 아마도 문주께서 무척 바빠지실 겁니다. 수만 명이 한꺼번에 현천문으로 밀려들 텐데, 그자들을 가려 받자면 몇 날 며칠을 밤을 새워도 부족할 테니 말입니다."

'대체…….'

대체 언제부터 이 엄청난 일을 꾸미고 있었던 것일까?

서만경은 물론이고 섬서와 호북 상계의 뜻을 하나로 묶어 현천문으로의 귀속을 설득하기까지, 하루 이틀 사이 급하게 준비된 것일 리가 없다.

혹시나 싶어 다시 한 번 여산삼귀를 살폈지만 그들의 표정도 지금의 천풍과 하등 다를 것이 없었다. 하나같이 어안이 벙벙해서는 벌어진 입을 다물지 못하고 있었다.

하지만 그것마저도 그저 맛보기에 지나지 않았다. 정작 놀랄 만한 일은 그다음이었다.

"그리고 또 하나, 문주께서 모르고 계시는 것이 있습니다."

"……?"

"현천문의 개파조차 불투명하다는 말씀은 맞지가 않습니다. 앞으로 반년이면 현천문은 개파의 준비를 모두 마칠 테니 말입니다."

이건 또 무슨 소린가?

혼란에 혼란을 거듭하고 있는 천풍의 머릿속이야 어떻든 그렇게 운을 뗀 공자추가 자리에서 몸을 일으켰다.

"어차피 백 마디 말로 설명하는 것보다 직접 눈으로 보시는 게 이해가 빠르실 테니 저희와 함께 가시지요."

그러고는 가타부타 대답도 기다리지 않고 방을 나간다. 공자추만이 아니라 서만경을 위시해서 장안 상인들 모두가 놀림인지 득의인지 모를 묘한 미소를 남기고는 공자추의 뒤를 따랐다.

천풍과 여산삼귀는 영문도 모른 채 얼떨떨한 기분으로 그들을 쫓을 수밖에 없었다.

그렇게 천목산을 내려가니 상인들이 타고 온 마차 세 대가 세워져 있었다. 그중 천풍과 여산삼귀는 공자추, 서만경과 더불어 가장 앞쪽의 마차에 올라탔다.

한참을 달렸다. 아침나절에 출발한 것이 해가 다 저물어서도 마차는 멈출 생각을 하지 않았다.

대체 어디로 가는 건지 궁금해서 몇 번을 물었지만 그때마다 가 보면 안다고만 하고는 사람 속을 태운다. 오죽했으면 성질 급한 마등이 참다못해 공자추의 멱살까지 잡고 흔들었을까.

하지만 끝나지 않는 여정이란 없는 법이다. 그렇게도 사람 애를 태운 끝에 도착한 곳은 항주였고, 항주에서도 제일의 경치를 자랑한다는 서호였다.

서호라면 천풍에게도 낯선 곳이 아니었다. 스승 현야를 찾아 내려온 길에 그 경치에 반해서 본래의 목적조차 망각하고는 서호십경에 푹 빠져 지냈던 적이 있었다.

한데, 그때 보았던 서호의 풍경과는 조금 다른 것이 있었다.

저건 뭘까?

저 멀리 마치 일전에 보았던 천절문과 염가상단의 그 성채 같은, 아니 그보다도 더 크고 더 높은 거각 한 채가 시야에 들어왔다.

분명 못 보던 건물이었다. 그사이 새로 지어진 것이 틀림없었다. 그렇지 않다면 저토록 크고 높은 건물을 보지 못했을 리가 없다.

한데, 천풍을 더욱 어리둥절케 하는 것은 그토록 답답하고 지루했던 긴 여정의 끝에 마침내 마차가 멈춰 선 곳이 바로 그 거각 앞이라는 것이었다.

"다 왔습니다. 내리시지요."

공자추가 먼저 마차에서 내리며 천풍을 재촉했다. 그리해 마차에서 내렸다.

지금까지만 해도 충분히 놀랐었기에 이젠 어떤 말을 들어도 어떤 것을 보아도 놀라지 않을 것 같았었다. 하지만 눈앞의 건물을 보는 순간, 그 건물의 정문에 걸려 있는 현판을 보는 순간, 천풍은 온몸을 쓸어 가는 어떤 전율마저도 느꼈다.

현천문(玄天門).

거기에 새겨져 있는 것은 분명 현천문 세 글자였다.

“이게 대체……?”

천풍이 의문을 한가득 담아서 공자추를 보았다.

공자추가 짓궂게 웃어 보이고는 담담히 말했다.

“보시는 바와 같이 앞으로 문주께서 머무실 현천문의 총단입니다. 이 정도면 천하 무림에 현천문의 이름을 알리기에 부끄럽지는 않을 겁니다.”

제4장

자승자박(自繩自縛)

천풍이 장안 상인들에게 건넨 돈은 단 한 푼도 세금으로 쓰이지 않았다고 한다.

"모았습니다. 한 푼도 쓰지 않고 고스란히 다 모았습니다. 세금이요? 세금이야 어떻게든 마련을 했지요. 아무리 세금이 과하다고 해도 굶어 죽을 정도는 아니었으니까요."

그렇게 차곡차곡 모으던 중에 천풍이 문파를 세울 계획임을 들었다.

돈의 쓰임에 관해서는 누구보다도 잘 알고 있는 그들이었다. 그래서 천풍의 그 같은 계획이 얼마나 무모한 것인지도 너무도 잘 알고 있었다.

비급만으로는 될 일이 아니었다. 소규모 작은 군소방파를 꾸리는 데만도 수만 냥은 족히 드는 것이 현실인데 하물며 천절문에 대적할 문파라면야 오죽할까.

상인들의 눈에 천풍의 계획은 세상 물정 모르는 치기로밖에는 비치지 않았다. 하지만 그것이 비록 세상 물정 모르는 치기라 해도, 또 그것이 무모하다 해도 염장과 천절문의 횡포에 대한 유일한 대책인 것만은 분명했다.

상인들에겐 유일한 살길이었다. 또한 천풍이 그간 보여 준 고마운 마음에 보답하기 위해서라도 그의 뜻이 맥없이 꺾여 가는 것을 두 손 놓고 지켜볼 수만은 없었다.

그리해 그때부터 모은 돈을 활용하기 시작했다.

"어차피 좌판이나 깔고 날품팔이나 해서는 어림도 없는 일이라 곧바로 여기 계시는 서 단주님을 찾아뵈었습니다."

장안 상인들이 노린 것은 교역권이었다.

역사가 오래된 만큼 나라의 교역권 중 알짜배기를 가장 많이 가지고 있기로 소문난 것이 서안상단이었다. 서안상단이 유명무실해졌다고는 해도 그 모든 교역권은 고스란히 서만경이 소유하고 있었다.

동병상련의 아픔을 같이 겪은 데다 공동의 적까지 둔 상황, 더구나 교역권마저 욕심을 낸 염장이 나라의 관리들에게 줄을 대고 있어 그마저도 언제 빼앗길지 모르는 처지였다.

어차피 유명무실해진 서안상단이고, 가지고 있어 봐야 제대로 활용도 못 하는 교역권이다. 서만경은 흔쾌히 장안 상인들의 청을 들어주었다.

"그리해 얻어낸 것이 알짜배기 중에서도 가장 알짜배기인 인삼 교역권이었습니다."

그때부터 일은 급물살을 탔다.

인삼 교역권을 이용하여 고려 인삼을 거래하자 천풍에게 받은 돈은 순식간에 열 배 스무 배로 불어났고 그렇게 벌어들인 돈으로 바로 이곳에다 현천문의 총단 건물을 착공하기 시작했다. 서만경을 비롯해 섬서와 호북 상인들을 모을 수 있었던 것도 그때의 인연이 바탕이 되어서였다.

"이제 반년이면 완공이 됩니다. 그 시간이면 천절문도 결과가 나와 있을 테고 우리 현천문도 어느 정도 정리가 되어 있겠지요. 그러니 개파대전은 반년 후가 적당할 듯싶습니다."

공자추의 설명은 그렇게 마무리되었다.

천풍은 설명을 듣는 내내 끓어오르는 격정을 참느라 무진 애를 먹었다. 그저 자신은 천절문에 대한 일말의 책임감으로 장안 상인들을 도왔을 뿐이었다. 그 당연한 도리가 이렇게까지 크게 되어 돌아올 줄은 상상도 못했다.

세금이 과하다고 해도 굶어 죽을 정도는 아니었다고 했지만, 말처럼 그렇게 간단했을 리가 없다. 하루하루 참으로 힘겹게 버텼을 것이다. 그런 상황이기에 당연히 욕심도 났을 것이고 유혹도 있었을 것이다. 한데도 천풍 하나만을 의지해 욕심도 버리고 유혹도 이겨냈다.

그들의 그 같은 신뢰가 너무 고마웠다. 그들의 그 같은 마음이 가슴 떨리도록 감사했다. 염장에게서 받은 사람에 대한 배신감이 지금 이 순간 말끔히 치유되는 듯한 기분이었다.

장안 상인들의 깜짝 선물에 감동한 것은 비단 천풍만은 아니었다.

"야 이 공가 놈아! 아무리 그래도 그렇지, 어떻게 나한테까지 그렇게 감쪽같이 숨길 수가 있었단 말이냐!"

서운함이 아니었다. 마립 역시 감격에 겨워서 목소리마저 떨려 나오고 있었다.

"그래요, 공 오라버니. 사람이 어쩜 그럴 수가 있어요? 적어도 우리한텐 귀띔이라도 해 주셨어야죠. 아이 참. 뭐예요, 이게? 창피하게 눈물마저 나잖아요."

"자추 형님 그 능구렁이 속이야 내가 예전부터 알아보았지만, 정말이지 이렇게까지 음흉 맞은 양반인 줄은 미처 몰랐소. 대체 그 멍청한 얼굴 뒤로 또 얼마나 더 사람을 놀라게 하실 작정이시오? 이 사나이 마등, 자추 형님의 뒤로 호박씨 까는 기술에는 진정으로 탄복해 버렸소!"

가슴이 벅찬 감격과 약간의 원망은 이내 온전한 기쁨으로 바뀌었고 그것은 다시 즐거운 술판으로 이어졌다.

상인들과 어우러져 밤새워 먹고 마셨다. 그 큰 현천문 건물이 다 떠나가도록 노래를 불렀다. 그리고 거기에는 어김없이 마둥의 조잡한 시 한 수가 곁들어졌지만 폭력마저 섞인 빗발친 항의와 살벌하리만치 드센 원성에 그것은 한 소절도 이어지지 못했고, 꿍해 있던 마둥의 느닷없는 대성통곡으로 그 밤의 향연은 대미를 장식하기에 이르렀다.

그렇게 밤새도록 놀고 마신 다음 날부터 현천문은 본격적으로 문파로서의 행보를 시작했다.

먼저 기약조차 없이 무공을 익히며 마냥 기다리라고만 했던 현천문의 문도들을 불러 모았다.

그리고 세상에 알렸다.

현천문은 더는 그 천목산의 작은 암자가 아니다.

서호 어느 곳에서든 한눈에 보이는 가장 크고 웅장한 성채, 그곳이 바로 현천문의 새 보금자리다.

비급을 원하는 자, 서호로 오라.

그렇게 현천문이 본격적으로 태동함에 따라 공자추의 말대로 천절문은 급격하게 흔들렸다. 아니, 반년도 필요 없었다. 그로부터 불과 두 달 만에 천절문은 이미 걷잡을 수 없는 사태로 치닫고 있었다.

* * *

"뭐? 폭동? 지금 폭동이라 했느냐?"

조충을 보는 염장의 눈에 깃든 것은 놀람이 아니라 암담함이었다.

이미 예견이 되었던 일이다.

다만 너무 빠르다. 손 써 볼 틈도 없다.

자고 나면 사건이 터진다.

어제는 천절문도 천여 명이 집단으로 천절문을 떠났고 그제는 천무구룡들이 들이닥쳐서는 반행패를 부리고 갔다. 그러더니 오늘은 폭동까지 일어났다고 한다.

"폭동이야 어떻게든 막으면 된다지만, 지금 정말 문제는 강서 상인들이오."

"강서 상인들은 또 왜?"

"분위기가 심상치가 않소."

"분위기가 심상치 않다니?"

"아무래도 현천문에서 강서 상계에까지 손을 뻗친 모양이오. 이미 몇몇은 현천문으로 말을 갈아탄 것 같소."

"허어……!"

염장이 허탈한 한숨을 토했다.

강서 상계는 염장에게 있어서 뿌리였다.

삼십 년을 그곳에서 장사를 했고 삼십 년을 그곳 상인들과 거래를 터 온 사이였다. 그리해 다른 곳은 다 세금을 올려도 그곳만큼은 오히려 세금을 감면해 주었고 천절문으로 얻게 되는 혜택도 최우선으로 돌아가게끔 배려를 했다. 한데, 그런 강서 상계마저 그에게서 등을 돌리려 한다.

염장에겐 청천벽력과도 다를 바 없는 소식이었다.

배신감 이전에 아득한 절망감이 먼저 염장을 집어삼켰다.

밖에서는 돈 달라 아우성에 안에서는 나가겠다 아우성, 대체 어쩌다 이 지경이 되어 버린 건지 모르겠다.

아니, 적어도 누구 때문에 일이 이 지경이 되었는지는 안다.

장안 상인들 때문이다.

설마하니 그들이 이런 식으로 자신의 목에 칼을 들이댈 줄은 상상도 못했다.

밟으면 꿈틀대는 게 고작인 그들이 서안상단의 서만경과 공모해 섬서와 호북 상권을 통째로 천풍에게 갖다 바칠 줄이야 어찌 알았겠는가.

그들만 아니었으면 지금 곤란을 겪는 것은 염장 그가 아니라 천풍이었을 것이다. 어쩌면 벌써 백기 투항하고 천절문으로 돌아와 있었을지도 몰랐다.

자신이 원하는 대로 착착 진행될 수 있었던 계획을 장안 상인들이 망쳐 버렸다. 덕분에 그렇게 무리를 하면서까지 그토록 염원했던 대륙 제일 상단의 꿈이 산산이 부서져 버렸다. 대륙 제일은커녕 이젠 그야말로 생존조차 장담치 못할 지경이다.

"지금 끌어모을 수 있는 돈이 얼마나 돼?"

"아무리 긁어모아도 칠십만 냥이 한계일 거요."

"그럼 우선 그거라도 풀어서 시간 좀 끌어 봐."

"형님, 그것마저 줘 버리면 우린 정말 알거지 신세가 되는 거요. 더구나 이건 아무리 봐도 밑 빠진 독에 물 붓기인데…… 차라리 그럴 바에야 재기할 발판 정도는 마련을 해 두는 게……."

"재기는 무슨 놈의 재기야! 안 망해! 나와 한두 해 같이 일해? 내가 내 인생을 바친 상단을 이대로 망하게 둘 것 같으냐?"

"하지만 방법이 없잖소, 방법이! 칠십만 냥을 줘 버리고 나면 그다음에는 어쩔 거요? 당장 이번 달치라도 메워야 어떻게 방법이라도 찾아볼 텐데 부족한 돈은 어찌 구하실 거냔 말이오."

"칠(七) 왕야께 내가 가진 모든 것을 내걸고서라도 손을 벌려 볼 생각이다. 염가상단과 천절문의 건물까지 모두 내걸면 어떻게든 맞춰지겠지."

칠 왕야는 당금 황제의 일곱 번째 외숙으로 황족 중에서는 돈이 많기로 소문난 인물이었다.

염장의 말에 조충이 대번에 얼굴을 구겼다.

"여기 이 건물까지 팔 거란 말이오?"

"팔려는 게 아니다. 그저 담보로 두고 급히 융통이라도 해 보려는 거지. 이자도 이자지만 적운을 선물한다면 분명 거절치는 않을 게다."

적운이라면 일전에 천풍이 탔던 그 한혈마였다. 그리고 칠 왕야가 평소 상당히 탐을 냈던 말이기도 했다.

염장의 말대로 담보가 확실한 데다 이자까지 잘 쳐주는 상황에서 적운까지 선물한다면 분명 거절하지는 않을 것이다.

"하지만 어차피 그것도 기껏 한 달의 유예를 얻는 것일 뿐이잖소. 이렇다 할 대책도 마련되지 않은 상태에서 돈부터 빌렸다가는 자칫 이 건물마저 날려 버리게 되는 수가……."

"대책이야 있다."

"뭐요, 그게?"

"칠 왕야께 성친왕(聖親王)과의 자리를 부탁해 볼 참이다. 마침 성친왕께서도 강남 땅에 와 계신다고 하니, 칠 왕야께서 주선만 해 주신다면 분명 만나 뵐 수 있을 게야."

"아…… 그럼 인삼 교역권을……?"

"그래. 이번에야말로 담판을 짓고 말 것이야."

조충의 주름 가득한 얼굴에 비로소 희망 한 줄기가 더해졌다.

성친왕은 당금 황제의 셋째 아들로 형제 중 가장 두터운 신임을 받고 있는 황실 최고의 실세였다.

서만경이 가지고 있는 여러 교역권을 뺏기 위해서 염장이 칠 왕야를 통해서 줄을 대고 있었던 것도 바로 성친왕이었다.

하지만 그렇게 줄을 대며 찔러준 돈을 칠 왕야가 중간에서 죄다 착복하기라도 한 건지 지금까진 지지부진 아무런 소득도 없었다.

그러나 이젠 다르다. 성친왕과 직접 대면할 수만 있다면 분명 지금까지와는 다른 결과를 얻을 수 있다.

자신 있었다.

서안상단의 현재 상황을 알리고 서만경이 가지고 있는 교역권의 무효성만 납득시키면 되는 것이다.

그렇게 되면 서만경이 가지고 있는, 아니 이젠 현천문이 가지고 있는 인삼 교역권을 손쉽게 빼앗아 올 수 있다.

"거기다…… 내가 노리는 건 인삼 교역권만이 아니야."

"인삼 교역권만이 아니라면 그럼 또 뭘……?"

"성친왕이 이번에 강남까지 온 이유가 뭔지 알아?"

"……?"

"소금 때문이야."

"소금?"

"소금 교역권을 맡길 적임자를 찾기 위해서라는 말이다."

염장의 말에 조충이 눈이 휘둥그레져서는 무슨 말도 안 되는 소리냐는 듯 물었다.

"그럴 리가요? 소금은 황실에서 직접 관리를 해 왔지 않소?"

"이번에 황제의 동생인 조왕(趙王)이 죽은 건 네놈도 들어 알 게다. 세상에는 열병을 앓다 병사한 것으로 알려졌지만 실은 그게 아냐. 소금 교역을 담당하던 조왕이 엄청난 양의 소금을 뒤로 빼돌려서 군자금을 모으고 있었던 게야. 다시 말해 역

모를 꾸미고 있었던 거지. 그래서 비밀리에 참수를 당한 것이고."

사실 항시 있어 왔던 문제였다.

소금이란 것이 나라의 살림을 좌우할 만큼 그 가치가 대단하다 보니 항시 최상위 서열의 황족들이 그 관리를 맡게 되기 마련이었다.

최상위 서열의 황족이란 언제든 황제가 될 수 있는 위치를 말함이다. 그런 자들에게 소금이란 곧 황금이요, 황금이란 곧 군대였다.

황좌를 노릴 수 있는 힘, 그리해 역심으로까지 이어지는 악순환의 고리.

"결국 황제가 그 악순환의 고리를 끊어 버리기로 결심을 한 거야. 소금 교역권을 아예 민간에다 맡겨 버리기로 한 거지. 그래서 성친왕이 여러 상단을 직접 살펴보러 온 것이고. 이미 북경의 신주상단과 개봉의 천지상단에도 들렀었다고 하더군."

"그럼 정말 소금 교역권을 우리가 가져올 수도 있다는 말씀이오?"

"그동안 칠 왕야를 통해서 성친왕과 줄을 대어 둔 게 있으니 다른 곳보다야 한발 앞서 있다고 할 수 있지. 적어도 강남 일대의 소금 교역권 정도는 충분히 승산이 있다."

인삼 교역권을 서문경에게서 빼앗고 소금 교역권까지 수중에 쥘 수 있다면 현천문과의 싸움은 지금과는 또 다른 양상이 된다. 단번에 형세를 역전시키는 것은 물론이고 그 순간 대륙 제일 상단의 꿈도 이루게 될 것이다.

"바로 칠 왕야를 만나 뵈어야겠다. 내 소유의 건물이며 땅이며 할 것 없이 돈이 되는 모든 문서를 가져가야 할 테니까 그리 준비해 두거라. 적운도 잊지 말고!"

그리해 염장이 칠 왕야를 만났다.

*　　*　　*

샤락.

건곤일척의 승부를 겨루는 고수들 간의 대결이라 한들 이보다 더 숨이 막힐까 싶다.

샤락.

도박판에서 전 재산을 걸고 일생일대의 한 판 주사위를 던지는 노름꾼의 심정인들 이보다 더 절박할까 싶다.

염장은 그렇게 숨 막히는 긴장감 속에서 간절한 마음으로 칠 왕야를 보고 있었다.

하지만 그것은 어디까지나 염장 혼자만의 감정이었다.

염장이 건넨 문서들을 샤락샤락 넘겨 가는 칠 왕야는 염장에 비해 얄미울 만큼 느긋하고 여유로웠다.

그러다 언뜻언뜻 염장에서 날카로운 눈빛을 던져 오곤 한다. 아니, 어쩌면 별 뜻 없이 습관적으로 보내오는 눈길인데도 눈두덩을 덮은 두터운 살 때문에 괜스레 날카롭게 보이는 것일지도 모르겠다.

생긴 것은 과거 뚱뚱했던 조충을 그대로 옮겨 놓은 듯 친숙한 모습이다. 하지만 그런 친숙함과는 달리 염장은 이 칠 왕야라는 사람이 너무 어려웠다.

'역시 나와는 맞지가 않아.'

매번 칠 왕야를 볼 때마다 하게 되는 생각이다.

넘칠 만큼 많은 돈을 가졌고 남부럽지 않을 권력도 가졌으며 태생적 신분마저도 까마득히 높다. 그래서일까? 말투며 눈빛이며 행동거지 하나하나에 거만함과는 조금 다른 것이 있었다.

그것이 몸속에 흐르는 피의 질이든 아니면 타고난 품격이든 간에, 어쨌든 장돌뱅이를 거쳐 맨주먹 하나로 거친 상계를 헤쳐 온 염장과는 근본적으로 다른 인종인 것만은 분명했다.

하지만 칠 왕야가 그와는 맞지 않는 인물이든 어쨌든, 태생부터가 다른 종자든 어쨌든, 칠 왕야의 말 한마디에 그와 상단의 운명이 결정이 난다.

개인적인 감정들은 철저히 배제해야 했다.

그리해 조마조마한 마음을 애써 눌러 감추며 자신감을 잃지 않되 오만하지 않게, 공손함을 잃지 않되 비굴하지 않게 자신을 포장한 채 칠 왕야의 결정을 기다렸다.

그렇게 억겁과도 같이 길게만 느껴지는 기다림의 끝에 마침내 칠 왕야가 입을 열었다.

"이 정도의 물건들이라면 담보로써 충분할 것 같군."

칠 왕야가 웃었다.

두꺼운 살들을 억지스레 비틀어 올리는 듯한 어딘지 부자연스러운 미소였지만, 적어도 지금 염장의 눈에는 그 어떤 천하절색 미녀의 미소보다도 아름다워 보였다. 그도 그럴 것이 염장에게 있어 그 미소는 그야말로 구원인 것이다.

'됐다!'

드디어 살길이 열렸다.

"이 정도의 담보라면 굳이 적운까지 내게 줄 필요는 없었는데 말이야."

말은 그렇게 하면서도 상당히 흡족한 얼굴이다.

"신물에는 각기 주인이 정해져 있다지 않습니까? 어차피 이 장사치에게는 과분한 물건이었습니다. 그놈이 이제야 제 주인을 찾아간 거지요."

"허허. 염 단주가 그리 말을 해 주니 한결 마음은 편하네만…… 그래도 너무 좋은 선물이 되어 놔서……."

그저 기분 좋아서 그냥 하는 말이었다. 하지만 염장은 그 기회를 놓치지 않았다.

"그럼 정히 부담스러우시다면 소인의 청 하나만 들어주시겠습니까?"

"청?"

"성친왕 전하께서 강남에 오셨다는 소식을 들었습니다."

칠 왕야를 찾아온 또 하나의 목적을 이루기에 지금이 적기였다.

"아…… 염 단주의 청이란 게 성친왕 전하를 뵙게 해 달라는……?"

칠 왕야가 염장의 뜻을 바로 알아차리고는 다시 물었다.

"역시 그 서만경이라는 자에게 있다는 인삼 교역권 때문인가?"

염장은 숨기지 않고 대답했다.

"성친왕 전하께서 강남에 오신 이유가 소금 때문인 것으로 알고 있습니다."

염장의 말에 칠 왕야가 대번에 얼굴을 찌푸렸다.

"그러면 염 단주가 노리는 게 인삼이 아니라 소금 교역권이라는 말인가?"

"두 가지 다를 원한다면 욕심이 과하다 소인을 책망하시겠습니까?"

"허……."

염장의 도전적인 말투에 잠시 어이없다는 눈으로 그를 보던 칠 왕야가 다시 기분 좋은 웃음을 터트린다.

"허허허허. 이 사람아, 책망이라니……."

그러고는 염장을 그윽하게 바라본다.

"나는 말일세. 욕심 많은 사내를 좋아한다네. 모름지기 사내라면 그 가슴에 하늘을 담을 정도의 포부는 응당 가지고 있어야 하는 법이지. 좋네. 성친왕 전하와의 자리를 내 한번 주선해 봄세."

칠 왕야의 흔쾌한 수락에 염장이 그 자리에서 넙죽 엎드렸다.

"왕야의 은혜, 백골이 되어서도 잊지 않겠습니다!"

진심이었다. 지금 염장의 마음은 그야말로 격정과 흥분으로 들끓고 있었다.

기대했던 것 이상으로 잘 풀렸다.

숨까지 죽여 가며 조마조마했던 것이 허탈할 만큼 너무도 간단히 소기의 목적을 달성해냈다.

이로써 칠 부 능선을 넘었다.

'이제 성친왕과 담판 짓는 일만 남았다.'

가장 가파른 구간이 남아 있긴 했지만 충분히 자신 있었다. 마음으로는 이미 소금 교역권은 자신의 손에 있는 거나 진배없었다.

성친왕과의 자리는 그로부터 사흘 후로 잡혔다.

시간이 어떻게 가는지도 모르게 흘렀다.

머릿속에는 온통 성친왕을 어떻게 설득시킬지 그에 관한 생각으로 가득했다.

조사도 면밀히 했다.

성친왕이 무얼 좋아하는지, 어떤 취미를 가졌는지, 여성 편력은 또한 어떤지 등등…… 그렇게 정신없이 시간을 보내다 보니 어느덧 성친왕과의 약속 날이 이르러 있었다.

만반의 준비는 다 갖췄다.

이제 성친왕에게서 원하던 것만 얻어내면 된다. 그리되면 천풍도 현천문도, 심지어 지긋지긋한 천절문도 더는 신경 쓰지 않을 것이다.

천풍도 필요 없다.

천절문도 필요 없다.

'소금과 인삼, 그 둘만 손에 쥔다면 상계 천하일통인들 못 이룰까?'

그 같은 포부를 가슴에 품고 약속 장소로 향했다.

약속 장소는 칠 왕야의 자택이었다.

* * *

칠 왕야의 저택 앞에는 친절하게도 칠 왕야가 미리 나와서 염장을 기다리고 있었데.

"이제 오는가? 성친왕 전하께선 이미 와서 자네를 기다리고 계시네."

"성친왕 전하께서 벌써 와 계신단 말입니까?"

늦게 온 걸음이 아니었다. 약속했던 시간보다 반 시진이나 당겨 온 것이었다.

"아니, 자네 때문은 아닐세. 앞서 다른 약속이 있어 일찍 오신 것뿐이니 마음 쓸 것 없네."

"다른 약속이라시면……?"

"아직 그자들과 같이 계시니 들어가 보면 알 걸세."

염장이 잠시 의아해했지만 이내 잡념을 접고 칠 왕야를 따라 들어갔다.

지금은 다른 생각을 할 여력이 없다. 성친왕을 어떻게 설득시킬 것인지, 그 하나만 붙잡고 있기에도 버거울 지경이다.

"이 방일세."

어느 방 앞에 이르러 칠 왕야가 그렇게 말했다.

이 문 너머에 성친왕이 있다.

염장은 심호흡을 크게 한 후, 칠 왕야를 보며 고개를 끄덕였다.

드르륵—

문이 열렸다.

염장은 그 즉시 방 안으로 달려 들어가 성친왕이 있을 상석을 향해 머리를 땅에 박으며 오체투지했다.

"소인, 염장이 성친왕 전하를 뵈옵니다!"

염장의 격한 인사에 잠시간 정적이 흘렀다. 그리고 얼마 후 머리를 땅에 박은 염장의 귀로 또랑또랑한 목소리가 들려왔다.

"오호라. 그대로 바로 염가상단의 단주라는 자로군."

"그러하옵니다."

"그렇군. 내 황숙께 그대의 말은 익히 들었네만…… 그래, 나를 만나겠다는 용건이 뭔가? 아니, 그보다 우선 그 머리부터 들게나. 편한 자리가 그대 때문에 너무 딱딱해지지 않았는가."

"황공하옵니다."

성친왕의 명에 그제야 고개를 들어 성친왕을 보는 염장이다.

성친왕의 외모가 다른 형제들에 비해 뛰어나다는 소문은 익히 들어 알고 있었지만, 막상 보니 생각했던 것보다 훨씬 더 훤칠한 미장부였다.

당당하되 오만하지 않고 눈빛에는 정기가 넘친다. 보고 있자니 제왕지기(帝王之氣)란 바로 이런 걸 두고 하는 말이 아닐까 하는 생각이 들 정도였다.

한데, 성친왕의 모습을 감탄 어린 눈으로 보던 염장의 시야에 문득 거슬리는 것이 들어왔다.

성친왕의 바로 옆자리에 앉은 사내였다.

아는 얼굴이다.

'서만경……?'

서안상단의 단주 서만경이었다.

'하면 나보다 앞서 다른 약속이 있다 했던 것이 서만경과

의…….’

서만경뿐만이 아니다. 산해진미가 가득 차려진 요리상 좌우로 여섯 명이 더 자리를 차지하고 앉아 있었는데 그중 두엇도 안면이 있는 자들이었다.

‘장안 상인…….’

아니, 이제는 현천문의 상인들이다.

염장이 영문을 몰라 하며 어리둥절한 눈길을 칠 왕야에게 보냈다.

웃는다.

기분 탓일까?

그 웃음이 상당히 불쾌하게 다가온다.

염장을 더욱 기분 나쁘게 하는 것은 성친왕과 서만경의 사이가 무척이나 친밀하게 느껴진다는 것이었다.

“어떻게……?”

염장의 의문을 바로 알아차린 성친왕이 그제야 이 상황을 설명했다.

“아, 염 단주는 모르겠군. 나와 여기 이 서 단주와는 오래전부터 친분이 있네. 내가 어릴 적에 서 단주에게 크게 신세를 진 적이 있었지.”

“별말씀을 다 하시옵니다. 신세라니요. 백성으로서 마땅히 할 도리를 다한 것뿐이옵니다.”

“그래도 자네가 그때 마침 돈을 빌려 주지 않았다면 나랏돈을 잃어버린 죄로 폐하께 크게 혼이 났을 것이네. 어쩌면 그 어린 나이에 유배를 가게 되었을지도 모를 일이지. 그랬으면 지금의 나도 없었을 테고. 내가 이번에 강남으로 내려온 것도 사실은 그때의 빚을 조금이나마 갚기 위함이지. 소금 교역권…… 서안상단이 맡아 주게. 아니, 이제 현천문이라고 했었나? 아무튼 소금에 관한 것은 서 단주께 모두 일임하겠네. 빚도 빚이지만 나라의 중한 일을 아무에게나 맡길 수야 없는 일이고 내가 믿을 수 있는 사람은 자네뿐이기에 그러는 것이니 부디 거절치 말게나."

참으로 화기애애한 분위기 속에서 오가는 말이다.

염장이 다시 칠 왕야를 보았다.

'대체 이게 다 어떻게 된 일입니까?'

해답을 구하는 눈빛에 칠 왕야가 또다시 웃음으로 답했다.

역시 불쾌한 기분이 들게 하는 웃음이다.

아니, 이번은 기분 탓이 아니다.

칠 왕야는 다 알고 있었다.

성친왕과 서만경과의 관계도, 성친왕이 이곳 강남까지 내려온 진짜 이유도, 소금 교역권은 물론이고 인삼 교역권조차 염장의 것이 되지 못하리란 것까지 모두 다 알고 있었다. 그런데도 지금껏 일언반구 없이 시침을 떼고 있었다. 심지어 돈까지 빌려 주지 않았던가?

'내가 그 돈을 갚지 못하리란 것을 뻔히 알면서 대체 왜?'

아니, 아니다.

애당초 그가 돈을 갚지 못하리란 것을 알고 있었기에 그토록 흔쾌히 돈을 빌려 준 것이다.

칠 왕야가 진정으로 원했던 것은 적운이 아니었다.

'담보……였던 건가?'

돈을 빌리며 담보로 걸었던 자신의 모든 재산…… 칠 왕야가 진정으로 원했던 것은 바로 그것이었다.

상황이 너무 급박하다 보니 너무 뻔한 것을 살피지 못했다.

칠 왕야가 황족 가운데 가장 많은 부를 축적할 수 있었던 이유…… 이런 편법과 탈취가 아니라면 어찌 그 많은 부를 축적할 수 있었겠는가.

염장이 담보를 내민 순간부터 이미 지금의 이 상황을 머릿속에 그렸을 것이다. 담보를 받은 그 순간부터 돌려줄 생각 따윈 애초부터 없었을 것이다.

'나는 말일세. 욕심 많은 사내를 좋아한다네.'

염장에게 했던 그 말 또한 염장에 대한 칭찬이나 호의가 아니라 그 스스로에게 하는 자화자찬의 말이었다.

'세상 누구보다도 욕심이 많은 자는 다름 아닌 칠 왕야 본인이니까.'

당했다.

칠 왕야에게 철저하게 농락을 당했고 그리해 모든 것을 잃었다. 꿈도 잃었고 희망도 잃었고 재기할 발판마저도 깡그리다 빼앗겨 버렸다.

모든 상황이 가혹할 정도로 선명하게 와 닿았다. 모든 상황이 선명한데 아무런 생각도 할 수가 없었다. 성친왕이 뭐라 뭐라 붕어처럼 입을 뻐끔거리는데 단 한 마디 말도 귀에 들어오지 않았다. 자신이 대답을 하긴 하는데 무슨 말을 하고 있는지 그조차 알 수가 없었다.

어떻게 그 자리를 빠져나왔는지도 기억이 나지 않았다. 칠왕야의 저택을 나오니 밖에서 기다리고 있던 조충이 급히 다가와 물어왔다.

"형님. 그래, 일은 잘되었소?"

기대와 불안으로 뒤엉킨 눈이다. 그 눈을 보고 있자니 그제야 정신이 좀 돌아온다.

"아……."

하지만, 차라리 돌아오지 않았으면 좋았을지도 모른다.

털썩!

온몸의 맥이 빠져 그 자리에서 털썩 주저앉아 버렸다.

"왜 그러시오, 형님? 설마…… 설마 잘 안 된 거요?"

서 있을 기운조차 없다. 대답할 기운도 정신도 없다. 그리해 지금 이 순간 염장의 입에서 아득한 절망감으로 신음하듯 비통하게 토해진 것은,

"끝났다."

그 한마디뿐이었다.

그 한마디로 충분했다.

그래, 끝난 것이다.

그도, 그의 상단도, 그가 그토록 악착을 떨며 염원했던 대륙 제일의 꿈도…… 이로써 완벽하게 끝이 나 버린 것이다.

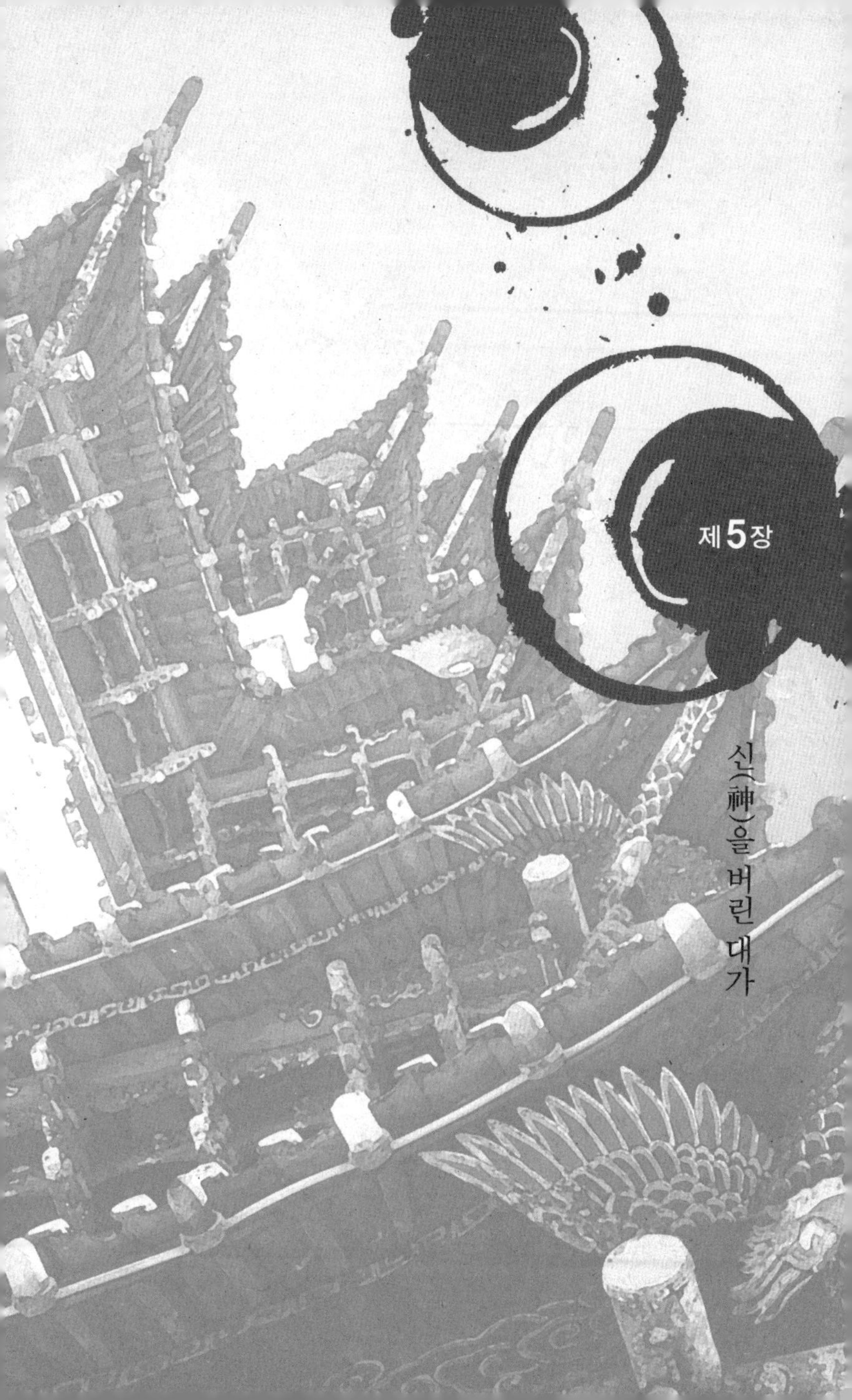

제5장

신(神)을 버린 대가

천극의 서

대륙 상계에 지각변동이 생겼다.

그야말로 일진광풍처럼 상계를 휘몰아쳤던 염가상단이 돌연 문을 닫은 것이다.

염가상단의 단주 염장과 부단주 조충이 홀연히 종적을 감추었는가 하면 염가상단의 모든 건물이 어떤 황족에게로 다 넘어갔다고 한다.

일진광풍이 사나웠던 만큼이나 후폭풍은 거셌다.

천절문의 건물까지도 황족에게 넘어가 버리는 바람에 갈 곳마저 잃어버린 천절문도들이 거리를 온통 난장판으로 만들어 놓는가 하면 툭하면 싸움질에 칼부림까지, 지금 소주는 운하의 도시 그 본연의 아름다움을 완전히 상실한 상태였다.

그러나 그것도 잠깐이었다.

그렇게 행패와 싸움질을 통해서 울분을 어느 정도 풀고 나자 현실적인 문제가 그들을 덮쳤다.

천절문이 망했다.

머물 곳을 잃었다.

그러니 새로이 먹고살 길을 찾아야 한다.

천절문의 대안으로 떠오른 것은 지극히 당연하게도 현천문이었다.

하지만 선뜻 현천문으로 달려갈 수 없다.

돈 욕심에 지금까지 천절문에 남아 있었던 그들을 과연 현천문이 받아 줄까?

은자 백 냥의 미련을 과감히 떨쳐내고 그들보다 앞서 현천문의 문을 두드렸던 자들조차 세 명 중 한 명만이 겨우 비급을 얻어 현천문의 문도가 되었다고 하는데 과연 자신들을 살갑게 맞아 줄까?

그럴 리가 없다.

괘씸죄에 걸려서 문전박대나 당하지 않으면 다행이다.

그렇다고 이대로 포기해 버릴 수는 없는 일, 궁리에 궁리를 거듭한 끝에 그들이 찾아낸 방법은 천무구룡이었다.

'천무구룡이다. 천무구룡의 목을 가져가면 분명 우리를 받아 줄 것이다.'

현천문을 세운 것도, 비급을 뿌려 문도를 모은 것도 일 년 전 천절문의 배신 때문이라는 것쯤은 누구나 짐작하고 있는 일이었다. 염가상단이 망하고 천절문이 이렇게 된 것도 모두 천하오절과 옥면신룡의 응징일 것이란 말도 공공연히 떠돌고 있었다.

그렇잖아도 일을 이 지경에 이르게 한 원흉이 바로 천무구룡이다.

가뜩이나 천무구룡에 대한 원망과 불만을 주체 못 하는 판국인데 거기에 그들의 목을 취하는 것만이 유일한 생존 수단이라는 절박함까지 더해지자 그야말로 눈에 불을 켜고 천무구룡을 찾았다.

천무구룡의 목을 취해 현천문에 선물해야 한다.

천무구룡의 목을 제물로 현천문에 들어가야 한다.

천무구룡의 목을 바쳐 천하오절과 옥면신룡의 화를 풀어 주어야 한다.

그렇게 소주는 온통 천무구룡을 찾는 자들의 핏빛 광기로 들끓었다.

*　*　*

그로 인해 그야말로 신세가 말이 아니게 된 천무구룡이다.

과거의 그 대단했던 위세는 온데간데없이, 소주 거리에 가득한 핏빛 광기로 인해 생명의 위협까지 느끼고는 쥐새끼처럼 숨어 지내야 했다.

광기에 찬 천절문도들이 언제 어디서 들이닥칠지 몰라 매일을 불안으로 보내며 그렇게 그들은 배은망덕에 대한 대가를 톡톡히 치르고 있었다.

"이대로는 더는 못 참겠소."

자운검(紫雲劍) 이한위가 그렇게 말하며 벌떡 몸을 일으켰다.

그러자 파옥권(破玉拳) 우백(禹白)이 그에 동조했다.

"나도 그렇소. 어차피 이대로 마냥 죽은 듯이 숨어 지낼 수만은 없는 일 아니오?"

추혼검 장치성이 따지듯 되물었다.

"이대로 안 있으면 그럼 어쩌자는 것이오?"

"차라리 옥면신룡을 만납시다."

"옥면신룡을 만나다니? 현천문에 받아 달라 사정이라도 하자는 말씀이오?"

"안 될 건 또 뭐가 있소?"

"안 될 건 뭐가 있냐니? 그럼 옥면신룡이 우리를 받아 줄 거라 생각하시는 거요?"

"따지고 보면 이 모든 것은 염장 그자의 책임 아니오? 우리는 그저 그자가 시키는 대로 따랐을 뿐인데, 옥면신룡이 그런 사리 판단도 하지 않고 우리를 내칠 거라고는 생각지 않소."

우백의 말에 천무구룡들이 저마다 고개를 끄덕끄덕하며 동조했다.

"그렇소. 우리가 염장 그자의 죄를 나눠 질 이유가 없소이다."

"암, 그렇고 말구요. 더구나 현천문의 문도로서 우리만큼 자격을 갖춘 사람이 또 어디 있단 말이오!"

책임 전가에 억지 변명에 자기기만까지…… 그런 그들의 모습은 천하를 호령하던 그 옛날의 천무구룡이 아니었다. 그도 그럴 것이 하나같이 내일을 기약할 수 없는 불안한 미래와 당장의 고된 피난 생활에 지칠 대로 지쳐 있었다.

결과가 어떻게 되든 이 지긋지긋한 골방에서도, 눈 한번 편히 붙일 수 없는 불안한 현실에서도 이제 그만 벗어나고 싶은 것이다.

다만 장치성만은 생각이 달랐다.

"이보시오들! 아무리 상황이 위급해도 그렇지, 우리 손으로 내친 옥면신룡이 아니오? 천하오절마저도 부정한 우리가 어떻게 이제 와 옥면신룡의 밑으로 들어갈 수 있단 말이오?"

"옥면신룡을 내친 걸 어째서 우리 손으로 했다 하시오?"

장치성의 말에 바로 반박을 하고 나선 것은 무상귀도 황조광이었다.

"뭐요?"

"그 일은 어디까지나 염장 그자와 장 호법이 주도한 일이지, 우리는 엄연히 입장이 다르지 않소."

"이제 와…… 혼자 살아 보겠다는 거요?"

"혼자 살겠다는 것이 아니라 이치를 따지자면 그렇다는 말이지요. 말이 나왔으니 하는 말이지만, 그때 장안에서 장 호법이 옥면신룡을 그렇게까지 홀대하지만 않았어도 우리가 지금 이런 처지까지는 되지 않았을 것 아니오?"

"하!"

장치성이 어처구니없다는 듯이 헛웃음을 터트렸다.

장치성이 장안에서 천풍을 홀대한 것은 사실이지만, 천하오절을 부정하고 옥면신룡을 문주의 직에서 끌어내리는 데 가장 열정적으로 나섰던 자는 바로 무상귀도 황조광이었다. 그래 놓고선 이제 와서 자신은 피해자입네 하며 책임을 회피하고 있는 것이다.

하지만 장치성은 한마디 반박도 하지 못했다.

좌중의 분위기 때문이었다.

하나같이 황조광의 말에 동조하며 질타의 눈빛을 장치성에게 보내오고 있었다.

'당신이 낄 자리가 아니다.'

'입이 열 개가 있어도 할 말이 없는 처지 아니냐?'

'당신은 그냥 잠자코 있다가 우리가 하자는 대로 따르면 될 일이다. 그게 싫으면 지금이라도 혼자서 살길 찾아보든가.'

그렇게들 장치성을 보고 있었다.

그들 모두를 상대로 목에 핏대를 세울 마음도, 혼자서 살길 찾아볼 용기도 없는 장치성은 결국 입을 닫고 한쪽으로 찌그러져 있을 수밖에 없었다.

황조광의 말대로 일이 이 지경이 된 데에는 천무구룡 중 장치성의 책임이 가장 큰 것도 사실이었으니까.

천무구룡의 생존 모색은 그렇게 철저히 장치성을 따돌린 채 이어졌다.

장치성이 빠지자 토론은 한층 속도가 붙었다.

"그래, 갑시다. 아무렴 옥면신룡이 우리를 내치기야 하겠소?"

희망에 부풀었다.

"우리가 남도 아니고, 분명 우리를 반겨 줄 것이오."

긍정적으로 생각하니 한없이 긍정적이 된다.

"아닌 게 아니라, 옥면신룡이 하는 일이라면 우리도 당연히 한 손 거들어 줘야지요."

자신들이 저지른 일들은 생각지도 않는다.

"그렇지요. 사실 따지고 보면 옥면신룡과 우리는 동문의 사형제 간이 아닙니까? 우리가 옥면신룡을 돕지 않으면 누가 돕는단 말입니까?"

심지어 현천문에서도 천절문에서와 마찬가지로 한 자리씩 차지할 수 있을 거라는 후안무치한 꿈마저 꾸고 있다.

하지만 현실은 그들에게 그렇게 희망적이지도, 긍정적이지도 않았다.

* * *

"무슨 일로 오셨소?"

부푼 꿈을 안고 현천문에 도착한 그때, 현천문의 문을 지키던 경비무사 둘이 그들의 앞을 막아선다.

"문주를 뵈러 왔다."

우백이 당당하게 말했다. 그러나 돌아온 것은 차가운 냉소였다.

"돌아가시오. 여긴 아무나 드나들 수 있는 곳이 아니오. 문주님을 뵙는 것은 더더구나 안 될 일이고!"

"아무나라니? 우리가 누군지 모른단 말이냐? 우리는 천무구……."

"당신들이 천무구룡인지는 나도 알고 있소."

경비무사의 말에 우백은 물론이고 천무구룡 모두가 얼굴을 구겼다.

자신들이 천무구룡이란 것을 알고 있는데도 이 무례한 태도는 도대체 뭐란 말인가?

그뿐이랴, 경비무사의 이어진 말은 그들을 더욱 어이없게 했다.

"나도 한때는 천절문의 녹을 먹었던 사람인데 당신들 얼굴을 내가 왜 모르겠소?"

이 무례한 자가 심지어 한때 천절문도였다고 한다.

기억에 없는 얼굴이다. 그렇다는 것은 천절문에서는 감히 그들을 우러러볼 수도 없는 하찮디하찮은 존재였다는 뜻이다. 어쩌면 천절문에서도 지금처럼 문지기나 하고 있었을는지도 몰랐다.

그런 자가 지금 감히 자신들을 씹다 버린 칡뿌리쯤으로 취급을 하는 것이다.

여기가 천절문이었다면 당장 칼이라도 뽑아 들었을 것이다. 하지만 그러지 않았다. 아니, 못 했다. 어디까지나 구명을 청하러 온 처지였다. 그 집 누렁이가 짖는다고 복날도 아닌데 몽둥이를 들 수는 없는 일이었다.

화를 꾹 눌러 참고 말했다.

"우리가 누군지 알고 있다면 어서 문주께 고하거라!"

"안 된다고 하지 않소! 대체 당신들이 무슨 염치로 문주님을 뵙는단 말이오? 여긴 당신네들이 얼쩡거릴 곳이 아니니 괜히 치도곤을 당하고 싶지 않으면 썩들 돌아가시오!"

아예 칼까지 뽑아 들 태세다.

어이가 없다 못해 황당하기까지 하다.

아무리 똥개도 제집 앞마당에서는 반은 먹고 들어간다지만, 천절문에서는 감히 그들 앞에서 고개조차 제대로 들지 못했을 자다. 그런 자에게 이 같은 모욕을 겪게 될 줄은 생각지도 못했다.

"네놈들이 정녕 죽고 싶은 것이냐!"

결국 참다못해 화를 터트린 것은 장치성이었다.

검까지 뽑아 들었다.

그렇잖아도 내키지 않는 걸음이었다. 자신의 의사와는 상관없이 자기들 멋대로 이런 결정을 내린 천무구룡들이 여간 못마땅한 것이 아니었다. 옥면신룡에게 머리를 숙여야 한다는 것도 자존심 상했다. 가뜩이나 그렇게 기분이 별로인 상태에서 한낱 문지기에게까지 무시를 당하자 더는 화를 참지 못한 것이었다.

그러나 정작 기가 찰 노릇은 천무구룡의 태도였다.

"도대체 이 무슨 짓이오!"

"장 호법, 함부로 경거망동할 때가 아니지 않소!"

"어서 검을 거두지 않고 뭘 하는 거요! 정신 나갔소? 우리가 여기까지 온 이유를 그새 잊어먹기라도 한 거요?"

그런 모욕을 당하고도 화를 내기는커녕 혹여라도 옥면신룡의 심기를 불쾌하게 할까 노심초사해서는 오히려 장치성을 닦달들 한다.

참으로 비굴하기 짝이 없다.

천절문을 세우고자 의기투합했을 때는 저토록 구차하게 목숨이나 구걸하는 자들이 아니었다. 적어도 자존심 한 자락들은 지킬 줄 아는 무인이었다.

권력 때문일 것이다. 권력의 단맛에 취하고 나니 쓰디쓴 자존심은 너무도 쉽게 내팽개칠 수 있게 된 것이다.

그런 그들을 보고 있자니 환멸감마저 느껴졌다.

만일 마지막 희망이 옥면신룡이 아니라 다른 것이었다면 어땠을까? 그랬다면 자신도 그 한 가닥 구명줄에 매달려 자존심 같은 건 내팽개쳐 버리고 저들처럼 비굴해졌을까?

생각이 거기에 이르자 소름이 다 돋는다.

그리고 오기가 치밀었다.

'설혹 목에 칼이 들어온다 해도 옥면신룡에게 머리를 숙이는 짓 따위는 하지 않는다!'

결심을 세웠다.

현천문에는 들지 않을 것이다.

천무구룡들과도 연을 끊을 것이다.

결심을 하고 보니 속이 다 시원했다.

아니, 아직 마음에 거치적거리는 것이 하나 남았다.

"네놈들……."

장치성이 뽑아 든 검을 경비무사에게 겨누었다.

"감히 주제도 모르고 위아래 없이 까불었으니 그만한 각오는 응당 되어 있을 터, 네놈들의 무례에 대한 벌은 네놈들의 팔 하나로 대신할 것이다!"

진심이었다. 살기까지 내뿜는 것이, 오히려 목이 아니라 팔인 것을 다행으로 알라는 눈빛이다.

장치성의 그 같은 태도에 경비무사보다도 더 당황한 것은 천무구룡이었다.

"대체 지금 무슨……."

하지만 천무구룡이 뭐라 말을 하기도 전에 장치성이 먼저 선포했다.

"지금 이 순간부로 그대들과는 의절이오! 이 순간부로 그대들과 나 사이에는 단 한 올의 연도 없는 것이니 내가 그대들을 상관 않듯이 그대들도 내 일에 일절 상관 마시오! 아니면 나와 검을 맞대야 할 것이오!"

이 또한 결코 허투루 하는 말이 아니었다.

장치성의 선포에 천무구룡이 당혹감을 드러내며 어찌할 바를 몰라 한다. 살광을 사방으로 뿌려대는 장치성이 광인처럼 느껴져서 섬뜩하기도 했지만, 그 돌변이 또한 너무 갑작스러웠기 때문이다.

어쨌든 그 때문에 장내는 폭풍 같은 긴장감이 들어찼다.

당장에라도 칼바람이 휘날릴 것 같았다. 그리고 그 칼바람의 가장 가까운 곳에 있는 것이 경비무사들이었다.

천무구룡에게로 옮겨 갔던 장치성의 고개가 이윽고 다시 경비무사들을 향했다.

한데, 그때였다.

"거참, 듣자 듣자 하니 아주 가관이로군? 뭐? 주제도 모르고 위아래 없이 까불었으니 팔 하나를 자르겠다고?"

그 목소리는 천무구룡의 것도 경비무사의 것도 아니었다.
끼이이익—
현천문의 문이 열리고,
터벅터벅.
어딘지 껄렁한 걸음새로 걸어 나오고 있는 사내는 다름 아닌 여산삼귀의 둘째 마등이었다.
마등의 등장에 경비무사들이 가장 먼저 움직였다.
"호법원주님을 뵙습니다!"
머리가 땅에 닿을 듯이 허리를 직각으로 숙이며 극경의 예를 취한다. 천무구룡을 대할 때와는 천지차이였다.
이제 여산삼귀는 일개 도적이 아니었다. 비록 임시직이긴 하지만 첫째 마립은 집법원을, 마등은 호법원을, 그리고 마화는 현천문의 모든 정보를 맡아 관리하는 천밀원의 수장 자리에 앉은 현천문의 실세였다.
마등이 경비무사들의 인사를 손을 휘휘 저어 물린 후 장치성을 향해 무거운 쌍수도를 보란 듯이 한 손으로 척 들어 올렸다.
"위아래 없이 까부는 거로 따지면 그쪽이 최고 아냐? 장안에서 문주께 저지른 무례 정도면 팔 하나에 다리 한 짝은 없어야 얼추 계산이 맞을걸?"
마등의 비꼬는 말에 장치성이 실로 어이없어한다.
지금 장치성의 표정은 조금 전 경비무사의 무례를 접했을 때의 표정과 하등 다를 것이 없었다.

아는 자였다.

"여산삼귀……?"

"호오! 날 기억하는군."

어디 마등뿐이랴. 장안에서의 일도 생생히 기억하고 있었다.

장안 상인들의 회합 날 장안 상인들의 편에 서서 그때도 지금처럼 자신에게 쌍수도를 겨누었던 자였다.

가소로웠다.

'내 검 앞에서 오줌이나 지리던 자가…….'

실제로 오줌을 지리지는 않았지만 고양이 만난 쥐새끼처럼 옴짝달싹 못한 채 바들바들 떨던 자였다. 전의를 완전히 상실한 채 눈까지 질끈 감고는 무기력하게 죽음을 기다렸던 자였다.

천풍이 아니었다면 이렇게 살아서 숨을 쉬고 있지도 못했을 자가, 그저 밟으면 밟는 대로 짓이기면 짓이기는 대로 그렇게 벌레처럼 기며 살아야 할 자가 감히 자신에게 칼을 겨누고 있다.

장치성은 오래 고민하지 않았다.

경비무사에게 향했던 검을 그대로 마등에게로 옮겼다.

'제 놈이 벌레란 것을 망각하고 있다면 다시 일깨워 주면 그만이지.'

물론 마등은 경비무사와는 그 의미가 달랐다.

지난 일 년을 천풍의 옆에서 그를 보필해 온 충복이다.

경비무사의 팔 한 짝을 거두는 것이야 크게 문제가 되지 않을 수도 있지만, 마등에게 가하는 위해는 고스란히 자신에게로 돌아올 것이 분명했다.

그러나 상관 않기로 했다. 나중의 일은 생각하지 않기로 했다. 그런 것을 겁냈다면 애당초 천무구룡과 연을 끊지도 않았을 것이다.

성큼 한 걸음을 내디뎠다.

장안에서 그랬던 것처럼 마등을 향해 검을 뻗었다.

하지만 장안에서와는 다를 것이다. 마등은 장안에서처럼 운이 좋지도 명줄이 길지도 않을 것이다. 마등을 도와줄 천풍이 지금 여기엔 없으니까 말이다.

*　　*　　*

장치성의 짐작대로 장안에서와는 달랐다.

하지만 장안에서와 다른 것은 운이 아니라 마등의 실력이었다.

까앙―!

'막았다?'

순간, 장치성의 눈이 당혹감으로 흔들렸다.

장안에서는 자신의 검 앞에 싸울 의지조차 잃고 눈을 질끈 감았던 마등이 자신의 일격을 막아낸 것이다.

'우연?'

아니, 실수일 것이다. 소 뒷걸음질에 쥐가 잡히듯 그렇게 얼떨결에 벌어진 실수일 것이다.

'지독하게도 운이 좋다만…….'

"그것도 여기까지다!"

장치성이 마등의 목을 향해 보다 빠르게, 보다 강하게 검을 찔러 넣었다.

한데,

까앙—!

다시 막혔다.

우연이 아니다.

실수도 아니다.

이제 장치성의 눈에 담긴 것은 당혹이 아니라 의혹이었다. 그러나 마음속 의문을 풀 여유가 없었다. 당장 마등이 커다란 쌍수도를 휘둘러 오고 있었다.

'이게 대체…….'

굳이 일 년 전의 마등과 비교하지 않더라도, 자신의 검을 이토록 간단히 막아낸 자가 과연 있었던가? 게다가 이토록 신속한 반격이라니?

중첩되는 의문…… 하지만 지금은 머리가 아니라 몸을 움직여야 할 때였다.

장치성은 지체 않고 마등의 쌍수도를 막았다.

까앙—!

그로부터 몇 차례의 공방이 오갔다.

그렇게 몇 차례의 공방을 주고받고 나니 하나는 확실하게 알게 되었다.

'이자…… 천하오절의 비급을 익혔다.'

생각해 보면 새삼스러울 것도 없는 일이었다.

현천문의 문도가 되는 것만으로도 비급을 주는 옥면신룡인데, 자신의 곁을 일 년이나 지킨 여산삼귀를 내버려 뒀을 리가 없다.

하지만 그래 봤자 일 년이다. 천하오절의 비급이 아무리 익히기가 쉬운 삼류 무공이라고 해도 고작 일 년 만에 제대로 익혔을 리가 없다. 자신만 해도 그것을 완전히 익혀 이름을 세우는 데 칠 년이나 걸렸다.

자신에 비하면 그야말로 애송이다. 자신이 그런 애송이에게 질 리가 없다.

당황은 잠깐이었다.

상황 파악이 끝나자 자신감이 충만해진다.

위축되었던 몸과 마음도 한껏 기지개를 켠다.

그리해 장치성의 검은 한층 빠르고 날카롭게 마등을 짓쳐갔다. 한데, 이번에도 상황은 그의 생각대로 흘러가지 않았다.

자신이 제대로 전력을 다하면 마등 같은 애송이쯤이야 간단히 제압할 수 있을 거라 생각했다. 한데, 현실은 그게 아니었다.

장치성의 검이 한층 더 빨라지고 날카로워지는 만큼 마등의 쌍수도는 그 이상으로 거칠어지고 그 이상으로 사나워졌다.

검과 도가 맞닿고, 사방으로 불꽃이 튀는 그 순간에 파도처럼 밀려드는 힘은 장치성의 가슴을 서늘하게 하기에 충분한 것이었다.

검과 도가 맞닿는 횟수가 많아질수록 압도를 당하고 있는 쪽은 마등이 아니라 오히려 장치성이었다.

'이럴 리 없다!'

고작 익힌 지 일 년도 안 된 애송이에게 자신이 압도당하는 현실을 도무지 믿을 수도 납득할 수도 없다.

불신이 커지면 커질수록 발악하듯 온 힘을 다 쥐어짜서 검을 휘둘러 보지만, 지금 눈앞의 마등은 폭풍처럼 사납고 노도처럼 거침이 없었으며 철옹성처럼 굳건했다..

'설마…… 이자는 천하오절의 비급 중에서도 뭔가 특별한 것이라도 익혔다는 말인가?'

아니면 자신과는 비교도 안 될 만큼 뛰어난 재능을 가지고 있기라도 하다는 말인가?

온갖 생각들이 머릿속에서 뒤엉켰다.

생각이 많아질수록 손발은 어지러워졌다. 또한 그러면 그럴

수록 그의 얼굴빛은 짙은 암갈색이 되어 갔다.

장치성이 그렇게 믿기지 않는 현실에 암담해하고 있을 때, 한편 마등은 상당히 흥분해 있었다.

'별거 아니잖아?'

통한다.

일 년 전에 그 절대적인 위용에 저항 한번 해 보지 못하고 속수무책으로 당해야 했던 장치성에게 자신의 쌍수도가 먹히고 있다.

사실 조금 전 장치성에게 짐짓 건방을 떨어 보이긴 했지만 그다지 자신이 있었던 것은 아니었다. 그때도 기에 눌렸고 일 년이 지난 지금도 별반 다르지 않았다.

장치성의 검이 자신을 향했을 때는 그날의 기억이 고스란히 살아나며 가슴 서늘한 긴장을 느껴야 했다. 심지어 등허리를 타고 식은땀마저 흘렀다.

그래서 더 건방을 떨었다. 적어도 장치성에게만은 그런 낌새를 눈치채게 하고 싶지 않아서.

그랬던 상대였다.

그랬던 상대가 자신의 쌍수도에 허둥대며 꼴사나운 모습을 연출하고 있었다. 그를 보는 마등은 감흥이 남다를 수밖에 없었다.

'문주를 따르기를 잘했어!'

백 번 천 번 생각해도 천풍을 따르기로 한 건 탁월한 선택이었다. 도연명의 시를 개사까지 해 가면서 천풍을 졸라댄 것도 정말이지 잘한 일이었다.

그리해 벽력구산도(霹靂九散刀)를 얻었다.

벽력구산도는 장치성이 생각한 것처럼 천풍이 쓴 무공서 중에서 특별한 것은 아니었다. 장치성의 추혼탈백검과 마찬가지로 이름만 그럴싸한 삼류무공에 지나지 않았다.

한데도 마등이 고작 일 년 만에 이렇듯 장치성을 따라잡을 수 있었던 것은 물론 재능의 차이란 것도 무시할 수 없지만, 그 무엇보다 중요한 것은 마등이 장치성과는 달리 아주 좋은 스승을 두었다는 것이다.

천풍이라는 좋은 스승을 두었다. 단 일 년의 시간 동안 장치성의 칠 년을 따라잡는 데에는 그 하나면 충분했다.

언젠가 천풍에게 물은 적이 있었다.

'천하오절의 비급을 익힌 자들끼리 맞붙는다면 어떻게 됩니까?'

서로에게 허점이 없다면 과연 승패는 뭐로 갈리게 되는 것일까?

'물론 무공에는 허점이 없습니다. 적어도 제게는 그렇게 보입니다. 하지만 그건 어디까지나 무공 자체의 완벽함이지 그것을 쓰는 사람까지 완벽해지는 것은 아닙니다. 일시적으로 초식 뒤에 몸을 숨길 수는 있겠지만 끝내는 허를 드러내기 마련입니다. 승패를 가르는 것은 결국 초식 뒤에 누가 더 오래 숨어 있느냐, 상대를 누가 먼저 초식 밖으로 끌어내느냐가 되겠죠.'

'그럼 상대를 초식 밖으로 먼저 끌어내려면 어떻게 해야 합니까?'

'어차피 삼류무공입니다. 화산의 이십사수매화검법처럼 겹겹이 이어져 온 깨달음이 그 바탕에 깔린 것도 아니고, 검법과 하나 되어 그것을 익히는 자의 그릇을 키워 주는 것 또한 아닙니다. 깊이가 얕고 단순합니다. 얕고 단순한 만큼 그것을 부수는 방법은 간단합니다.'

'그게 뭡니까?'

'상대보다 힘이 강하면 됩니다. 그 힘이란 건 타고난 신력일 수도 있고 내공일 수도 있고 검의 빠르기일 수도 있겠죠. 어느 것이든 물리적인 힘이 강한 쪽이 보다 오래 초식 뒤에 숨어 있을 것이고 약한 쪽은 보다 먼저 초식 밖으로 끌려 나오게 될 것입니다. 물론 이는 어디까지나 양측이 무공을 허점 없이 완벽하게 익혔을 때의 가정입니다. 단 하나의 허점이라도 남아 있다면 물리적인 힘의 차이를 가늠해 볼 여지도 없이 승부가 날 테니까요. 삼류무공에 있어 허점이란 것은, 그것이 비록 단 하나일지라도 하늘보다 큰 법이니까 말입니다.'

장치성은 칠 년의 노력으로 추혼탈백검을 허점 없이 완벽하게 익혔고, 마등은 지난 일 년간 천풍의 세심한 가르침 덕에 벽력구산도를 허점 없이 완벽하게 익혔다. 그러니 그들의 승패를 가르는 것은 결국 물리적인 힘이다.

물리적인 힘이라면 단연 마등이 앞섰다.

그래도 명색이 마황성 출신이었다. 마황성에서 다년간 체계적인 수련을 받은 만큼 힘에서도 내공에서도 장치성을 압도했다.

'역시 문주님의 말씀대로였어!'

물리적인 힘의 차이가 승패를 가름할 것이라 했던 말 그대로였다.

끝이 보이고 있었다. 악으로 버티고는 있지만 이미 한계까지 이른 장치성이다.

'조금만 더 하면…… 조금만 더 하면…….'

초식 뒤에 숨은 장치성을 초식 밖으로 끄집어낼 수 있다.

'그래! 이길 수 있다!'

일 년 전 참담했던 그날의 기억도 오늘로써 말끔히 지워질 것이다.

짜릿하고 통쾌했다. 그리고 주체할 수 없을 만큼 흥분도 되었다. 그런 만큼 그의 쌍수도는 장치성을 향해 더욱 거침없이 퍼부어졌다.

장치성이 그렇게 일방적으로 당하자 장치성 본인보다 더 놀란 것은 천무구룡이었다.

현천문에 들어 천하오절의 비급을 얻은 자만 해도 수천수만에 이른다. 하지만 그래 봐야 비급을 얻은 지 고작 일 년도 되지 않는다. 천하오절의 비급을 많게는 십 년을 익혀 온 자신들과는 애초에 비교 대상이 아니다. 그 수가 수천이든 수만이든, 혹은 수십만이라 해도 그중 최고는 자신들이다.

그렇게 생각했다.

한데, 그 생각이 지금 여지없이 부서지고 있었다.

여산삼귀라 했다.

여산삼귀가 일 년 전부터 천풍을 따르기 시작했다는 것은 그들도 익히 알고 있는 사실이었다. 그렇다면 그들 역시 일 년이 고작이다. 천풍과 만난 그 순간부터라고 해도 기껏해야 일 년하고 반년이 조금 더 지났을 뿐이다.

천무구룡의 수좌 격이었던 장치성이다. 당대의 고수 탈명검한담을 꺾으며 천하오절의 비급을, 그 존재를 세상에 가장 먼저 알린 것 또한 장치성이다. 그런 장치성이 천하오절의 무공을 배운 지 고작 일 년 반밖에 되지 않는 전직 도적에게 저토록 일방적으로 당하고 있는 것이다.

마등이 옥면신룡과 보낸 일 년 반은 자신들이 밤낮없이 비급을 붙들고 보낸 지난 십 년과 대체 뭐가 다르단 말인가?

적어도 자신들 정도의 실력이라면 현천문에서도 한 자리씩들 얻을 수 있을 거라 생각한 것이 얼마나 가소로운 것이었는지 알았다.

천하오절의 이름을 잃는다는 것이 어떤 의미인지도 알았다.

천하오절의 이름을 잃은 천절문이라는 것이, 천무구룡이라는 감투가 얼마나 하찮고 부질없는 것이었는지도 지금 이 순간 너무도 절절하게 깨달았다.

신(神)을 버렸다.

그러니 천벌은 당연했다.

그 천벌을 가장 먼저, 가장 혹독하게 받고 있는 것은 장치성이었다.

까앙—!

"크윽!"

마침내 초식 뒤에 숨은 장치성이 초식 밖으로 끌려 나왔다. 그리고 그 순간 마등의 쌍수도가 냉혹하게 공기를 갈랐다.

서걱!

섬뜩한 파열음이 있고,

툭!

팔 하나가 떨어졌다.

피가 분수처럼 뿜어져 나온 것은 그로부터 숨을 두 번 내쉴 정도의 정적이 있은 후였다. 그리고,

"끄아아아아……!"

비명은 그보다 조금 더 뒤에 터져 나왔다.

그때였다. 장치성이 이제 반쪽밖에 남지 않은 팔을 붙들고 고통에 찬 비명을 내지르며 바닥을 뒹굴고 있는 그때, 천무구

룡이며 경비무사며 할 것 없이 질린 얼굴로 그 같은 참혹한 광경을 보고 있는 그때, 현천문의 열린 문으로 한 사내가 걸어나왔다.

눈앞에 벌어진 광경을 잔뜩 눈살을 찌푸린 채 둘러보고 있는 사내.

다름 아닌 천풍이었다.

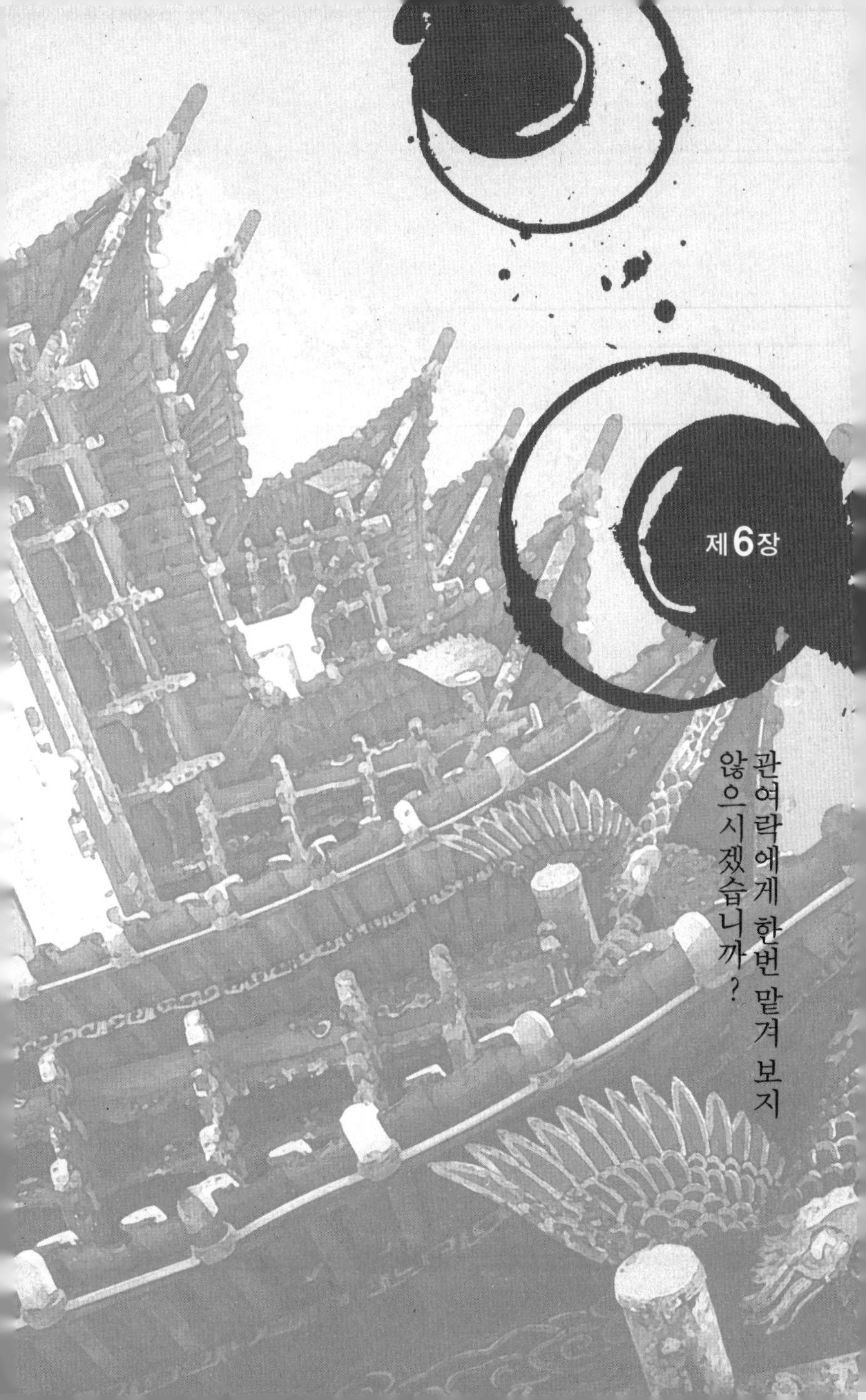

제6장

관여락에게 한번 맡겨 보지 않으시겠습니까?

"문주님을 뵙습니다!"

경비무사들이 천풍을 보자마자 예를 취해 왔다. 뒤이어 마등도 넙죽 허리를 숙였다.

뜻밖이라고 해야 할까, 뜬금이 없다고 해야 할까?

"무, 문주님을 뵙습니다!"

천풍을 본 순간, 누가 먼저랄 것도 없이 천풍의 앞에 그대로 부복하며 머리를 조아리는 천무구룡이다.

형식적인 인사도 아니었고 무언가를 바라서 한 행동도 아니었다. 진실로 마음이 굴복당해서 자신들도 모르게 본능적으로 나와 버린 행동이었다.

천풍이야 이게 다 무슨 난리인가 싶었다.

마립으로부터 천무구룡이 찾아왔다는 소식을 듣고 나온 걸음이었다. 그렇게 나와 보니 장치성은 팔이 잘려서 비명을 질러대고 있고, 천무구룡은 대뜸 머리를 땅에 박으며 감당하기 힘든 대례를 취해 온다.

하지만 마냥 어리둥절해하고만 있을 상황이 아니었다. 천풍은 그 즉시 장치성에게 다가가 지혈부터 했다. 그리고 경비무사에게 그를 가까운 의원으로 데려다 주도록 지시를 한 후, 그제야 마등에게 물었다.

"대체 이게 다 무슨 일입니까?"

"작은 다툼이 있었습니다."

작은 다툼이라 하기에는 팔 하나는 너무 크다. 게다가 그가 아는 마등은 작은 다툼으로 팔 하나를 자를 만큼 그리 모진 사람이 아니었다.

그러나 상대가 장치성이었기에 납득했다. 작은 다툼으로 팔 하나를 자를 만큼 모질지는 않았지만, 받은 만큼은 철저히 돌려주려는 오기와 근성은 있었다.

어떤 시비로 이 같은 싸움이 벌어졌는지는 모르지만 다른 것도 아닌 팔을 잘랐다면, 그것은 지난날 장안 상인들의 회합에서 장치성에게 팔을 잃었던 유기장이 장가의 억울함을 대신한 것이 틀림없었다.

장치성의 팔을 자른 것은 그렇게 수긍을 했다. 남은 의문은 아직도 자신의 발치에 머리를 박고 있는 천무구룡이었다.

"그래, 여긴 무슨 일로들 오셨습니까?"

천풍의 물음에도 누구 하나 먼저 고개를 드는 자가 없다. 먼저 선뜻 대답을 하려는 자도 없었다. 서로가 서로의 눈치를 보기에 바쁘다.

천풍이 답답해하며 재차 물었다.

"어찌 오셨는지 묻고 있지 않습니까?"

어차피 그리 반갑지도 않은 면면들이다 보니 목소리에는 짜증마저 묻어나고 있었다.

그제야 천무구룡이 쭈뼛쭈뼛 고개를 들어 천풍을 본다.

"저기, 우리는…… 현천문에 들고자……."

천풍이 눈살을 찌푸리며 되물었다.

"그러니까 현천문의 문도가 되시겠다는 겁니까?"

"문주님께서 받아만 주신다면…… 신명을 다 바쳐 충심을 다할 각오가…… 저희는 되어 있습니다."

떠듬떠듬 말을 잇는 우백에게선 조금 전까지의 당당함은 조금도 찾아볼 수 없었다. 어디 우백뿐이겠는가? 천무구룡 모두가 천풍의 눈치만 살피고 있었다.

그런 그들을 보는 천풍은 그저 어이가 없을 뿐이다.

천무구룡이 곤란한 지경에 처해 있다는 소식이야 그도 들어 알고 있었다. 그리 만들고자 벌인 일이었기에 새삼스러울 것도 없었다. 그러나 아무리 곤란을 겪고 있다지만 현천문에 몸을 의탁해 올 거라고는 전혀 생각지 못했다.

천풍이 그렇게 어이없어하는 사이, 마등이 발끈해서는 따져 물었다.

"천하오절을 부정하고 문주님을 그토록 매몰차게 내친 주제에 이제 사정이 달라졌다고 문주님께 손을 벌리겠다? 무슨 놈의 인간들이 이리도 뻔뻔한 거야?"

천풍이 하고 싶은 말 그대로였다.

사람들이 어찌 이리 뻔뻔할까?

변명이랍시고 하는 말은 더 가관이었다.

"그건…… 그건 우리의 뜻이 아니었습니다. 우리는 그저 염단주와 장 호법이 하자는 대로 따른 것뿐입니다."

그 같은 변명에 마등이 혀마저 끌끌 찼다.

"정말 한심들 하구만. 염장 그자 곁에서 누릴 건 다 누려 놓고 이제 와서 책임만 떠넘기는 꼴이라니……."

이 또한 마등의 말이 곧 천풍의 마음이었다.

실로 가소롭다.

그들 중 몇은 장치성이 장안에서 했던 것보다 더한 짓도 했었다는 것을 뻔히 알고 있는데, 죄를 반성하기는커녕 책임 회피에 되지도 않는 변명이나 일삼고 있다.

이렇듯 마주하고 있는 것조차 역겨울 지경이었다.

"돌아들 가십시오. 당신들이 머물 자리는 이곳에 없습니다."

더는 상대하기가 싫어서 바로 걸음을 돌렸다. 한데, 그런 천풍의 앞을 천무구룡이 급히 막아선다.

"문주님! 정녕 저희를 이대로 내치실 작정이십니까? 그래도 문주님과 저희는 한 스승을 둔 동문의 형제가 아닙니까?"

동문의 형제라니? 누가 말인가?

"애당초 당신들과 나는 한 스승을 두지도 않았고 동문의 형제도 아닙니다. 더욱이 천하오절과 무관하다 하신 건 당신들이 아닙니까?"

"그건…… 그렇지만…… 그러나, 한낱 짐승도 집에 들면 함부로 내치지 않는다 하지 않았습니까? 저희가 한때 잘못은 했지만 문주님마저 저희를 내치면 저희는 정말이지 더 이상 갈 곳이 없습니다. 무도한 자들의 칼에 언제 어떻게 화를 당할지 모르는 신세입니다. 저희가 그렇게 되는 것은 문주님도 바라는 바가 아니지 않습니까?"

이젠 하다 하다 비루하게 사정까지 한다.

살기 위해서라면 체면을 버리는 것도 자존심을 버리는 것도 너무 쉬워져 버린 천무구룡이다. 인정에 호소하는 것만이 유일한 살길이라 생각하는 모양이지만, 그들이 그러면 그럴수록 오히려 천풍의 눈빛은 더욱더 싸늘해져만 갔다.

"뭔가 단단히 착각들을 하고 계시는 것 같군요. 저는 당신들을 용서하고 받아들일 생각이 눈곱만큼도 없습니다. 당신들이 천하오절의 무공을 앞세워 세상에 행한 악행들을 생각하면 용서는커녕 당장 제 손으로 당신들의 사지 근맥을 모두 끊어 천하오절의 무공을 거두고 싶은 심정입니다. 아시겠습니까? 그 하잘것없는 사지라도 온전히 지키고 싶으면 지금 당장 제 눈앞에서 사라지라는 말씀입니다!"

그냥 허투루 하는 소리가 아니었다. 천풍의 눈빛은 정말로 그렇게 할 것처럼 살기마저 띠고 있었다.

천풍의 그 같은 눈빛에 천무구룡이 저도 모르게 주춤 두 걸음씩을 물린다.

그런 천무구룡을 싸늘한 눈빛으로 훑어가던 천풍이 이윽고 멈췄던 걸음을 다시 옮겼다.

더 이상 아무도 그를 막지 않았다. 막기는커녕 혹여 그림자라도 닿을까 겁을 먹어서는 걸음을 물리기 바빴다.

지금 천풍의 앞을 막는 것보다는 천절문도들이 휘둘러대는 도산검림 속으로 뛰어드는 것이 차라리 나을 것 같았다. 그 정도로 천풍은 살벌한 분위기를 풍기고 있었다.

천무구룡이 불러온 한바탕의 소란은 결국 그렇게 일단락이 되었다. 그리고 천무구룡은 아무런 소득도 얻지 못한 채 다시 불안하고 답답한 도피 생활로 돌아가야 했다.

* * *

그로써 배은망덕에 대한 응징은 완전히 끝이 났다.

여산삼귀에게 선언했던 대로 천무구룡에게 천하오절의 이름을 잃는다는 것이 어떤 의미인지도 가르쳐 주었고, 천하오절의 이름을 잃은 천절문이 얼마나 하찮은 것인지도 일깨워 주었다. 염장도 지금쯤이면 세상의 도의가 왜 중한 것인지 똑똑히 깨달았을 것이다.

한데 왠지 마음이 그리 개운치가 않았다.

그것이 행방이 묘연해진 염장에 대한 아직 남아 있는 일말의 정리 때문인지, 오갈 곳 없는 천무구룡을 너무 매정하게 대한 것이 못내 마음에 걸려서인지는 스스로도 잘 알지 못했다.

물론 후회를 하는 것은 아니었다. 그들을 용서해 줄 마음도, 다시 받아 줄 생각도 전혀 없었다. 그저 복수란 것이, 응징이란 것이 생각보다는 그리 뒷맛이 좋지가 않았던 것뿐이다.

그렇게 불편한 마음으로 며칠을 보냈다.

하필이면 날씨도 우중충해서 그 며칠 동안 하늘은 잔뜩 먹구름만 껴 있었다.

가뜩이나 유난히 빨리 와 버린 여름이다. 봄이 어떻게 간지도 모르게 가 버렸고 이제는 조금만 움직여도 땀이 흥건할 만큼 무더위가 깊게도 밀려들어 와 있었다.

차라리 비라도 한바탕 퍼부어 주면 시원하기라도 할 텐데 습기만 잔뜩 머금은 채로 비는 감감무소식이니 공기는 눅눅하고 옷은 꿉꿉하고 마음은 더 칙칙해만 졌다.

그러나, 삼 년 가는 가뭄 없고 열흘 궂은 날씨 없다고 했던

가. 나흘째 되던 날에 한바탕 비가 퍼부어지더니 언제 궂었냐 싶게 날이 쨍쨍해졌다.

그때까지도 천풍의 마음은 여전히 개운치가 못했다. 그동안도 줄곧 방 안에서 두문불출하며 지냈다. 그러다 궂은 날씨도 걷힌 김에 기분 전환도 할 겸 모처럼 바람이나 쐬자 싶어 방문을 나섰다.

이곳으로 옮긴 지도 벌써 석 달이 다 되어 가건만 아직도 적응이 안 된다. 너무 넓고 크다. 게다가 하필이면 문주의 처소라고 정해진 곳이 현천문 건물 내에서도 가장 깊은 곳에 있어서 한 번 밖으로 나갈라치면 무려 여섯 채의 전각과 두 개의 연무장을 지나야 했다.

현천문의 풍경은 석 달 전과는 많이 달랐다.

건물만 덩그러니 있던 석 달 전과는 달리 내딛는 걸음마다 문도들이 눈에 띄었고,

"문주님을 뵙습니다!"

내딛는 걸음마다 공손히 인사를 건네 온다.

이 또한 적응이 안 된다.

괜스레 낯간지럽기도 하고 몸에 맞지 않은 옷을 입은 양 어색하기도 했다.

걸음마다 공경히 건네 오는 현천문도들의 인사를 받으며 그렇게 천풍은 현천문을 가로지르고 있었다. 한데, 네 개의 전각을 지나 무려 사방 백이십 장에 이르는 대연무장 앞에 이르렀

을 때다. 돌연 천풍이 걸음을 멈췄다.

한바탕 퍼부은 비로 그사이 땅이 상당히 질척해져 있는데도 그곳은 한여름 뜨거운 백사장처럼 사람으로 가득 차 있었다.

무공 수련 중이다.

그저 대연문장의 문턱에 한 발 내디뎠을 뿐인데도 그 열기가 고스란히 전해져 올 만큼 열정적으로, 그리고 치열하게 저마다 무공 수련에 열중하고 있었다.

새삼 이젠 정말 무림의 무문으로서 틀을 갖춰 가는 것 같아 감회가 새롭기도 하고, 그런 한편으로 문도들이 이렇게도 열심인데 명색이 문주란 자가 방 안에만 틀어박힌 채 문파의 일을 소홀히 하고 있었다는 것이 부끄럽기도 했다.

그렇게 자책을 하며 대연무장을 둘러보던 중에 문득 그의 시선을 잡아끄는 것이 있었다.

모두가 열심인 속에서도 유독 더 무혼을 불사르고 있는 사내가 있었다.

'마 호법…….'

마등이다.

천풍의 발길이 절로 마등에게로 향했다.

천풍이 연무장을 가르자 그제야 천풍을 발견한 문도들이 다들 수련을 멈추고 황급히 인사를 건네 왔다.

손을 휘휘 내저어 신경 쓰지 말고 수련을 계속하라고 했지만, 워낙에 많은 인원이다 보니 손짓 한두 번으로는 통제가 되지 않았다. 문주의 등장에 얼음처럼 얼어붙는가 하면 사방에서 귀가 따가울 정도로 중구난방의 인사가 이어졌다.

그런 소란의 와중에도 마등은 여전히 수련에 열중이었다. 완전히 몰입해서는 천풍이 지척에 이르렀는데도 쌍수도를 휘두르는 것에만 몰두하고 있었다.

천풍은 마등을 부르지 않았다. 옆에서 가만히 지켜만 보았다.

'이렇게까지 성취가 빠를 거라고는 생각지 못했는데…….'

일 년 전 현천문을 세울 계획을 얘기했을 때 현천문의 첫 번째 문도가 되겠다며 적극 동참을 약속했던 여산삼귀였다.

어차피 혼자서 그 모든 일을 진행하기란 벅찬 상황이었다. 또 그들의 구애가 워낙에 간절하기도 해서 결국 그들을 현천문의 첫 번째 문도로 받아들였고 마립에게는 연혼팔검(燃魂八劍)을, 마등에게는 벽력구산도(霹靂九散刀)를, 그리고 마화에게는 옥녀심검(玉女心劍)을 전했다.

사실 그때까지만 해도 큰 기대를 하지 않았다. 그간의 정리와 필요성에 의해서 그들을 받아들이기는 했지만, 가뜩이나 책을 만드는 것에만 집중하기에도 시간이 부족한 차에 괜한 번거로움만 자처하는 것이 아닌가 하는 회의감마저 들었다.

한데, 막상 그들을 가르쳐 보니 천풍이 생각하는 것과는 달랐다.

번거롭지도 귀찮지도 않았다.

가르치는 재미가 있었다.

기껏해야 전직 도적인데, 그런 것치고는 무공에 대한 재능들이 상당했다. 특히 그중에서도 마등의 습득 속도는 그야말로 경이로울 지경이었다. 거기다 순간순간의 번뜩임은 때때로 천풍을 깜짝 놀라게 하기도 했다.

하루하루가 달랐다. 하루가 다르게 실력이 늘고 하루가 다르게 성장해 간다. 그것을 지켜보는 즐거움은 산사에서의 지루함을 잊게 하기에 충분했다. 어떤 날은 시간 가는 줄도 모르고 사흘 밤낮을 마등과 무(武)를 논할 때도 있었다.

생긴 거나 평소의 행동거지와는 다르게 엄연히 문무를 겸비한 인재다. 이런 인재가 그동안 도적질이나 하고 있었다는 게 이해가 되지 않았다.

"마황성은 왜 나온 거지?"

새삼 궁금증이 밀려든다.

모르긴 몰라도 마등 정도의 재능이라면 마황성에서도 특별했을 것이 틀림없었다. 거기다 무(武)에 대한 열정을 생각하면 분명 어디서든 두각을 드러냈을 것인데, 왜 아직 제대로 된 무공조차 익히지 못했을까?

마황성은 왜 나온 것이며 마황성에선 왜 또 그만한 재능을 놓아 버린 것일까?

"파벌 때문입니다."

갑작스레 들려온 말에 고개를 돌려 보니 언제 왔는지 마립이 서 있었다. 천풍의 중얼거림을 들은 모양이었다.

천풍이 의아해하며 물었다.

"파벌이요? 마황성에도 파벌 같은 게 있습니까?"

"아무리 강자존의 철칙으로 지배된다고 해도 그곳도 결국 사람이 사는 곳인데 파벌이 왜 없겠습니까?"

"흠……."

하긴, 그도 그렇다. 사람이 셋만 모여도 편이 나뉘고 줄이 생겨나기 마련인데 수천 명이 모인 곳에 파벌과 계파가 존재하지 않을 리 없었다.

"그럼 마 호법은 어느 파벌이었습니까?"

"전대 성주의 대제자 마군자 담우광(啖優光) 쪽이었습니다. 마황성의 대제자라고 하기에는 그 성향이 마도보다는 정과 협에 더 가까웠던 사람이었습니다. 어린 날 화적 떼에게 일가족이 몰살당했을 때, 그때 만난 인연이 전대 마황성주가 아니라 정파의 인물이었다면 일세의 영웅이 되었을 거라는 말이 공공연히 나돌 정도의 그릇이었지요."

비록 담우광만큼 대단한 배경은 아니지만, 태어난 바탕이 마도이면서도 주제넘게 협객을 꿈꿨던 마등과는 비슷한 면이 있었다. 어린 날 철없을 때나마 협객을 꿈꿨던 마등이 마황성에 든 것도, 그리해 담우광의 줄에 선 것도 그래서였을 것이다.

"하지만 안타깝게도 담우광은 야심이 없는 인물이었습니

다. 야심도 없고 성향도 맞지 않으니 권력에서 겉도는 거야 당연한 일이었지요. 그런 담우광에 반해 전대 성주의 둘째 제자 엄승(嚴承)은 야심이 많고 교활한 자였습니다. 담우광이 겉도는 동안 마황성의 요직을 자신의 사람들로 채웠지요. 그때 아우가 줄을 대고 있던 상관이 잘려 나가면서 아우도 덩달아서 같이 잘려 나간 것입니다. 그러니까 아우는 마황성을 나온 게 아니라 쫓겨난 것이죠. 그나마도 그때까지는 엄승이 담우광의 눈치를 봐야 하는 상황이었고 또 아우가 워낙에 하찮은 위치에 있었기에 망정이지, 그렇지 않았다면 정쟁에서 밀린 자들이 대개 그렇듯이 아우도 목숨 줄을 부지하기가 어려웠을 겁니다."

마황성에 대해서는 별로 들은 것이 없었다. 별다른 관심도 두지 않았거니와 주위에 마황성과 관련된 사람이 아무도 없었기 때문이다.

그래서 마립으로부터 듣는 마황성 이야기가 상당히 신선하고 흥미롭게 느껴졌다.

"그럼 지금 마황성 성주는 엄승이란 자입니까?"

"아닙니다."

"엄승이 아니라면 담우광이……?"

"담우광도 아닙니다."

천풍이 어리둥절한 눈으로 마립을 보았다.

"엄승도 아니고 담우광도 아니라면 누가……?"

"당대 마황성주는 담우광의 제자입니다. 나이가 열일곱밖에 되지 않는……."

"그럼 엄승을 누른 담우광이 결국 자신의 제자에게 그 자리를 이양한 겁니까?"

"마황성주가 바뀐 것은 삼 년 전입니다. 담우광은 이미 오년 전부터 행적이 묘연한 상태고요. 엄승의 계략에 빠져 필경 죽음을 당했을 거라는 소문도 있었습니다."

"그럼……."

"예. 엄승을 누른 것은 담우광이 아니라 담우광의 제자입니다."

"그러나 아직 열일곱밖에 되지 않았다면서요? 더구나 마황성주가 된 게 삼 년 전이라면 고작해야 열네 살인데?"

"그런 자입니다. 당대 마황성주 마선동(魔仙童) 이진하(李眞河)라는 인물은…… 그렇다고 무재가 뛰어난 것은 아닙니다. 담우광의 제자라고 하기에는 오히려 많이 부족하다고 알려져 있습니다."

들으면 들을수록 이해가 되지 않는다.

"무재가 뛰어난 것도 아닌데 어떻게 그 어린 나이에 마황성의 성주가 될 수 있었단 말입니까?"

더구나 명색이 전대 마황성주의 제자인데 엄승이란 자가 그리 호락호락했을 리가 없었다.

"저도 자세한 속사정까지는 모릅니다만, 아우의 말로는 마선동에겐 사람의 마음이 없다고 하더군요."

"사람의 마음이 없다구요?"

"그야말로 순정지악(純情至惡)이라는 거지요. 이건 어디까지나 소문입니다만, 평소 마도에 대한 혐오감마저 품고 있던 담우광이 마선동을 제자로 삼은 것은 너무 순수한 악이라서 그것이 오히려 선하게 보였기 때문이라더군요. 아마 마선동이 그 어린 나이에 마황성의 성주가 될 수 있었던 것도 그러한 면이 일조를 하지 않았을까 싶긴 합니다만…… 역시 자세한 사정까지는 알 도리가 없습니다."

마립의 설명만으로는 마동자 이진하라는 자가 어떤 인물인지 전혀 그 실체가 잡히지 않았다.

모호하고 흐릿했다. 그래서 더 궁금하기도 했다.

"그나저나 이젠 정말 아우를 당해내지 못하겠군요."

마립이 그렇게 화제를 다시 마등에게로 돌렸다.

마립의 말은 마등에 대한 대견함에서 비롯된 것이었지만, 한편으로는 그도 무인이기에 어쩔 수 없는 씁쓸함이 묻어나기도 했다.

어디 마립뿐이겠는가.

천하오절의 무공을 익힌 자 중 마등을 당해낼 자는 아무도 없을 것이다. 천무구룡 중 수좌를 다투는 장치성조차 마등의 칼에 팔이 잘려 나가지 않았는가.

아니, 천하오절의 무공을 익힌 자들에게만 국한된 것이 아니다. 위명이 쟁쟁한 당대의 후기지수 중에서도 마등을 당해낼 자가 과연 몇이나 될지 의문이었다.

언뜻 떠오르는 고수라고 해 봐야 혜광을 위시한 신주오기와 도진 정도였다.

'그들 외에는…… 아마도 없겠지.'

그렇게 확신을 했다.

하지만 그러한 확신은 불과 하루 만에 여지없이 깨지고 말았다.

바로 다음 날 아침 현천문을 찾아온 어떤 사내에게 마등이 힘 한번 제대로 써 보지 못하고 무참히 얻어터지는 사건이 발생한 것이다.

그 사내는 신주오기도, 도진도 아니었다. 마등을 복날 개 패듯 팬 그 무공은 심지어 천하오절의 무공이기까지 했다.

* * *

천풍은 바닥에 널브러져 완전히 정신을 잃고 있는 마등을 보며 어리둥절해하고 있었다.

현천문 앞에서 마등이 어떤 사내와 싸움을 벌이고 있다는 소식을 전해 듣고 또 무슨 일인가 싶어 급히 달려 나와 보니 이 모양이었다.

참담한 몰골이었다. 정신을 잃고 널브러져 있는 모습에서는 실로 오지게도 당한 티가 팍팍 풍겼다.

천풍의 눈이 마등을 거쳐서 마등을 그렇게 만든 자에게로 향했다.

죽립을 쓰고 있었다. 그래서 얼굴은 확인할 수 없었다. 대신 눈에 띄는 것이 하나 있었다.

물지게를 이듯 양쪽 어깨에 턱하니 걸치고 있는 무기……. 마등을 저토록 무참히 만들어 놓은 무기는 아무런 특색도 없는 그저 평범한 곤이었다.

아무런 특색도 없는 곤이었지만 그것을 보는 천풍의 눈에는 이채가 떠올랐다.

"저건……!"

낯이 익다.

낯이 익을 뿐만 아니라 누구의 것인지도 안다. 죽립 속에 가려진 얼굴도 알고 있다.

그때, 사내가 죽립을 벗었다. 그리고 드러난 얼굴은 천풍이 짐작했던 바로 그 얼굴이었다.

"여어! 그간 안녕하셨습니까?"

사내가 벗은 죽립을 살짝 흔들어 보인다.

순간, 이채로 반짝이던 천풍에 눈에 그 즉시 반가움이 어렸다. 그리고 비로소 깨달았다. 신주오기와 도진 이외에도 딱 하나 마등을 이길 수 있는 자가 있었다.

'관여락…….'

마등의 입에 거품을 물게 한 장본인은 지난날 무림대회에서 풍마곤으로 천하사절을 천하오절로 부르게끔 만든 바로 그 관여락이었다.

관여락이라면 능히 마등을 저렇게 만들 능력이 있었다. 경험과 숙련도뿐만 아니라 심지어 재능에서도 마등은 관여락에 비할 바가 아니었다.

"여긴 어떻게……?"

여긴 어떻게 왔을까?

"그야 문주님을 뵈러 왔지요. 그런데 이자가 갑자기 다짜고짜 덤벼드는 바람에 본의 아니게 이렇게 되어 버렸습니다."

관여락이 널브러져 있는 마등을 보며 심히 유감이라는 표정을 했다.

한데, 그때 옆에 서 있던 경비무사가 말도 안 된다며 외쳤다.

"문주님! 다짜고짜가 아니었습니다! 아니, 다짜고짜로 덤빈 건 바로 저자입니다! 호법원주님을 만나고 싶다기에 호법원주님을 모셔 왔더니 저자가 갑자기 기습한 것이었습니다! 그러고는 저렇게 비 오는 날 먼지 나도록 호법원주님을……."

천풍이 사실이냐는 눈빛으로 관여락을 보았다.

천풍의 시선에 관여락이 머쓱하게 웃는다.

"보는 시각에 따라서는 그리 보일 수도 있겠습니다마는…… 뭐, 간단한 통과의례라고나 할까…… 그렇게 된 것이죠."

통과의례는 뭐고 뭐가 또 그렇게 되었다는 것일까?

"무슨 일로 저를 찾아오셨습니까?"

무슨 일로 왔기에 여기서 이런 황당한 짓을 벌인 것일까?

천풍의 질문에 관여락이 히죽 웃어 보인다.

"일전에 염 단주께서 천절문을 세우기 전에 말입니다. 그때 저한테 천절문에 들어 문주님을 보좌하라면서 문주님의 다음 자리를 약속한 적이 있었습니다. 소위 말하는 이 인자 자리죠. 혹시 알고 계십니까?"

모르는 일이다. 왜 갑자기 이런 이야기를 꺼내는지도 모르겠다.

"아무튼 그때는 염 단주의 야심에 이용당하는 것이 마뜩지도 않았고 누구 밑에 들어가는 것도 영 성미에 맞지 않아서 거절을 했습니다만, 그게 두고두고 후회가 되더라 이 말씀입니다. 천절문이 세를 더해 가면 더해 갈수록 어찌나 속이 쓰리고 배가 아픈지…… 지금 생각하면 다행한 일이긴 합니다만…… 어쨌든 그래서 말입니다. 그래서 이번엔 그런 후회는 남기지 않으려고 이렇게 문주님을 찾아뵌 것입니다."

"……?"

"어떻습니까? 현천문의 부문주 자리, 이 관여락에게 한번 맡겨 보지 않으시겠습니까?"

제7장

현천문은 태동하고 모래바람은 불어온다

천극의 서

관여락은 유유자적한 표정으로 웃고 있었고, 천풍은 그런 관여락을 조금은 얼이 빠진 눈으로 보고 있었다.

천풍의 집무실로 옮긴 지는 대략 일다경 정도가 지났다. 그들 앞에 놓인 찻물도 식을 만큼 식어서 지금은 약간의 온기만 남아 있었다.

"정말로 현천문에 드실 생각이십니까?"

"문주님이 제게 부문주의 직위만 맡겨 주신다면요."

처음에는 농담이라 생각했다. 농담이 아닌 다음에야 이토록 뻔뻔한 요구를 해 올 리가 없었다. 한데, 찻잔의 찻물이 식을 동안 이야기를 나누다 보니 이건 농담이 아니었다. 그는 진심으로 현천문의 이 인자가 되고자 온 것이었다.

마등을 그렇게 만든 것이 간단한 통과의례라고 했던 말의 속뜻을 이제는 알았다.

장치성의 팔을 자른 이후로 마등은 천풍을 제외하고 명실공히 현천문 제일의 고수로 인정받고 있었다. 문도들 사이에서는 천풍에 버금갈 만큼의 큰 인기와 흠모도 받고 있었다. 그리해 마등을 택한 것이다.

일찌감치 마등을 꺾어 버림으로써 자신의 존재를 확실히 보여 주어 차후의 반발들을 사전에 차단하고자 하는 의도였던 것이다. 다시 말해 현천문 문도들을 향한 그 나름의 첫인사였던 셈이다.

물론 첫 인사치고는 상당히 과격했다. 하지만 그만큼 효과는 탁월할 터였다. 설혹 천풍이 그를 정말로 현천문의 부문주직에 올리더라도 실력에 대한 의심이나 자격에 대한 불만은 없을 테니 말이다.

"까놓고 말해서 현천문의 부문주 자리에 이 관여락만큼 잘 어울리는 자도 없지 않겠습니까?"

관여락의 말대로였다.

현천문의 부문주라도 결국 천하오절의 비급을 얻은 자 중에서 선출을 해야 한다. 그렇다면 천무구룡을 제외하고 비급을 얻은 서열이나 무공에 대한 재능, 무림대회의 준우승자라는 명성까지…… 사실상 관여락에 비할 만한 자는 앞으로도 찾기 어려울 터였다. 거기다 그 인물됨도 워낙에 출중해서 곁에 둔다면 분명 상당한 도움이 될 터였다. 세상을 보는 견문이나 사람을 보는 식견에서 천풍이 감히 따라갈 수 없는 염장조차 관여락을 천절문의 이 인자로 점찍었다지 않는가.

가뜩이나 이제 막 시작하는 현천문이다. 인재가 턱없이 부족한 것은 물론이고 혼자서 그 막중한 책임을 지기에는 너무 버거운 짐이었던 것도 사실이다. 관여락이 그의 어깨에 짊어진 짐을 조금이라도 덜어 준다면 그보다 더 든든할 수가 없을 것이다.

그러나 당장에 결정을 하기에는 역시 너무 갑작스럽고 너무 중차대한 일이었다.

천풍은 슬쩍 말문을 돌렸다.

"청무도장은 어찌하고…… 아니, 청무도장 분들은 잘 계십니까?"

천풍의 질문에 어쩐 일인지 그 즉시 이맛살을 팍 구기는 관여락이다.

"잘 계실 리가 없지 않습니까?"

관여락의 퉁명스러운 대꾸에 천풍이 의아해했다.

지난날 같은 질문에 조충은 그리 말하지 않았었다.

'청무도장이 이젠 청무도장이 아니게 되었습니다. 청무도장의 십방청무검법이 천하오절의 무공이라 알려진 데다, 천하오절 중 곤절의 첫 번째 후예이자 비무대회 준우승자인 진천

곤 관여락 공자까지 식객으로 머물고 계시는데 어찌 청무도장이 일개 무도관으로만 있을 수가 있겠습니까?'

제자가 되겠다고 찾아오는 사람만 해도 하루에 수백 명이 넘는다고 했었다. 그러다 보니 점차 자연스레 문파의 틀이 잡혀서 이젠 염연히 무림의 문파로 자리를 잡았다고 했다.

'그것도 그냥 어중이떠중이의 군소방파가 아닙니다. 강서에서는 벌써 강서팔문의 기세를 뛰어넘을 정도로 강력한 신흥 문파로 부상하고 있습니다.'

그런 말을 들은 것이 불과 이 년도 채 되지 않았다.

그사이 또 상황이 달라졌다는 말인가? 아니면 기분 좋으라고 조충이 거짓말이라도 했었다는 것일까?

천풍이 영문을 모르겠다는 얼굴을 하고 있자 관여락이 참 무심도 하다는 눈빛을 건네 왔다.

"아무래도 모르고 계셨나 본데, 문주 때문에 지금 청무도장은 문을 닫기 일보 직전입니다."

"그게 무슨 말씀입니까? 저 때문에 청무도장이 문을 닫기 일보 직전이라니요?"

"새삼스러울 것도 없는 일이 아니겠습니까? 청무도장이 지금처럼 클 수 있었던 것은 어디까지나 천하오절의 무공 때문인데 문주께서 현천문을 세워 천하오절의 무공을 마구 뿌려대니 누가 거기에 더 머물러 있으려고 하겠습니까? 이왕지사 천하오절의 무공을 배우는 거라면 당연히 옥면신룡에게 직접 배우는 쪽을 택하는 거야 인지상정이 아니겠습니까?"

"그럼 제자들이 다 떠났단 말씀입니까?"

"현천문에서 받아 주지 않아서 많이들 다시 돌아오긴 했지만, 관주님 성정에 한 번 떠난 자들을 다시 받아 줄 리 만무한 일이죠. 그래서 일천이 넘던 문도 수가 지금은 불과 오십도 채 남지 않았습니다."

오십이라면 비무대회가 있기 전 그때로 다시 돌아간 셈이다.

'이거 참…….'

본의 아니게 청무도장에 큰 폐를 끼쳤다. 그리 생각을 하니 이마에서 진땀이 배어 나올 만큼 곤혹스러웠다.

"뭐, 너무 신경 쓰지 마십시오. 어차피 문주님 덕분에 그만큼 컸으니 문주님 탓에 다시 원래대로 돌아간다 한들 관주님이나 아이들이 문주님을 원망하지는 않을 테니까 말입니다. 임 관주님은 오히려 잘되었다고 하시더군요."

"잘되었다니요?"

"임 관주님이 진정으로 원한 것은 선친으로부터 물려받은 청무도장을 잘 꾸려나가는 것이었지, 무문으로서 이름을 떨치는 것이 아니었으니 말입니다. 어찌어찌 하다 보니 세가 커지긴 했는데 평소에도 그걸 그리 달가워하지는 않았습니다. 청무도장 스스로의 힘이 아닌 어디까지나 문주님의 덕에 그리된 것이고, 그러하기에 몸에 맞지 않은 옷을 입고 있는 거라며 불편해하셨죠. 그런 차에 다시 원래의 청무도장으로 돌아가자 그제야 청무도장이 다시 청무도장이 되었다시며 흘가분해하더군요."

하긴, 청무도장의 관주 임설아는 욕심이 없는 여인이었다. 아니, 욕심이 없다기보다는 스스로를 자제할 줄 아는 사람이었다. 무림대회 때도 분명 천풍의 존재가 청무도장에 많은 것을 안겨다 줄 것임을 알고 있었음에도 불구하고 청무도장에는 맞지 않는 옷이라며 담담히 동행을 거부했었다.

어쩌면 현천문을 세움으로써 청무도장에 폐를 끼친 것이 아니라 애초에 끼쳤던 폐를 현천문을 세우면서 만회를 한 것일는지도 몰랐다.

"자, 청무도장에 대한 궁금증은 해결이 되신 듯하니 우리 이야기나 마저 마무리하는 게 어떻겠습니까?"

관여락이 지긋이 천풍을 본다.

"현천문의 부문주직, 이 관여락한테 주시겠습니까?"

이 자리에서 확답을 듣고 말겠다는 듯, 그 눈빛은 집요하기까지 했다.

하지만 천풍은 아직 이렇다 할 결정은 내리지 못한 상태였다. 그래서 이러지도 저러지도 못한 채 곤혹스러워만 하고 있는데, 그때 돌연 집무실의 문이 벌컥 열리며 마등이 뛰어 들어왔다.

"부문주 같은 소리 하고 있네! 어디서 되지도 않게 개수작질

이야!"

살기등등해서는 관여락을 죽일 듯이 노려보는 마등이다. 그 뒤를 마립과 마화가 급히 달려 들어왔다.

"이보게, 마 호법! 문주님이 계신데 이게 무슨 무례인가!"

천풍의 눈치를 보며 마등을 제지하는 마립과는 달리,

"내버려 둬요, 큰 오라버니. 둘째 오라버니가 틀린 말 한 것도 아니잖아요. 먹다 버린 개뼉다구 같은 작자가 어디서 감히 부문주니 뭐니 함부로 지껄이는 거냐구요! 그런 건 나도 절대로 인정 못 해요!"

마화는 마등 못지않게 관여락에 대한 적의를 드러낸다.

그런 마화의 비호를 등에 업고 한층 더 기세가 오른 마등이 심지어 쌍수도까지 뽑아 들고는 관여락을 윽박질렀다.

"부문주니 뭐니 그딴 개소리 집어치우고 나랑 제대로 한 판 붙자!"

마등의 그 같은 기세에 그저 난감해하는 천풍과는 달리 정작 관여락은 태연자약했다.

"멍청한 개는 몽둥이질을 세 번은 해야 말을 듣는다더니…… 아무래도 매가 부족했던 모양이군."

"뭐? 뭣이라? 사람이 방심한 틈을 타서 비겁하게 기습이나 해댄 주제에 지금 뭣이라 했느냐? 네놈! 정녕 오늘 내 쌍수도에 천참만륙을 당하고 싶은 것이냐!"

"옛말에 싸움에 진 개가 더 잘 짖는 법이라더니 딱 그 짝이로군. 좋아. 어차피 앞으로 한솥밥을 먹고 살 사이, 이참에 위아래는 확실히 구분 지어 둘 필요가 있겠지."

관여락이 자리에서 몸을 일으켰다.

그리고 마등을 보며 확인하듯 말했다.

"정정당당하게 붙어서 나한테 지면 그때는 군말 없이 나를 상전으로 받들어야 할 거야. 설마하니 그때 가서 딴소리하는 건 아닐 테지?"

"흥! 그럴 일은 없을 테니 걱정 붙들어 두라고! 애초에 내가 네놈한테 질 리도 없겠지만, 만일 진다고 해도 이 광귀 마등, 이래 봬도 이부지자 소리 들을 만큼 졸장부는 아니니까!"

"뭐, 그렇다면 다행이고."

관여락이 어깨를 으쓱해 보이고는 마등을 거쳐 마립과 마화를 훑어간다. 그 시선은 그들도 마등과 뜻이 같은지를 묻고 있었다.

마립은 말없이 고개를 끄덕였고 마화는 '흥!' 콧방귀로 대답을 대신했다.

관여락의 눈이 다시 천풍을 향했다.

"문주님도 고민하실 것 없이 그냥 이 한 판에 걸어 보시는 것이 어떻겠습니까? 제가 이기면 현천문의 부문주 자리는 이 관여락에게 주시는 걸로 말입니다."

내기를 하기에는 지나치게 기우는 승부다.

마등이 기습에 당했다지만 기습이 아니었다고 하더라도 결

과는 크게 달라지지 않았을 것이다. 하지만,

"좋습니다. 저도 내기에 동참토록 하겠습니다."

천풍은 관여락의 제의를 흔쾌히 수락했다.

무엇보다 관여락의 진실한 힘을 확인하고 싶었다. 무림대회에서는 관여락의 진실한 힘을 다 보지 못했다. 힘을 다 끌어내지도 않았고 그럴 만한 상대도 없었다. 기껏해야 도진 정도만이 관여락의 힘을 온전히 다 쓰게 했지만 정작 천풍은 결승전이 있기 전날 소주를 떠나 안타깝게도 그날의 결전을 보지 못했었다.

과연 어떤 모습을 보여 줄까?

과연 그동안 얼마나 많이 달라졌을까?

그러한 기대와 호기심이 천풍을 선뜻 내기에 동참케 한 것이다. 물론, 어차피 고민을 한다고 나올 답이 아니기에 그냥 이 한 번의 내기에 모두 떠맡겨 버리자는 무책임한 귀찮음이 상당 부분 작용한 것 또한 사실이지만 말이다.

*　*　*

그리해 대연무장의 중앙에 마등과 관여락이 마주하고 섰다.

정오를 갓 넘긴 여름 햇볕은 뜨거웠다. 하지만 정오의 햇볕보다 더욱 뜨거운 것은 마등과 관여락을 중심으로 대연무장을 가득 채운 현천문 문도들의 열기였다.

거의 일만에 육박하는 수였다. 그 많은 사람이 흥분을 감추지 못하고 있었다.

관여락의 요구였다.

통과의례로 마등을 쳤던 것처럼 이 또한 그 연장선에서 자신의 실력과 위치를 문도들 앞에서 인정받겠다는 의도였다.

어쨌거나 덕분에 분위기는 한껏 달아올랐다. 특히 마등은 얼굴까지 벌게져서는 연신 거친 숨을 토하고 있었다. 그도 그럴 것이 대연무장에 모인 일만 명의 문도들 모두가 자신을 응원하고 있었다.

관여락을 마주하고 서 있자니 그들의 응원이, 그 마음이 고스란히 전해져 왔다.

살아오면서 언제 이처럼 많은 사람의 기대와 전폭적인 지지를 받아 보았겠는가?

생전 처음으로 받아 보는 그 같은 성원에 가슴이 뜨겁다 못해 타들어 갈 지경이었다.

'이긴다!'

자신에게 보내 주는 그 큰 성원을 저버릴 수 없다.

이제 이번 대결은 더 이상 자신과 관여락의 자존심 싸움이 아니었다. 일만 문도들의 마음을 그 한 몸에 받아 버린 이상 이제 이 싸움은 천무구룡, 아니 천무십룡으로 대변되던 기존 권력에 맞서 현천문으로 대변되는 신흥 세력의 봉기였다.

무조건 이겨야 했다.

천무십룡은 이제 구시대의 유물이라는 것을 확실하게 못을 박아 버려야 했다. 그것이 지금 이 순간 자신을 향해 보내 주고 있는 그 간절한 마음들에 대한 유일한 보답이었다.

그 큰 짐을 지고 있기에 마등은 더욱 뜨거워질 수밖에 없었다.

하지만 그런 마등과는 달리 한결같은 야유와 냉소 속에서도 관여락은 여전히 태연자약이었다. 마치 한낮의 오수를 즐기기라도 하듯이 지그시 눈까지 감고 있었다.

마등은 안중에도 없다는 태도였다. 그것이 마등을 더욱 자극했다.

'나를 깔본다 이거지?'

울컥 화가 치밀었지만 참았다.

아침에는 분명 기습에 당한 것이긴 했지만, 그렇다고 해서 얕잡아 볼 상대는 아니었다. 기습을 당해 정신없이 매질을 당하는 와중에도 상대의 강함만큼은 확실하게 느낄 수 있었다.

무림대회의 차승은 거저 얻은 것이 아니다.

강했다.

왜 이토록 강한 자가 비겁하게 기습을 한 것인지 이해가 되지 않을 정도로 강했다. 그래서 더 화가 나고 더 분통이 터지는 것이지만, 지금 이 순간만큼은 냉정해져야 했다.

분노를 다스리지 않고서는 아침과 같은 비참한 결과만이 뒤따를 뿐이다.

최대한 냉정해져도 승부를 장담키 어렵다.

한 차례 숨을 길게 들이켜 가슴속 번잡함들을 씻어내며 천천히 쌍수도를 들어 올렸다.

그제야 관여락이 눈을 뜬다.

쿵!

왼손으로 곤을 바닥에 말뚝을 박듯 내리찍고는 오른손을 까딱까딱하며 마등을 도발한다.

순간,

"뇌전교격(雷電交擊)!"

마등이 그 즉시 무시무시한 속도로 관여락을 덮쳐 갔다.

그새 냉정함을 잃은 것이 아니었다.

관여락의 도발에 넘어가서도 아니었다.

오히려 이보다도 더는 냉정할 수가 없을 만큼 냉정해져 있었다.

관여락이 눈을 뜬 순간, 그리고 곤을 바닥에 내리꽂는 그 순간 마등이 느낀 것은 숨이 턱 막힐 듯한 압박과 눈앞이 깜깜해오는 암담함이었다. 그것은 마치 지난날 장안에서 장치성의 검과 마주했을 때와 같은 감각이었다.

'당한다!'

그대로 가만히 있다가는 지난날 장치성의 검을 처음 마주했을 때와 마찬가지로 칼 한번 제대로 휘둘러 보지 못하고 그렇게 맥없이 당하고 말 것 같았다.

달리 방법이 없다.

지금 먼저 공격하지 않으면 다시는 공격할 기회가 없을지도 모른다. 오직 선공격만이 관여락을 이길 수 있는 유일한 길이다.

그 같은 본능적인 두려움이, 그 절박한 위기감이 그 순간 그의 등을 떠민 것이었다.

관여락과 마둥의 비무는 그렇게 시작되었다.

대결은 치열했다.

어느 한 쪽의 기울어짐도 없이 공수가 팽팽하게 이루어지고 있었고, 시시때때로 위기일발의 상황들이 연출되며 현천문 문도들의 입에서 탄성을 자아내게 했다.

하지만 그건 어디까지나 현천문 문도들의 눈에만 그렇게 보일 뿐, 정작 당사자인 마둥은 완전히 달랐다.

'젠장! 뭐가 이따위야!'

지금 마둥은 자신과 싸웠던 장치성의 심정이 어떠했는지 너무도 절절하게 깨닫는 중이었다.

완벽한 무공 간의 대결에서 승패를 가름하는 가장 결정적인 요건은 물리적인 힘이라 했다. 마둥이 장치성을 이긴 것도 바로 그 물리적인 힘에서 우위를 점했기에 가능했었다.

한데, 지금은 그때와는 정반대였다.

완력이며 내공이며 속도, 모든 면에서 열세였다. 그것도 압

도적이다 할 만큼 그들 사이에는 큰 차이가 있었다. 최선의 공격이 최선의 방어라는 생각으로 죽을힘을 다하고 있었지만 그것도 점차 한계에 이르고 있었다.

얼마 버티지 못한다.

얼마 안 있어 장치성이 그랬던 것처럼 초식 뒤에서 끌려 나오게 될 터였다. 또한 장치성이 그랬던 것처럼 그것을 알면서도 속수무책으로 당할 수밖에 없다.

'젠장! 젠장! 젠장!'

일만 문도들의 기대를 한 몸에 받고 있는데 그 모든 기대를 저버리고 이대로 무릎을 꿇어야 한단 말인가?

그리고 이어진 것은 관여락의 실력에 대한 인정이 아니라 자신의 부족함에 대한 안타까운 자책이었다.

'이럴 줄 알았으면 어떻게 해서든 내공을 키워 두는 건데…….'

내공이 조금만 더 깊었더라면, 조금만 더 빠르게 움직일 수 있었더라면, 조금만 더 힘을 낼 수 있었더라면…….

'그랬다면 이깟 녀석쯤이야 얼마든지 밟아 버릴 수 있었을 텐데…….'

아쉬움과 분함이 주체하기 힘들 만큼 밀려든다.

하지만 일만 문도들의 시각과 마등의 시각이 다르듯이 마등의 시각과 천풍의 시각도 달랐다.

그의 눈에 보이는 관여락과 마등의 차이는 단순히 물리적인 힘의 차이가 아니었다.

'저게 풍마곤이라고?'

천풍은 상당히 놀라고 있었다.

지금 관여락이 펼치고 있는 풍마곤은 무림대회에서 보았던 것과는 전혀 다른 것이었다.

처음에는 마둥을 만만히 보고 엉터리 풍마곤으로 장난이라도 치는 건가 했다.

그러나 풍마곤의 초식들이 이어질수록 천풍은 관여락이 결코 장난을 치고 있는 것이 아니라는 것을 깨달았다. 그 풍마곤이 결코 엉터리가 아님도 알았다. 엉터리는커녕 그보다 더 좋을 수 없을 만큼 실로 경탄스러운 것이었다.

그럼에도 그것은 더 이상 풍마곤이 아니었다. 보다 완벽해지고 보다 진화된 형태의 다른 어떤 것이었다. 그리고 그 진화의 한 축을 담당한 것은 천풍도 익히 알고 있는 것이었다.

'이십사수매화검법…….'

관여락의 풍마곤 속에는 천풍이 도진에게 준 이십사수매화검법이 담겨 있었다.

풍마곤의 형에 이십사수매화검법의 깊이가 더해지고 거기에 천풍의 완전무결함이 덧대어졌다. 그로써 관여락의 풍마곤은 더 이상 삼류무공이 아니게 된 것이다.

'이런 게 가능하다고?'

두 가지 무공의 접목으로 새로운 무공이 탄생했다.

그것은 정말로 천풍을 충격 속으로 빠뜨리고 있었다.

왜 그동안은 미처 그 생각을 하지 못했을까?

익힌 무공을 보다 완벽히 만들 생각만 했지 그것들을 재조립해서 새로운 무공을 만들어 볼 생각을 하지 못했다.

해 보고 싶었다.

생각만으로도 들뜬다.

지금 천풍의 기분은 마치 어릴 적 처음 무공비급을 만들 때의 그것과 같았다. 설레고 흥분되고, 그런 한편으로 어떤 무공을 조합해 볼까 미리부터 고민도 하게 된다.

그러고 보면 새삼 관여락의 재능이 놀랍다.

관여락이 이십사수매화검법을 알고 있었을 리가 없다.

모르긴 몰라도 비무대회의 결승에서 도진과 상대해 본 것이 처음이었을 것이다.

그 한 번으로 이십사수매화검법의 오의를 훔친 것이다.

물론 전부 다는 아니었다. 풍마곤에 담긴 이십사수매화검법은 그 진수의 극히 작은 일부분에 지나지 않았다. 하지만 비록 극히 작은 일부분이지만 그 한 부분만큼은 완벽하게 오의를 깨치고 있었다. 더구나 그렇게 깨친 오의를 또한 완벽하게 풍마곤에 담아내고 있었다.

실로 그가 생각했던 것보다 몇 배 몇십 배나 더 뛰어난 재능이다. 소위 말하는 천재란 관여락을 두고 하는 말이 아닐까 싶을 정도였다.

그러니 마등이 그의 상대가 될 리가 없다. 설혹 마등이 물리적인 힘에서 훨씬 더 앞선다고 할지라도 결과는 지금과 크게 다르지 않았을 것이다.

그렇게 천풍이 관여락에 대해 감탄과 놀람을 함께 느끼는 사이 그들의 대결은 막바지로 치닫고 있었다.

여전히 현천문 문도들의 눈에는 한 치의 치우침도 없는 호각지세로 보이고 있었지만 이젠 그야말로 관여락이 마음먹기에 따라서 일수에 승부가 날 지경까지 이르러 있었다. 이는 관여락은 물론이고 마등도 잘 알고 있었다.

그래서 당장에라도 쌍수도를 버리고 패배를 인정하려고 할까 심각하게 고민을 하고 있을 때였다.

"이제 그쯤 하면 충분할 듯싶습니다만……."

불쑥 그들 사이로 끼어들어 둘을 갈라놓으며 그렇게 말한 것은 다름 아닌 천풍이었다.

여기저기서 아쉬움에 탄성이 튀어나왔지만, 그 속에는 결정적일 때 끼어들어 방해를 한 천풍에 대한 원망도 있었지만, 천풍은 그런 시선들에는 전혀 개의치 않고 관여락을 보았다.

"제 생각에는 여기까지가 딱 적당할 듯한데, 어떻습니까?"

천풍의 제안에 관여락이 별다른 거부 없이 고개를 끄덕인다.

"문주님께서 약조만 지켜 주신다면야 저야 아무래도 상관은 없습니다."

천풍이 이번에는 마등을 보았다.

"마 호법은 어떻습니까? 서로 간에 실력을 가늠하기에는 충분했을 것 같고, 어차피 한 식구가 될 사이인데 굳이 이 자리에서 끝을 보는 것도 그다지 모양새가 좋지는 않을 듯합니다만?"

천풍의 말에 마등의 눈꼬리가 파르르 떨렸다.

'한 식구가 될 사이…….'

그것은 곧 관여락을 부문주로 삼겠다는 말이었다. 그리고 그것은 또한 마등의 패배를 공언하는 것이었다.

어차피 스스로 패배는 인정하고 있었다. 분명 관여락은 자신보다 강했다. 앞으로도 과연 그를 넘을 수 있을지 자신할 수 없었다. 하지만 막상 천풍으로부터 그 같은 말을 듣고 보니 오기가 치민다. 어차피 자신의 패배가 기정사실이 되어 버린 거라면 차라리 끝을 보고 싶었다. 그러는 편이 속이라도 시원할 것 같았다.

그러나 그것은 어디까지나 그만의 욕심이었다.

천풍이 그들을 말린 데에는 그만한 이유가 있었다.

아무리 관여락이 부문주가 되어 그들의 위에 오를 거라 해도, 그래서 관여락에게 패하는 것이 흉은 되지 않는다고 해도 상대가 누구였든 패배자라는 낙인은 그리 간단히 지워지는 것이 아니다. 더구나 무릎 꿇는 장면을 직접 목격하게 되면 그 낙인은 그만큼 더 깊게 새겨지기 마련이다.

여산삼귀는 법을 수호하고 그 법을 집행해야 하는 위치에 있었다. 그들이 갖춰야 할 가장 기본적인 덕목이 바로 권위고 위엄이다. 한데 만일 지금 이 자리에서 마등이 관여락에게 패하게 된다면 권위는 땅에 떨어지고 위엄은 빛을 잃게 된다. 그리고 그리되면 현천문은 근본부터 흔들리게 될 수도 있었다.

천풍은 그것을 막고자 함이었다.

관여락은 관여락대로 문도들에게 자신의 존재를 확고히 각인을 시켰고, 마등은 마등대로 권위와 위엄을 잃지 않는 선에서 관여락과의 실력 차를 확인했다. 더 이상의 충돌이 무의미해진 상황에서 가장 적절한 때에 그들을 막은 것이었다.

그것을 알기에 마등도 더는 고집을 부리지 않았다. 단순하고 솔직한 성격답게 오래 미련을 두지도 않았다.

숨을 크게 들이켠 후 관여락에게 정중히 포권을 취했다.

"한 수 배웠습니다. 덕분에 크게 눈을 떴습니다."

그래도 한 줌 남은 아쉬움과 거리끼는 마음은 아마도 마립과 마화와 더불어 한 말의 술로 털어낼 것이다.

한바탕 시끌벅적했던 소란은 이로써 끝이 났다.

천풍에게는 더할 수 없이 든든한 수하가 생겼고 여산삼귀에게는 불편하지만 뛰어난 상관이 생겼으며 현천문에는 일인지하 만인지상의 새로운 영도자가 생겼다.

그때부터 현천문은 본격적으로 문파로서의 체계를 잡아 가기 시작했다. 문주 직속으로 기존에 있던 호법원과 집법원, 천밀원에 문도들을 감찰하는 감찰원이 더해졌고 그 밑으로 각기 사당(四堂) 팔각(八閣) 삼십이부(三十二府) 백이십팔대(百二十八隊)를 두었다.

감찰원은 부단주 관여락이 겸임을 하게 되었다.

아직 합류하지 못했던 문도들도 속속 현천문의 새 둥지로 모여들었다. 비급을 쫓아 찾아오는 자들의 발길도 여전히 끊이지 않았다.

그리해 불과 반년 만에 현천문 내에 기거하게 된 문도 수가 무려 삼만에 이르렀다. 그조차 가려서 받는다고 받은 것이었으니 실제로 현천문을 찾아온 수는 무려 십만 명을 훌쩍 넘었다.

자연스레 현천문 내에서는 개파대전에 대한 분위기가 부쩍 무르익었다. 천풍도 이제는 세상에 현천문의 존재를 공표할 때가 되었다고 생각했다. 그리해 무더웠던 여름이 지나고 유난히 눈이 가물었던 겨울도 지나 이듬해 초봄의 어느 날, 마침내 천풍은 각 문파에 공문을 돌려 현천문의 개파대전을 알렸다.

천절문의 개파 때와 마찬가지로 세상이 떠들썩해질 거라 생각했다. 구대문파를 비롯한 무림사세에까지 공문을 돌린 것이 너무 일을 크게 벌이는 것은 아닌지 심히 걱정스러울 지경이었다.

한데, 막상 현천문의 개파선언은 소리 소문 없이 묻혔다. 개파대전도 텅 빈 객석들로 휑한 가운데 사뭇 조용한 분위기로 치러졌다.

현천문의 개파선언에 앞서 중원에 불어닥친 사막의 모래바람 때문이었다. 그것은 현천문의 개파대전 같은 것은 사람들의 뇌리에서 단숨에 지워 버릴 만큼 그야말로 일진광풍이 되어 중원 무림을 휩쓸었다.

그 예견된 재앙은 마황성에서부터 은밀히 시작되고 있었다.

제8장

소악귀 이진하

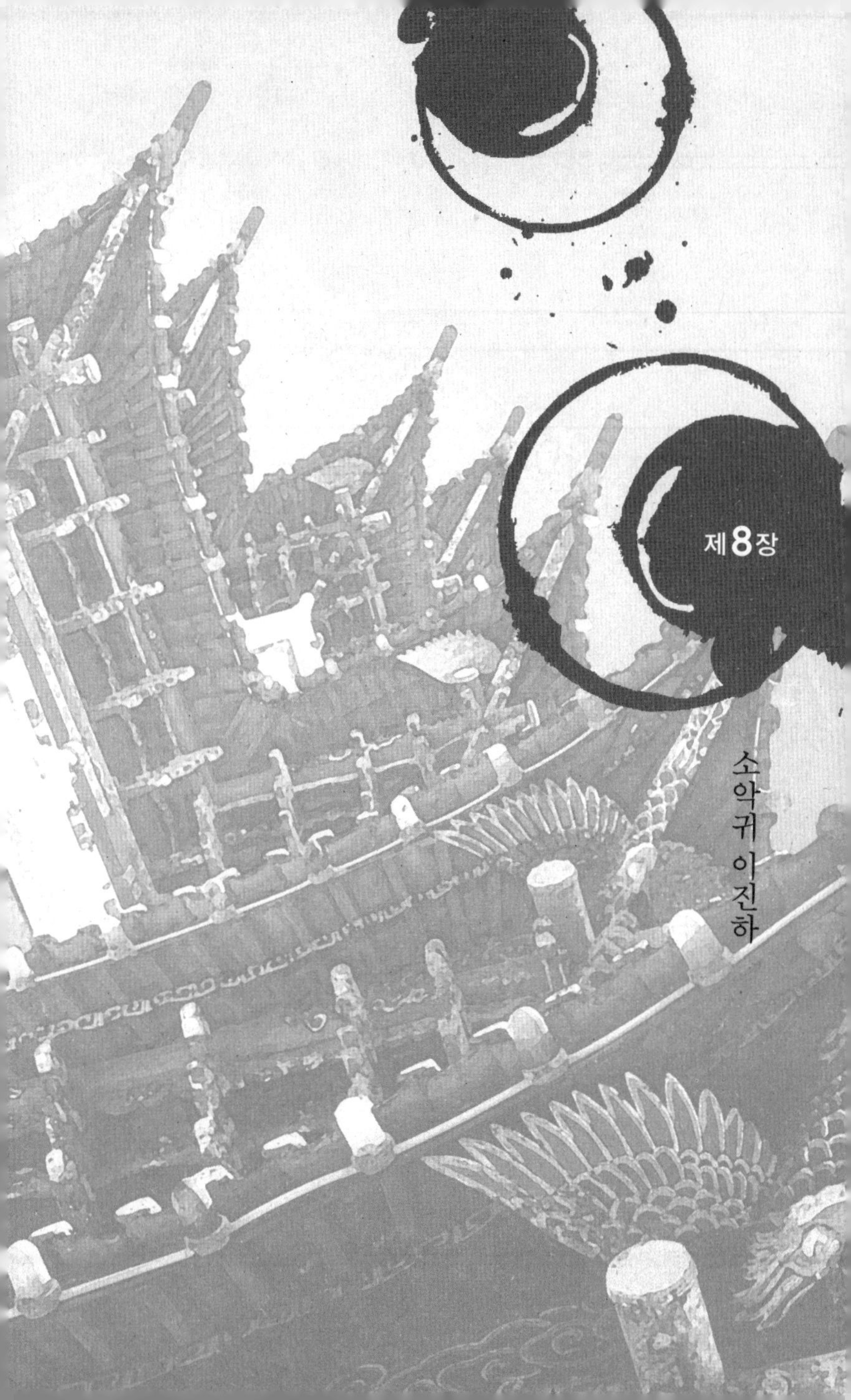

천국의 서

어느 추운 겨울 산서성(山西省)의 이가촌(李家村)에 화재가 있었다. 오십여 가구가 모조리 불에 타 한 줌 재가 되었고 이백여 명의 촌락민이 죽었다. 화마 지옥에서 살아남은 사람은 단 한 명, 여섯 살의 이진하(李陳何)뿐이었다. 하룻밤 사이에 일가친척을 모조리 잃은 진하는 그렇게 천애 고아가 되었다.

"저 불쌍한 것을 어찌하나?"

포도청의 포두 이장도(李張導)가 혀를 끌끌 찼다. 세상이 어떻게 바뀐지도 모르고 포도청 연무장을 신 나게 뛰어놀던 진하가 문득 이장도를 본다.

한 점 구김도 없는 얼굴에 두 눈은 보석처럼 반짝인다. 입가에 살포시 매달린 미소는 너무도 순수하고 해맑아서 보고 있자니 괜히 코끝이 시큰해져 왔다.

옆에 있던 수하가 이장도의 걱정을 덜어 줄 요량으로 말했다.

"그래도 다행이지 않습니까? 천가장(天家場)의 천 대인께서 맡아 주기로 하셨으니…… 어쩌면 그전보다 살기는 더 좋아졌는지도 모릅니다."

천가장의 천 대인이라면 이곳 산서성 산음현 최고의 유지였다.

"어차피 부모는 2년 전에 죽었고 그동안 마을 촌장의 보살핌을 받고 있었던 거니까, 이왕지사 부모 아닌 다른 이에게 보살핌을 받는 거라면 천 대인 쪽이 아무래도……."

수하의 그 같은 위로에 이장도가 버럭 소리를 질렀다.

"모르는 소리 말아!"

정말이지 모르는 소리였다.

천 대인 천도판(天途阪). 관직에서 물러난 지 15년이 되었다. 지난 15년간 그는 많은 사회사업에 참여했고 어려운 사람들을 돕는 데 발 벗고 나섰다. 그런 만큼 많은 사람의 존경을 받고 있었다.

어디까지나 겉으로 보이는 것은 그랬다.

하지만 이장도가 아는 천도판의 실체는 그것들과는 많이 달랐다.

매관매직을 일삼다 관직에서 쫓겨났고, 사회사업을 한답시고 뒷구멍으로는 고리대금에 손을 대는가 하면 어려운 사람들을 돕는다는 구실로 나랏돈을 횡령했다.

당연히 제대로 된 인간일 리가 없다. 확인된 것은 아니지만 어린 사내아이들을 상대로 남색(男色)을 즐긴다는 소문까지 있었다.

그런 돼지 같은 인간이 진하를 맡기로 했다. 분명 천도판의 사람됨을 알고 있을 텐데도 윗사람들이 천도판의 제의를 거절치 못한 것은 뒷거래가 오갔다는 뜻이었다.

결국 어른들의 탐욕에 진하가 희생양이 되어 버린 것이다.

안타까움이야 이루 말할 수 없지만, 이장도에게는 이를 거스를 힘도 용기도 없었다. 그저 제 살길 찾기에만도 빠듯한 하급 무관일 뿐이었다.

"하온데, 얘기 들으셨습니까?"

"무얼 말인가?"

"화재로 없어진 이가촌 말입니다. 혈교(血教)의 비밀 분타였다는 소문이 있습니다."

"혈교?"

혈교라 하면 이십 년 전 이곳 산음현에 한바탕 피바람을 몰고 온 집단이었다. 혈교 지상주의. 즉, 혈교만이 천하를 다스릴 수 있다며 혈교가 아닌 자들은 존재할 이유가 없다는 이유로 대학살을 자행했다. 자의든 타의든 그들이 만들어내는 공포에 혈교도의 숫자는 삽시간에 삼천이 넘게 불어났다.

산음현 전역이 미쳐 날뛰었다. 그 걷잡을 수 없는 겁화에 일개 현의 일임에도 급기야 구대문파까지 나섰을 정도였다. 그리고 혈교는 갑작스러운 등장만큼이나 또한 순식간에 사라졌다.

당시 죽은 자들의 수만 해도 도합 이천칠백이 넘었다. 아직도 혈교라는 이름은 산서성 주민들에게는 공포일 수밖에 없었다.

"확실한 건가?"

"그냥 그런 소문이 있다는 것밖에는…… 그래도 신빙성이 전혀 없지는 않습니다. 이 포두님도 아시다시피 잿더미가 된 이가촌에서 신원이 확인되지 않은 열다섯 구의 시체가 나오지 않았습니까? 그것도 전부 10세 미만의……."

물론 그런 일이 있었다. 하지만 요즘처럼 시절이 어수선한 시기에는 세금 때문에, 혹은 군역을 피하려고 출생신고를 하지 않는 것이 그리 드문 일은 아니었다.

"증좌도 없이 괜한 소리 말게. 혈교라는 이름은 함부로 입에 담을 것이 아니야."

"그러나 소문이……."

"나라의 녹을 먹는 무관이 되지도 않은 소문 따위에 동조한다는 게 어디 될 법이나 한 일인가!"

드센 꾸짖음에 수하도 더는 입을 열지 못했다.

이장도는 다시 진하에게로 눈길을 돌렸다.

'혈교라니…….'

하면 저 아이가 혈교의 소악귀라도 된다는 말인가?

말도 안 되는 소리였다. 저 천진한 웃음 어디에도 그런 사악함은 없었다.

이장도는 곧 그 생각을 떨쳐 버리고 몸을 돌렸다. 상관에게 가서 한 번 더 진언이라도 해 볼 생각이었다. 정 안되면 자신이 직접 데리고 사는 한이 있더라도 천도판의 손아귀에는 넘겨주지 않으리라 그렇게 결심했다.

*　*　*

포도청 앞에 사두마차가 서 있었다.

마부의 손길에 의해 진하가 마차에 올랐다.

'젠장!'

이장도가 입술을 잘근 깨물었다. 가슴 속에서 휘몰아치는 울화와 스스로의 무능함에 대한 자책이었다.

결국 진하를 천도판의 수중에서 구하지 못했다. 이미 천도판에게 뇌물을 듬뿍 받아 처먹었기 때문인지 아무리 사정을 해도 상관은 요지부동이었다. 자신이 양자로 입양하겠다는 것조차도 허락하지 않았다. 심지어 '이 자식이 어디서 사람을 인신매매범 취급이야? 죽고 싶어? 엉? 정말 모가지를 잘려 봐야 정신을 차리겠어?' 라며 욕까지 들어야 했다.

무능함…… 아니, 비겁함이다. 그저 같은 악에 동조하지 않았다는 위안이나 삼으려고 그렇게 진하를 돕는 척했을 뿐이다. 뭐라 변명을 한들 지금 이렇게 진하가 천도판에게 잡혀가는데도 아무런 도움도 주지 않고 있지 않은가?

진하가 마차의 창 너머로 이장도를 본다. 고작 사흘이었지만 그새 정이 많이 들었는지 아쉬워하는 기색이 역력했다.

이장도는 손이라도 흔들어 주고 싶었지만 차마 그러지 못했다. 진하의 서운해하는 눈동자에 아주 잠깐 스쳐 가는 무채색의 감정을 보았기 때문이었다.

이장도는 그것을 공포라고 생각했다.

무서워하고 있다. 앞으로 겪을 고난을 어렴풋이나마 짐작하고 있다. 그래도 어른처럼 무서움을 숨기고 애써 웃는다.

이장도는 고개를 돌렸다. 진하의 눈을, 그 얼굴을 더는 보고 있을 수가 없었다.

이히히힝!

말이 울었다. 그리고 마차가 출발했다.

진하를 태운 사두마차가 뿌연 먼지를 일으키며 그렇게 멀어져 갔다.

이장도는 마차가 완전히 시야에서 사라질 때까지 우두커니 서 있었다.

마차가 사라지니 오히려 조금 전 진하의 눈빛이 더욱 선명하게 뇌리에 떠올랐다.

가슴이 답답했다.

답답한 가슴은 자신의 집무실로 돌아온 후에도 마찬가지였다. 불안과 초조로 안절부절못했다.

이상한 일이었다. 이장도는 평소 그렇게 정이 많은 사람이 아니었다. 딱히 아이들을 좋아하지도 않았고 남을 위해 희생하는 마음 같은 것은 단 한 번도 가져 본 적이 없었다.

한데, 진하에게만은 냉정해지지 않는다. 고작 사흘을 같이 지냈을 뿐이건만 그 순박하고 천진난만한 눈망울을 떠올릴라치면 심장 어림에 저릿한 통증마저 느껴졌다.

그 모든 것들이 이장도로 하여금 급기야 하지 말아야 할 것을 하게끔 만들고야 말았다.

*　　*　　*

칠흑같이 어두운 밤이었다.

건장한 체구의 복면인이 천가장의 담을 넘었다.

건장한 체구의 복면인은 다름 아닌 포두 이장도였다. 민생치안을 돌보는 관아의 포두가 도둑놈처럼 민가의 담을 넘고 있는 것이다.

'내가 지금 뭐 하고 있는 건지…….'

스스로가 생각해도 어이가 없다.

말도 안 되는 짓임을 알고 있으면서도 도저히 가만히 있을 수가 없었다.

마치 무언가에 홀린 것 같았다. 정신을 차리고 보니 어느새 천가장으로 향하고 있었다.

지금만 해도 그랬다. 이러면 안 된다 하면서도 몸은 이미 담을 넘었고 발은 제멋대로 천도판의 처소로 향한다.

'까짓것! 될 대로 돼라지!'

기왕지사 여기까지 왔다. 반드시 진하를 구해내고야 말리라.

비록 해서는 안 될 짓이지만 포도청의 무관이라는 직책은 이럴 때 상당히 유용했다.

가끔 보안을 위해 점검차 들른 적이 있었다. 그 때문에 이 거대 저택의 내부 지리는 빠삭했다. 호위무사들의 위치와 그들의 교대 시간까지도 머릿속에 완벽하게 입력이 되어 있었다.

천도판의 처소까지는 눈을 감고도 갈 수 있을 정도였다.

별 어려움 없이 천도판의 처소에 이르렀다.

불은 꺼져 있었다. 잠시 주위를 살피던 이장도의 눈에 천도판의 것으로 보이는 신발과 더불어 그것의 절반 정도 크기의 작은 신발이 눈에 들어왔다.

진하의 것이다.

복면 밖으로 드러난 이장도의 눈빛이 사납게 변했다. 천도판의 신발과 진하의 신발이 나란히 놓여 있고 방에 불은 꺼져 있다. 거기에 어린 사내아이들을 상대로 남색을 즐긴다는 소문까지 곁들이면 안에서 무슨 일이 벌어졌을지는 충분히 짐작되고도 남았다.

이장도는 설마 아니길 빌며 한 걸음 앞으로 내디뎠다.

그때였다. 무언가 비릿한 것이 코끝을 스쳤다.

'피 냄새다!'

이십 년 세월 동안 포도청에 있으면서 익숙해질 대로 익숙해진 피 냄새가 천도판의 처소 안에서 스며 나오고 있었다.

'이 개자식이 설마?!'

진하가 위험했다. 변태 욕정에 취한 나머지 몸에 칼이라도 댄 것일지도 몰랐다.

이장도는 조급한 마음에 처소의 문을 벌컥 열어젖혔다.

거기에, 창틈으로 스며드는 달빛을 받으며 진하가 서 있었다. 손에는 피가 뚝뚝 떨어지는 한 자가량의 칼을 든 채.

진하의 발밑에는 피투성이가 된 천도판의 주검이 있었다.

어떻게 된 상황인지 파악하는 건 어렵지 않았다.

천도판의 변태 행각에 놀란 진하가 자기 방어를 한 것이다. 단지 조금 과격했고 그래서 생각지 못한 살인이 발생하고 말았다.

이장도가 진하에게 다가갔다. 진하가 망연한 눈으로 그를 올려다본다.

언뜻 입가에 상황과 어울리지 않은 미소가 보였다.

충격이 컸기 때문이리라.

감당하기 힘든 현실에 정신을 놓고 만 것이리라.

이장도가 진하의 손에서 칼을 빼어 들었다. 그리고 포근하게 감싸 안았다.

"괜찮다. 네 잘못이 아냐. 죽어야 할 놈이 죽은 것뿐이다. 넌 아무것도 잘못하지 않았다."

귓가에 나직이 속삭여 주자 진하가 이장도의 품으로 더욱 깊숙이 파고들었다. 지금 진하는 마치 어미 잃은 어린 새처럼 가여웠다.

여기서 더 미적댈 여유가 없었다. 이대로 잡히면 진하는 극형을 면할 수 없다. 달아나야 했다.

진하를 둘러업었다. 그리고 왔던 길을 되짚어 신형을 날렸다.

"이랴!"

어둠 속에서 한 마리 말이 거침없이 관도를 달렸다.

천가장을 빠져나온 이장도와 진하였다. 어슴푸레 날이 밝아오도록 북(北)으로 쉬지 않고 달린 덕에 산서성 끝단까지 이르러 있었다.

하북으로 통하는 성문을 앞에 두고 이장도와 진하가 말에서 내렸다.

"날이 밝으면 성문이 열릴 게다. 그러면 국경을 타고 계속 해서 북으로 가거라. 장백(長白)까지만 가면 관아의 추격은 피할 수 있다."

주머니를 뒤져 가진 돈 전부를 진하에게 쥐여 주었다.

"다시 한 번 말하지만 너는 잘못한 것이 없다. 마땅히 죽을 놈이 죽은 것뿐이야."

진하가 고개를 끄덕였다.

어린아이라 충격에서 벗어나는 것도 빠른 것일까? 그를 올려다보는 눈이 맑다. 여느 때와 다름없이 해맑은 미소도 입가에 머물러 있다. 생각해 보니 아까 천도판의 처소에서도 같은 미소가 있었다. 그때는 그저 충격 탓이라 여겼지만 여기서 다시 보니 이상한 기분이 들었다.

그러나 그런 것에 마음 쓰고 있을 때가 아니었다. 돌아가서 사태를 수습해야 했다. 혹여 살인 혐의를 진하가 아닌 다른 곳으로 돌릴 수 있다면 그보다 더 좋을 수는 없다.

이장도가 말에 올랐다.

진하를 홀로 두고 돌아가려니 마음이 무겁다. 이 어린아이가 홀로 세상에 나와서 살아갈 방법은 그다지 많지 않다. 거지패가 되거나 도적의 소굴에 들어 도적들의 수발을 들거나…….

'그래도 살아가야지.'

개똥밭에 굴러도 이승이 낫다고 했다.

"건강하거라."

진하가 환하게 웃으며 고개를 끄덕였다.

'저 웃음이 계속되기를 바라는 것은 너무 큰 욕심인가?'

욕심이라면 그 욕심 한번 부려 보고 싶다.

이장도가 진하에 대한 걱정을 뒤로하고 말머리를 돌렸다.

"이랴!"

이히히힝!

말이 달렸다. 눈 깜짝할 사이에 까마득히 멀어져 가는 이장도를 보며 진하는 웃고 있었다. 처음과 같은 맑고 순수한 미소였다. 그러나 이장도의 모습이 시야에서 완전히 사라지자 언제까지고 계속 그 자리에 머물러 있을 것만 같던 진하의 미소가 마치 물로 씻은 듯 지워졌다. 맑게 빛나던 눈도 차갑고 섬뜩한 회색빛으로 바뀌었다.

바람이 불었다. 살점을 얼어붙게 하는 매서운 겨울 한파가 진하의 감정 없는 얼굴을 스쳐 갔다.

*　*　*

이장도가 포도청에 돌아온 것은 오전 업무 시간을 훌쩍 넘겨서였다.

"대체 어딜 다녀오신 겁니까?"

그를 찾느라 이리저리 바쁘게 뛰어다녔는지 수하가 원망 조로 따지듯 물었다.

"왜? 무슨 일 있었어?"

"무슨 일이나 마나 터져도 엄청 큰 게 터졌습니다."

역시 천도판의 죽음이 알려진 모양이었다.

이장도는 짐짓 아무것도 모르는 척하며 물었다.

"엄청 큰 거라니? 무슨 일인데?"

"말도 마십시오. 간밤에 천 대인이 살해를 당했습니다."

"뭐? 천 대인이 살해당해? 어떻게? 대체 누구한테?"

과장된 표정에 과장된 목소리, 스스로 생각해도 놀라는 연기가 너무 어설펐다. 다행히 수하는 사건 보고에 여념이 없어 그런 것을 살피지 못했다.

"아직 범인이 누군지는 밝혀지지 않았습니다. 다만……."

"다만?"

"간밤에 진하가 사라졌습니다. 어젯밤 천 대인의 방에 든 것을 마지막으로 종적이 묘연합니다. 시간상 따져 봤을 때 천 대인의 죽음과 진하의 실종은 하나로 묶을 수 있습니다."

"하면 진하가 용의 선상에 있다는 말인가?"

"그렇지는 않습니다."

"그렇지는 않다?"

"범인은…… 어린아이가 아닙니다."

의외의 말이었다.

"어째서?"

"어린아이의 짓일 리가 없습니다."
"그러니까 그리 생각하는 이유를 말해 보게."
"그건 직접 시체를 확인해 보시면 아실 겁니다."
수하가 한 걸음 앞장서서 검시실(檢屍室)로 향했다.
머리가 복잡했다.
어린아이의 짓이 아니다. 단정하듯 그렇게 말한다는 것은 정말로 어린아이의 짓이 아니라는 뜻이다. 하지만 그는 보았다. 진하의 손에 들린 칼과 발밑에 널브러져 있던 천도판의 시체를.
'대체 어떻게 된 거지?'
그러는 사이 검시실에 도착했다.
검시실의 문을 열고 들어가니 익숙한 약초 냄새가 코끝을 찔렀다. 시체의 부패를 늦추기 위해 약품 처리를 했기 때문이다.
거기에 천도판의 시체가 하얀 천에 씌워져 있었다.
천을 반쯤 걷어냈다. 어제는 어둠 속이었고 또 급한 나머지 제대로 확인을 못 했다. 이렇게 밝은 곳에서 다시 보니 의외로 몸에 많은 자상(刺傷)이 남아 있었다.
이장도가 눈살을 찌푸렸다.
"난자……당했군."
"예. 정확히 일흔두 곳입니다. 단지 찔린 것이 아닙니다. 보시다시피 곳곳에 살점이 도려내어 져 있습니다. 게다가 여길

보십시오."

수하가 시체의 입을 벌렸다.

"흉수는 먼저 천 대인의 혀를 잘랐습니다. 사람을 부르지 못하도록 입을 봉한 것입니다. 그런 다음 남근을 잘랐습니다."

하얀 천을 완전히 걷어내자 남자의 중요한 아랫도리가 텅 비어 있었다.

"그뿐만이 아닙니다. 일흔두 곳의 상처는 하나같이 사람이 최고의 고통을 느낄 수 있는 부위들입니다."

"하면 고문이라도 당했다는 말인가?"

"그렇습니다."

"아무리 밤이었다고는 해도 이 정도의 고문이었다면 일가식솔들이 모르지 않았을 텐데?"

"조사해 보니 천 대인은 이상 성욕자였습니다. 그 때문에 천 대인의 신음을 듣고도 다들 그러려니 했다는군요."

자업자득이었다.

"고문이라……."

이장도가 생각에 잠겼다.

정황으로 보면 수하의 말대로 진하에게 혐의를 둘 수는 없었다. 고작 여섯 살 꼬마 아이가 이런 참혹한 고문을 행했다는 건 아무리 세상이 망조가 들었다고 해도 말이 되지 않았다.

'그럼 어제 내가 본 건 뭐지?'

누군가 그가 도착하기 전에 이미 고문을 행했다?

진하는 단지 현장에 남아 있었을 뿐, 그 칼도 흉수가 버리고 간 것을 주워 든 것뿐이다?

지금 상황에서는 그편이 오히려 신빙성이 높았다. 하지만 포도청 무관으로서의 이십 년 경험이 그러한 가설을 부정하게 했다.

그가 본 어젯밤 그 공간 그 장면은 분명 진하가 천도판을 죽였음을 말해 주고 있었다. 그의 지난 이십 년 경험이 거짓을 말하고 있을 리가 없다.

'대체 뭐가 어떻게 된 거야?'

아무리 머리를 굴려 봐도 도무지 답이 나오지 않았다.

수하에게 물었다.

"의심이 가는 사람은?"

"없습니다."

"이 같은 고문을 당했다면 천 대인에게 뭔가 토설받을 것이 있었다는 것 아닌가? 천 대인의 과거 행적을 뒤져 보면……."

"뭔가를 토설받기 위한 고문이 아니었습니다."

"뭐?"

"고문에 상당한 지식이 있는 자임에는 분명하지만 칼을 댄 상처를 살펴보면 그 솜씨는 어설프기 그지없습니다. 그리고 뭔가를 토설받기 위한 집요함도 보이지 않습니다. 이는 마치……."

"마치?"

"마치 자신의 고문술을 천 대인을 통해 실습해 본 듯한 느낌입니다. 아무런 죄악감도 없이 놀이라도 하듯이 한 뜸 한 뜸 살점을 도려내는……. 제 생각이 맞는다면 흉수는 사람의 마음을 가진 자가 아닙니다."

듣고 보니 섬뜩했다. 한데 왜 그러한 섬뜩함 속에 진하의 얼굴이 떠오르는 것일까? 마차에 올라 천 대인의 집을 향할 때 보였던 그 무채색의 동공, 천 대인의 처소에서 보았던 묘한 미소, 그리고 마지막 헤어짐에 환하게 웃던 그 얼굴이 지금 이 순간 지금까지와는 다른 느낌으로 이장도의 뇌리를 스쳐 간다.

'내가 지금 무슨 생각을…….'

그 어리고 불쌍한 아이를 의심하다니…… 그럴 리 없다. 얼토당토않은 일이다. 이장도는 머리를 세차게 흔들어 더 진행되려는 생각을 막았다.

"진하는 아무래도 흉수의 손에 납치된 것 같습니다. 흉수의 잔인한 손속으로 보건대 현재로서는 생사를 장담하기가 어렵습니다."

물론 진하는 살아 있다. 지금쯤이면 하북성(河北省)을 넘었을 것이다.

마음 같아서는 당장에라도 진하를 찾아 나서고 싶었다. 그가 알지 못하는 진실을, 이번 사건의 실체를 아는 유일한 증인이었다. 그러나 그럴 수 없다. 그에겐 여기에 남아 해야 할 일이 있었다.

'해야 할 일?'

이장도는 고개를 갸웃했다. 해야 할 일이 있는 것 같은데 막상 떠올려 볼라치면 달리 할 일이 생각나지 않는다. 아니, 애당초 지금 그에게 이 사건의 진실을 규명하는 것보다 중요한 일이 있을 리 없다. 그런데도 왠지 이곳을 떠나 진하를 쫓으면 안 될 것만 같았다.

이런 묘한 괴리감은 처음이 아니었다. 지난밤 진하를 구하러 천가장으로 향할 때도 이랬다. 포도청의 무관으로서 스스로의 터무니없는 행동에 '이러면 안 되는데' 그리 되뇌면서도 무언가에 홀린 듯 자신의 행동을 제어하지 못했다.

"현장에 한번 가 보셔야 하지 않겠습니까?"

수하의 말에 이장도가 고개를 끄덕였다.

"그래, 가야지. 가 봐야지."

몸을 돌려 검시실의 문을 나섰다. '내가 왜 이러지?' 하면서도 정말 무언가에 홀리기라도 한 것처럼 천가장으로 길을 잡았다.

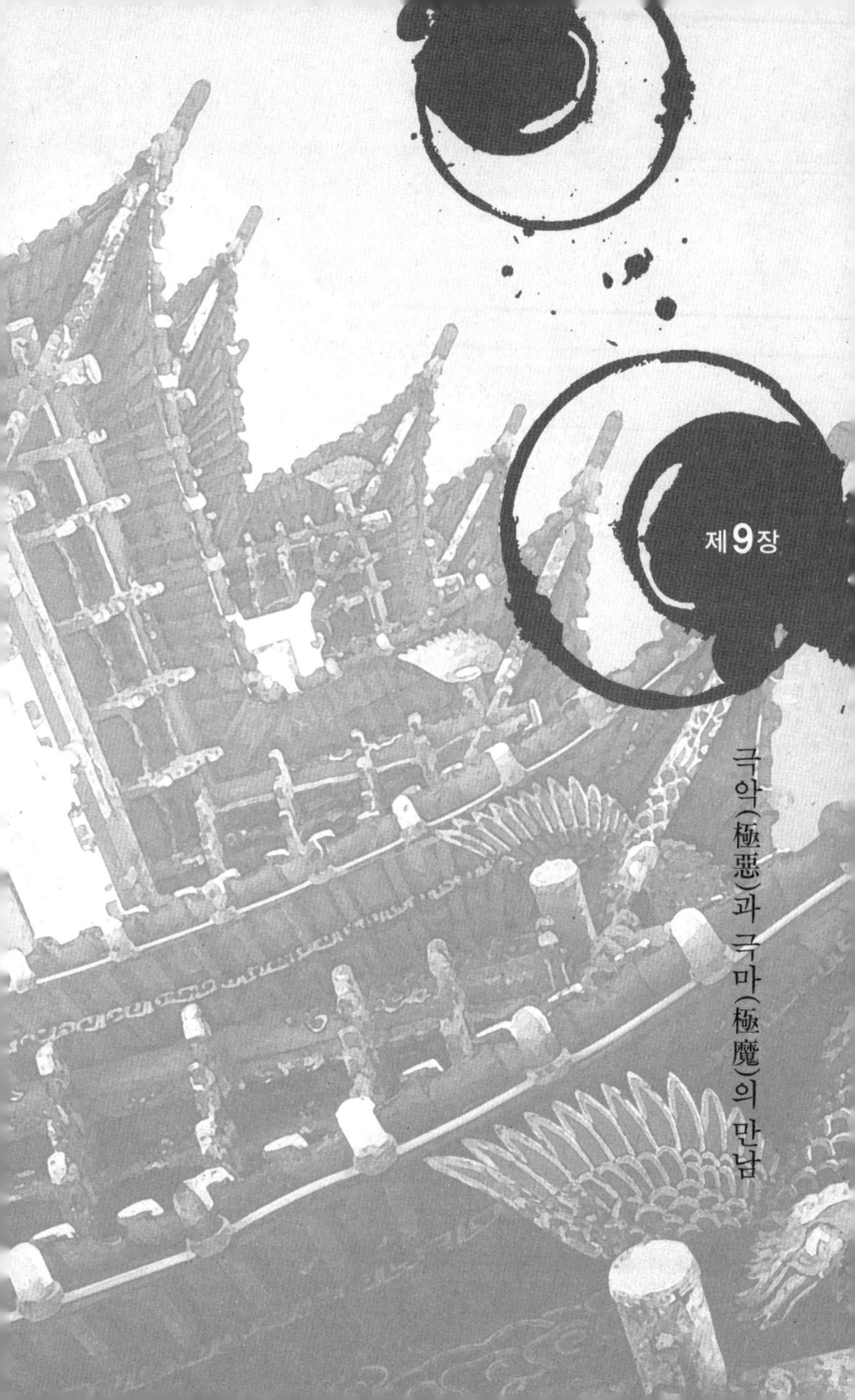

제 9 장

극악(極惡)과 극마(極魔)의 만남

천극의 서

어린 날의 담우광(刀鳴)이 말했다.

"난 무림인이 될 거야. 그래서 정의를 구하고 악을 멸하는 협객의 길을 갈 거야."

어느 날 화적 떼가 마을을 덮쳤다. 마을 사람들이 모두 도륙 당했다. 엄마도 아빠도, 모두 죽었다.

한 노인이 나타나 화적 떼를 죽이고 그를 살렸다.

노인이 말했다.

"나를 따라가겠느냐?"

담우광이 말했다.

"예."

노인은 그의 사부가 되었다. 그러나 사부는 그가 동경했던 정의의 협객이 아니었다. 이름 석 자만으로도 산천초목을 떨어 울리게 하는 마도(魔道)의 대마두(大魔頭)였다. 그래서 담우광도 마인이 되었다.

그의 사부가 말했다.

"극마지체(極魔之體)를 이루어 초극(超極)에 들어선 녀석이 이제 와 마(魔)를 버리겠다고?"

그가 대꾸했다.

"사부님의 염원대로 극마를 이루었습니다. 거두어 주신 은혜는 그것으로 갚은 거라 생각합니다. 이제 제가 가고자 했던 길을 가겠습니다."

다시 사부가 말했다.

"지금에 와서 마를 버리고 정(正)과 협(俠)을 찾겠다고? 네 발밑을 보거라. 그게 가능하리라 생각하느냐?"

그의 발밑에는 방금 전 그가 만들어 놓은 일흔두 구의 시체가 있었다.

"네가 극마를 완성키 위해 그 손에 묻힌 피는 비단 저들만이 아니다. 네가 아무리 부정해도 너는 피를 그리는 마인이다. 그것은 지금도, 또 앞으로도 변하지 않는다. 네가 걷는 걸음걸음마다 죽음이 생겨나고 피가 넘쳐날 것이다. 정을 부수고 협을 멸하여 완성한 네 마공은 사람들에게 언제까지고 선망이 아니라 공포로 존재할 것이다."

"그렇지 않습니다! 제 마공이 비록 많은 피로 완성했다고는 하나 그 쓰임만은 반드시 마의 길을 걷지 않도록 할 것입니다!"

지난날의 대화를 떠올리며 담우광(刀鳴)은 피식 실소를 흘렸다.

사부를 떠나온 지 불과 반년이었다. 그 반년 동안 자신의 이상이 얼마나 가소로운 것이었는지 뼈저리게 깨달았다.

사부의 말은 옳았다. 그가 걷는 걸음마다 사람이 죽었다. 정을 부수고 협을 멸하여 완성한 마공은 그 대가로 다시 사람들의 피를 원했다.

지금만 해도 그랬다.

스산한 바람이 불어오는 황혼녘의 해변, 칼을 든 서른세 명의 무사들이 담우광을 둘러싼 채 살기를 뿜어대고 있다.

"마군자 담우광! 청운방의 형제들을 도륙하고도 네놈이 살아남기를 바랐느냐!"

담우광은 눈살을 찌푸렸다.

불구대천지원수인 양 살기가 등등한 무사들이지만 정작 담우광에겐 청운방이라는 이름이 낯설기만 했다.

지난 반년간 세상을 떠돌며 죽인 자 중 하나인가? 아니면 그전에 극마지체를 이루는 과정에서의 희생양이었을까?

어느 쪽이든 상관없는 일이다. 무슨 말을 하더라도 그들은 담우광을 죽이려 할 것이다.

항상 똑같았다. 어디를 가든 그의 출현 소식이 알려지면 어김없이 이 같은 무리가 나타났다. 오로지 그를 죽이는 것만을 지상 명제로 여기며 무모하리만치 무식한 공격을 해 오곤 했다. 덕분에 그의 칼은 피가 마를 겨를이 없었다. 그의 손에선 씻어도 씻어도 피 냄새가 사라지지 않았다.

“오늘 기필코 네놈의 목을 베어 형제들의 원한을 갚아 줄 것이다!”

누군가가 ‘죽여!’ 하고 외쳤다.

무사들이 덮쳐들었다.

담우광이 칼을 뽑았다. 그리고 우에서 좌로 사선을 그리며 칼을 내리쳤다.

서걱!

베었다.

“컥!”

짧은 단말마를 끝으로 무사의 목이 떨어졌다.

그사이 다른 무사들이 거리를 좁혔다.

담우광이 공력을 담아 발로 땅을 내리찍었다.

콰콰콰콰!

가공할 기의 압력이 땅을 진동시켰다. 땅이 갈라지고 갈라진 땅의 파편이 기의 폭풍에 휩쓸려 사방으로 튀어 날아갔다.

"크억!"

더러는 땅의 파편에 맞아 쓰러졌고 더러는 기의 소용돌이에 휩쓸려 튕겨졌다.

담우광의 칼이 다시 대기를 갈랐다.

서걱!

두 번째 베었다.

몸이 허리에서부터 둘로 쪼개졌다. 이번엔 비명조차 없었다.

본격적인 살육의 시작이었다.

황혼을 받은 칼이 붉은 도광(刀光)을 번뜩였고 그럴 때마다 어김없이 하나의 생명이 사라졌다. 기계적인 움직임으로 한 명 한 명, 그렇게 서른둘을 베었다.

마지막 남은 하나는 전의를 완전히 상실한 채 얼이 빠져 있었다.

담우광이 마지막 무사의 머리를 쥐었다.

"사, 살려 주……."

처음의 그 당당한 기세는 다 어디로 갔는지 하얗게 사색이 되어 오줌을 지린다.

안타깝게도 한 번 피를 본 담우광에게 자비란 없었다.

으드득!

두개골이 으깨어졌다.

"끄으윽!"

끊어질 듯한 신음이 무사의 꽉 다문 입술을 비집고 흘러나왔다.

퍽!

무사의 머리가 담우광의 손아귀에서 공허한 소음만을 남기고 끝내 한 줌 혈수로 변했다.

담우광은 자신의 손을 내려다보았다.

허여멀건 뇌수와 붉디붉은 피로 범벅이 되어 있다.

이젠 그만 인정해야 했다.

피를 그리워하는 자신을…… 이 타는 목마름은 바로 피를 향한 갈증이라는 것을…….

사부는 마공 때문이라 했다.

수많은 죽음을 양분 삼아 완성된 마공이기에 숙명처럼 짊어지게 되는 갈증이라 했다.

불현듯 의문 하나가 떠오른다.

만일 피와 죽음 없이 극마의 경지에 이른다면 마인의 길을 걷지 않을 수 있을까?

마성에 휩쓸리지 않을 더없이 선한 자를 찾아서 자신의 모든 것을 바쳐 극마의 경지에까지 끌어 올린다면 과연 그자는 어떤 길을 가게 될까?

못다 이룬 꿈, 끝내 못 이루게 될 꿈…… 가능만 하다면 다른 이를 통해서라도 이루어 보고 싶다.

담우광이 진하를 만난 것은 그로부터 정확히 2년하고 열흘이라는 시간이 지나서였다.

* * *

송화강(松花江).

두만강과 압록강을 한 뿌리로 두고 있는 송화강은 백두산 천지에서 발원하여 그 길이가 무려 육천 리에 달하고 도도히 흐르는 물줄기는 대륙 동북의 중심을 가른다.

담우광이 장백현에 도착해 송화강을 마주한 것은 아침이라 하기엔 이르고 새벽이라 하기엔 늦은 시간이었다. 어둠이 사라지고 어슴푸레한 여명이 강가에 내려앉아 있었다.

"과연 송화강의 무송(霧淞)이로군."

병풍처럼 강변을 가득 채운 나무들과 앙상한 가지 위를 하얗게 꽃피운 눈꽃은 마치 얼음 조각을 깎아 만든 듯 아름다웠다. 가히 천하 사대절경의 하나로 꼽히기에 손색이 없다.

그러나 그 같은 절경을 앞에 두고도 담우광의 얼굴은 밝지 못했다.

호기심, 혹은 오기였는지도 모른다.

'못다 이룬 꿈, 끝내 못 이룰 꿈이라면 다른 이를 통해서라도 반드시 이루고야 말겠다.'

그리 결심을 한 것까지는 좋았다. 하지만 지난 2년 동안 전 대륙을 다 뒤져 보았지만 마땅한 자를 찾을 수가 없었다.

재능 있는 자는 더러 있었다. 타고난 근골과 무공에 대한 이해도, 거기에 고난을 이겨낼 열정까지, 만일 그가 자신의 모든 것을 바쳐 키운다면 어쩌면 그들 중 하나는 극마지체를 이루어낼 수 있을는지도 몰랐다.

그러나 문제는 인성(人性)이었다. 마공은 깊이를 더해갈수록 마성 또한 깊어진다. 마성이 만들어내는 피에 대한 굶주림이 얼마나 지독한지는 담우광 자신이 가장 잘 알고 있다. 피를 보지 않고서는 도무지 진정되지 않는다. 손에 피를 묻히지 않고서는 피를 향한 타는 목마름을 떨쳐낼 수 없다.

자신의 꿈을 전할 자에게 담우광이 최우선으로 요구하는 것은 무공에 대한 재능이나 근골이 아니라 마성으로부터 스스로를 지켜낼 수 있는 인성이었다.

선하디선해서 마성조차도 길들일 수 있는 자.

지금까지 만났던 재능 있는 자들은 하나같이 호전적인 기질에 호기(豪氣)만 높을 뿐이었다.

그렇게 대륙을 뒤지고 뒤진 끝에 결국 대륙의 끝단인 이곳 장백까지 이른 것이다.

담우광은 동이 터 오도록 그 자리에서 움직이지 않았다. 강물은 시리도록 푸르고 또 눈부셨다. 보고 있노라니 답답한 마음이 조금이나마 위로가 되는 것 같았다.

그러나 언제까지고 물 구경만 하고 있을 수는 없는 일이었다. 슬슬 배도 고파 오고 약간 졸리기도 했다.

인근 마을로 향했다.

담우광이 작은 소란을 보게 된 것은 촌락의 입구에 막 들어섰을 때였다.

인적이 드문 외곽 구석에서 열둘 혹은 열세 살쯤 되어 보이는 큰 아이가 일곱 혹은 여덟 살 정도 되어 보이는 작은 아이에게 사정없이 발길질을 해대고 있었다.

어지간하면 그저 아이들의 일이려니 하고 못 본 척 넘겼을 테지만, 큰 아이의 매질이 그저 아이들의 것이라고 하기에는 너무 모질었다.

"무슨 일로 이러는 게냐?"

담우광이 물었다.

"이건 우리 집안일이니까 아저씨는 상관하지 마요."

아이가 퉁명스레 대꾸했다.

담우광이 땅바닥에 바짝 웅크려 있는 작은 아이를 보며 다시 물었다.

"네 동생이냐?"

"이딴 비렁뱅이 고아 새끼를 어디다가 갖다 대요! 우리 집 종놈이에요!"

담우광은 고개를 갸웃했다.

행색으로 판단하건대 가난해 보이지는 않았지만 노비를 둘 만큼 그리 부유해 보이지도 않았다. 게다가 큰 아이와 작은 아이의 옷을 비교해도 주인과 노비의 차이는 아니었다.

"뭘 그렇게 이상한 눈으로 봐요? 괜히 남의 일에 신경 쓰지 말고 아저씨는 아저씨 할 일이나 하세요! 그리고 너! 종놈 주제에 한 번만 더 분수도 모르고 까불면 아주 죽여 버릴 줄 알아!"

보는 눈이 있어서 차마 더는 못 때리겠는지 큰 아이가 그렇게 으름장을 놓고는 획 몸을 돌렸다.

담우광이 작은 아이를 일으켜 세웠다.

"괜찮으냐?"

옷에 묻은 흙먼지를 털어 주며 몸을 살피니 크게 다친 곳은 없어 보였다.

작은 아이가 고개를 끄덕였다. 모진 매질을 당하고도 울지 않는 것이 대견해 머리를 쓰다듬어 주었다. 그러자 아이가 웃었다.

입가를 살짝 말아 올린 미소가 너무 자연스러웠다. 억지스럽지도 않았고 가식도 없었다. 조금 전 아이가 당한 상황과는 너무도 어울리지 않아서 어떤 괴리감마저 느껴질 정도였다.

"분하지 않으냐?"

아이가 고개를 저었다.

"밉지 않으냐?"

아이가 다시 고개를 저었다. 그 또한 거짓으로도, 가식으로도 보이지 않았다.

아이가 다시 웃었다.

지난 이 년간, 아니 그의 평생에 이토록 맑고 선해 보이는 웃음은 본 적이 없다.

'어쩌면…….'

담우광의 마음이 기대로 설레었다.

어쩌면 그의 오랜 방랑은 이 아이를 만나기 위함이었는지도 모른다.

근골을 살폈다. 아주 좋다고는 할 수 없었지만 그리 나쁜 편은 아니었다. 더구나 아직 뼈가 굳지 않은 어린 나이라 무공을 익히기에 시기적으로도 적합했다.

담우광의 눈빛이 기대와 열기로 일렁였다.

그때 아이가 말했다.

"저 그만 가 봐야 해요."

아이가 고개를 꾸벅 숙여 보였다.

"도와주셔서 고맙습니다."

그러고는 조금 전 큰 아이가 사라져 간 방향으로 바삐 뛰어간다.

순간 붙잡을까도 싶었지만 조급해하지 않기로 했다. 조급히 판단하고 결정할 일이 아니었다. 차분히 시간을 두고 살펴야 했다.

담우광은 멀어져 가는 아이를 향해 큰소리로 물었다.

"네 이름이 뭐냐?"

짧은 다리로 총총히 뛰어가던 아이가 발을 멈추고 그를 돌아본다.

"진하예요! 이진하!"

아이의 환한 웃음이 정말이지 보기 좋았다.

'진하라…….'

마음이 그래서인지 왠지 어감도 좋다.

담우광은 진하의 모습이 시야에서 완전히 사라지길 기다렸다가 곧장 인근 객잔으로 향했다.

청월이라는 이름이었는데 누가 촌구석 객잔 아니랄까 봐 작고 허름하고 또 지저분했다.

출출했던 참이라 먼저 음식을 시킨 후 객잔 주인의 아들쯤으로 보이는 중년의 점소이에게 물었다.

"혹시 진하라는 아이를 아는가?"

"진하 말입니까? 당연히 잘 알고 있습니다."

"어떤 아이인가?"

낯선 이방인의 물음에 점소이가 의아해했다.

"왜 그러시는지?"

경계를 보이는 점소이의 모습에 담우광이 손사래를 쳤다.

"특별한 뜻이 있어서 묻는 게 아니니 그리 신경을 곤두세울 것 없네. 그저 아까 어떤 아이한테 심한 꼴을 당하고 있기에 무슨 사연인가 궁금해서 말이네."

그제야 점소이가 경계를 거두고 쯧쯧 혀를 찼다.

"강인이 녀석이 또 진하를 괴롭힌 모양이군요."

말투로 보아하니 그런 일이 꽤나 자주 있었던 모양이다.

"들어보니 주인집 아들이라 하던데?"

"강인이가요? 주인집 아들은 무슨, 형제나 다름없는 사이입니다."

"흠……."

담우광이 의아해하자 늙은 점소이가 한차례 심호흡을 하고는 이야기를 시작했다.

"진하가 이곳에 온 것이 이 년 전 꼭 이맘때쯤이었습니다. 요즘 세상이 워낙 흉흉하니 고아도 흔하고 거지도 흔하고…… 그래도 여기는 인심들이 후해서 밥 한 끼 적선하는 거에 인색하지는 않습니다. 강인이의 부모도 그래서 진하를 집에 들여 밥 한 끼를 따뜻이 먹였는데 그게 인연이 되어 아예 데리고 살게 된 것이죠. 보셔서 아시겠지만 애가 워낙 착하고 또 생긴 것도 귀엽다 보니 강인이 부모도 애지중지 살뜰하기가 제 자식보다 더합니다. 강인이 놈이 심통을 부리는 것도 그 때문이죠. 우리가 보기에도 가끔 누가 진짜 아들인지 헷갈릴 지경이니 강인이 놈 심정이야 오죽하겠습니까."

점소이가 말을 끝마쳤을 즈음하여 주문한 음식이 나왔다. 점소이가 음식을 나르러 주방으로 향했다.

어차피 듣고 싶은 말은 다 들었다. 듣고 보니 마음이 더욱 기울어졌다. 다만 한 가지 걸리는 것은 진하가 과연 자신을 거두어 준 고마운 사람들과 헤어져 담우광을 따라가려 할까 하는 거였다.

한편, 진하를 실컷 패 주고 집으로 향하던 강인은 담우광을 떠올리며 짜증스럽게 투덜거렸다.

"대체 뭐야, 그 인간? 왜 남의 일에 참견하고 지랄이야?"

지금까지 진하의 일로 동네 어른들한테 꾸중도 많이 듣고 혼도 많이 났었지만 귓등으로도 안 들었었는데 담우광만은 묘하게 거슬렸다.

단지 낯선 얼굴 때문만은 아니었다.

얼핏 평범한 듯하면서도 이상할 정도로 뚜렷한 존재감이 가슴을 짓눌렀다. 사실 아무렇지 않은 척했지만 왠지 모를 압박감과 두려움에 담우광으로부터 도망쳐 온 거였다.

"쳇!"

어른이 상대이긴 했지만 그래도 자존심은 상했다.

강인의 집은 평범한 초옥이었다. 문을 열고 집으로 들어가자 그의 모친이 급하게 달려와 근심 어린 낯빛으로 물었다.

"강인아, 진하 못 봤니? 아까부터 찾아봤는데 어디로 갔는지 통 보이질 않는구나."

그런 모친을 보는 강인의 눈빛이 사나워졌다.

"왜요? 또 내가 그 녀석을 못살게라도 굴었을까 봐요?"

"아니, 그런 게 아니라 난 그냥 진하가 아침부터 보이질 않기에 걱정이 되어서……."

"몰라요! 그 녀석이 어디로 갔는지 내가 알 게 뭐예요!"

거칠게 모친을 밀치고 자신의 방으로 들어갔다. 모친이 들으랍시고 방문도 쾅 소리 나게 닫았다.

그의 모친도 그렇고 부친도 그렇고 하나같이 죄다 진하 진하 진하였다. 자신은 사흘이나 가출을 해도 별로 신경도 안 쓰면서 진하가 일각만 보이지 않으면 옆에서 보기 딱할 정도로 안절부절못했다.

사정 모르는 사람들이야 주워 온 아이를 참 살뜰히도 보살핀다며 칭찬들 하지만, 그의 부모가 진하에게 보내는 감정은 불쌍한 고아 아이에 대한 연민도, 측은지심도 아니었다.

그것은 광적이다 싶을 만큼의 집착이었다. 진하가 들어온 날로부터 그들의 모든 것이 진하를 중심으로 움직였다. 마치 광신도가 사이비 교주를 신봉하듯 강인의 부모는 그렇게 미쳐 있었다. 그들을 미치게 한 것이 진하였다.

동네 사람들은 그가 진하를 괴롭히는 것이 단지 부모의 사랑에 대한 질투라 여겼지만 그는 그저 무서웠을 뿐이다.

강인은 진하가 무서웠다. 진하가 자신마저도 미쳐 버리게 할까 봐, 그리해 자신마저도 진하의 꼭두각시가 돼 버릴까 봐.

그래서 때렸다.

'제발 날 건들지 마!'

'날 조종하려 하지 마!'

'난 나로 있고 싶다고!'

그의 폭력은 분풀이가 아니라 절규였다. 매순간 엄습해 오는 공포로부터 그는 그렇게 몸부림쳐 왔다. 그것이 그가 할 수 있는 유일한 자기방어였다.

"젠장!"

역시 집에 있으니 마음이 답답하고 어지럽다. 그에게 있어 이곳은 악마의 소굴이나 다름없었다.

강인은 더 참지 못하고 방을 나왔다. 그의 모친은 식탁 앞에 앉아 아직도 불안한 얼굴을 하고 있었다.

속에서 왈칵 뜨거운 것이 치밀어 올랐다.

"망할 놈의 집구석!"

할 수만 있다면 어딘가 먼 곳으로 훌쩍 떠나 버리고 싶다. 비럭질을 하더라도 충분히 혼자서 먹고살 자신도 있다. 하지만 이대로 부모의 옆에 진하를 남겨 두고 떠날 수는 없었다. 무슨 일이 생겼을 경우 진하로부터 부모를 지켜 줄 사람은 자신뿐이기 때문이다.

지금은 그저 강바람이나 맞으며 짜증을 달래는 게 고작이었다. 그럴 생각으로 송화강으로 방향을 잡는데, 마침 진하가 집으로 돌아오고 있었다.

"야!"

진하를 불러 세웠다.

"엄마한테 내 얘기 하면 어떻게 되는지 알지?"

모친의 꾸중이 무서운 건 아니지만 괜히 또 시끄러워지는 게 싫었다.

진하가 고개를 끄덕였다.

"다시 한 번 말하지만 네가 집도 절도 없는 고아란 사실을 잊지 마. 비렁뱅이 고아 새끼를 데려다 따뜻한 밥 먹여 주고 좋은 옷 입혀 주고 자식처럼 돌봐 주고 있는 게 우리 엄마 아빠란 것도. 아무리 근본도 모르는 고아라지만 짐승도 길러 준 은혜는 아는데 사람이 은혜를 모르면 안 되는 거거든."

진하가 다시 고개를 끄덕였다.

항상 이랬다. 아무리 심한 말로 모욕을 주어도, 멍이 들고 피가 나도록 때려도 항상 고분고분했다. 얼굴 한 번 찌푸리는 걸 본 적이 없다. 그러니 사람들에게 진하는 착하고 불쌍한 아이가 되고 자신은 그런 착한 동생을 괴롭히는 나쁜 아이가 된다.

가끔은 정말 진하는 착한 아이가 아닐까, 엄마 아빠도 그저 남들보다 애정이 조금 더 깊은 것일 뿐 모든 것이 자신의 착각은 아닐까 그런 생각이 들 때도 있었다. 하지만 그런 생각이 들 때가 오히려 더 무서웠다.

자신도 엄마 아빠처럼 진하에게 길들고 있는 것일지도 모른다는 생각.

그럴 때면 온몸에 소름이 돋는다. 그리고 잠자고 있던 폭력성이 눈을 뜬다.

'난 죽어도 이 괴물의 장난감 따윈 되지 않아!'

진하에게 가해지는 폭력의 대부분은 그 같은 상황에서였다.

지금도 온몸에 소름이 돋았고 때리고 싶다는 욕구가 가슴저 밑바닥에서부터 스멀거리며 올라왔다. 불안으로 안절부절못하던 엄마의 얼굴이 그 순간 뇌리를 스쳐 가지 않았다면 온몸에 돋은 소름이 모두 진정될 때까지 진하를 두들겨댔을 것이다.

"흥!"

폭력을 대신한 것은 콧방귀였다.

강인은 진하를 뒤로하고 멈췄던 걸음을 다시 옮겼다. 그가 향하는 곳은 송화강이 아니라 마을 대장간이었다. 부친은 농사일을 업으로 여기고 평생을 살아온 농군이었지만 그는 대장장이가 꿈이었다. 이렇게 마을 대장간에 가서 뜨거운 불길 속에서 쇠를 달구노라면 만사를 다 잊을 수 있어서 좋았다.

* * *

그로부터 열흘이 지났다. 유유히 흐르는 송화강의 강물이나 저 멀리 세상을 떠받치고 있는 듯한 고요하고 장엄한 백두산을 보자면 세월마저도 이곳 장백현을 비껴 갈 듯했지만 그 한가로움에 오히려 시간은 더욱 바삐 흘렀다.

청월객잔에 여장을 푼 담우광은 지난 열흘간 진하를 두 번 더 보았다. 한 번은 강인의 어미로 보이는 아낙과 다정히 걷고 있었고, 또 한 번은 첫 만남 때처럼 강인에게 매질을 당하고 있었다. 그리고 오늘 송화강 강변에서 다시 만났다.

한가로운 일상 속에서 바람이나 쐴 겸해서 강 구경을 나온 참이었다. 거기에 진하가 있었다.

진하는 강인에게 또 한바탕 푸닥거리를 당한 건지 옷이 흙먼지로 지저분하게 얼룩져 있었다. 그 흙먼지를 강물에 씻겨내는 중이었는데 강물이 얼음장같이 차가운 탓에 물에 손을 담글 때면 하얀 입김을 후후 불어내 시린 손을 녹이곤 했다.

반갑기도 하고 또 그 모습이 가엽기도 해서 말을 걸었다.

"집에서 씻지 않고 왜 여기서 이러고 있느냐?"

"이대로 집에 가면 아주머니가 걱정하시니까요."

진하의 대답에 담우광은 고개를 끄덕였다. 이미 짐작하고 있던 대답이었다.

지난 열흘간 얼굴을 본 것은 겨우 두 번이었지만 동네 사람들을 통해 많은 이야기를 들었다. 적어도 진하가 이곳에서 살아온 이 년만큼은 이제 손바닥 보듯 훤히 알고 있었다. 그 이 년간을 통해 진하의 생각이나 마음 씀씀이를 유추해내는 건 그리 어렵지 않았다.

그러고 보니 진하의 눈가에 멍이 들어 있었다. 입술도 터졌는지 입꼬리에 피가 말라붙어 있었다.

가슴이 짠해 왔다. 지난 열흘간 진하에 대해 알아 가면서 저도 모르게 정이라도 들었나 보다.

이미 결심은 섰고 결정도 내렸다. 적당한 때를 봐서 진하의 뜻을 물어볼 생각이었다. 그런데 이렇게 진하의 안타까운 모습을 보니 지금이 바로 그때라는 생각이 들었다.

그래서 물었다.

"너는 여기가 좋으냐?"

담우광의 말이 뜬금없다 싶었는지 진하가 멀뚱히 그를 올려다본다.

"이런 꼴을 당하면서도 여기서 사는 게 좋은지 묻는 게다."

그제야 진하가 대답했다.

"그치만 아주머니랑 아저씨랑 너무 잘해 주시는걸요. 그리고 저는 여기 말고는 갈 데가 없어요."

"만일 나와 같이 가자 하면 같이 가 주겠느냐?"

진하가 다시 눈을 멀뚱히 깜빡였다.

"나는 너와 사제의 연을 맺고 싶다."

진하가 한참 동안이나 담우광을 보았다. 그리고 또 한참 동안이나 생각에 잠겼다.

바로 거절치 않는 것을 보니 마음이 흔들리는 것 같았다. 담우광은 다행이라 생각하는 한편으로, 혹여 거절의 말이 나올까 봐 가슴을 졸이며 진하의 대답을 기다렸다.

한참이 지나고 나서 진하가 결심이 선 눈을 하고 물었다.

"정말로 저를 데려가 주실 건가요?"

"너만 괜찮다고 한다면 나는 그러고 싶다. 괜찮겠느냐?"

진하가 고개를 끄덕였다.

"돌봐주신 분들은 너와 헤어지는 것을 슬퍼할 텐데도?"

"그치만…… 저 같은 건 없는 게 나아요."

"어째서?"

"저 때문에 아저씨랑 아주머니가 강인 형아랑 사이 안 좋아졌으니까…… 제가 없으면 다시 사이가 좋아질 거니까…… 그러니까……."

진하의 눈가에 눈물이 맺혔다. 꾹 눌러 참고 있었던 듯, 그 착한 마음씨 때문에 그동안 많이 괴로웠던 모양이다.

담우광은 위로하지 않았다. 괜히 위로랍시고 했다가 생각이라도 돌려먹는 날에는 무력을 쓸 수밖에 없어진다. 무력을 써서 원망을 남기고 싶진 않았다. 그 원망 하나가 진하에게 상처를 남긴다면 계획이 모두 물거품이 될 수도 있었다.

그는 혹시라도 진하의 마음이 바뀔까 봐 서둘러 못을 박았다.

"나는 당장 내일이라도 출발했으면 하는데, 네 뜻은 어떠하냐?"

"그렇게 할게요."

"돌봐 주신 분들의 걱정이 크실 테니 지금 같이 가서 인사라도 드리겠느냐?"

"아뇨. 아저씨 아주머니께는 제가 잘 말씀 드릴게요."

사실 이런 일로 강인의 부모를 만난다는 게 낯설고 불편해서 많이 부담스러웠다. 진하가 그리하겠다니 마다할 이유가 없었다.

"그럼 내일 아침 일찍 청월객잔으로 오너라. 네가 오는 대로 바로 떠날 수 있도록 준비를 해 두마."

진하가 집으로 돌아가고 담우광도 곧 청월객잔으로 돌아왔다.

우려와는 달리 일이 너무도 잘 풀리자 오히려 더 불안했다. 불안한 마음에 통 잠도 오지 않아 뜬 눈으로 밤을 지새웠다. 하지만 다행히 다음 날 동이 트기 전에 진하가 한 꾸러미의 짐을 들고 청월객잔으로 찾아왔다.

눈이 빨갛게 충혈된 것을 보니 한바탕 눈물의 이별이라도 한 것 같았다.

"인사는 잘 나누었느냐?"

진하가 그렁그렁한 눈을 하고는 고개를 끄덕였다.

"앞으로 네가 가야 하는 길은 지금까지보다 더욱 힘들 게다. 어쩌면 지금의 결정을 후회하게 될는지도 모른다."

진하가 고개를 저었다.

"후회 안 해요."

담우광의 얼굴에 만족한 미소가 떠올랐다.

"좋아. 그럼 바로 떠나자꾸나."

미리 준비해 둔 말에 진하와 함께 올랐다.

힘껏 박차를 가했다.

이히히힝!

말 울음소리가 새벽하늘을 쩌렁쩌렁 울렸다.

두 사람을 태운 말이 그렇게 새벽 공기를 가르며 관도를 질주했다.

* * *

강인이 눈을 뜬 것은 두 사람을 태운 흑마가 막 장백현을 벗어났을 무렵이었다.

어제 진하와 한바탕 난리를 친 후 그래도 분이 안 풀려 대장간에 갔었다. 한데 어제따라 유난히 불길이 잘 올라서 풀무질에 너무 열을 내 버렸다. 가뜩이나 숙달된 대장장이도 풀무질은 힘들어하는 판인데 아직 기술이 설익은 강인이 그렇게 무리를 해 버렸으니 몸이 성할 리가 없었다. 자기 전까지는 몰랐는데 막상 자고 일어나려니 온몸의 근육들이 비명을 질러댔다.

근육통보다는 목마름이 더 시급해서 억지로 몸을 일으켜 방을 나왔다. 물을 길 기력도 없어서 우물가는 포기하고 안채로 향했다. 부친의 머리맡에는 모친이 항상 물 주전자를 준비해 두기 때문이었다.

아직은 이른 시간이건만 안채에는 이미 불이 켜져 있었다.

"엄마…… 나 물."

칼칼한 목소리로 엄마를 불렀다.

…….

불은 켜져 있는데 안에선 대답이 없다.

괜스레 짜증이 나서 대답을 기다리지 않고 벌컥 문을 열었다.

그리고 보았다.

방 한가운데에 대롱대롱 매달려 있는 두 개의 커다란 물체를.

"어어……?!"

졸려서 흐리멍덩한 눈이 더 이상 커질 수 없을 만큼 부릅떠졌다. 입은 말을 잃었고 몸은 사시나무 떨 듯 떨렸다.

방 한가운데에 대롱대롱 매달려 있는 커다란 물체…….

"엄…… 마……."

엄마였다.

"아빠……."

그리고 다른 하나는 아빠였다.

믿을 수 없었다.

믿어지지 않았다.

꿈이기를 바라며 두 눈을 비벼 보지만, 그럴수록 목을 맨 채 혀를 빼문 엄마 아빠의 끔찍한 모습은 더욱 선명해질 뿐이었다.

"아아……!"

울음도 나오지 않았다.

비명도 나오지 않았다.

감당할 수 없는 충격에 아무것도 할 수 없었다.

그런 강인의 눈에 불현듯 엄마의 가슴 앞자락에 달린 종잇조각 하나가 들어왔다.

거기에는 서툴고 엉성한 글씨체로 짧은 글귀 하나가 적혀 있었다.

'형도 이제 비렁뱅이 고아야.'

그 순간 강인의 뇌리를 스쳐 간 것은 진하의 웃는 얼굴이었다.

더할 수 없이 순수하고 또 더할 수 없이 선한…….

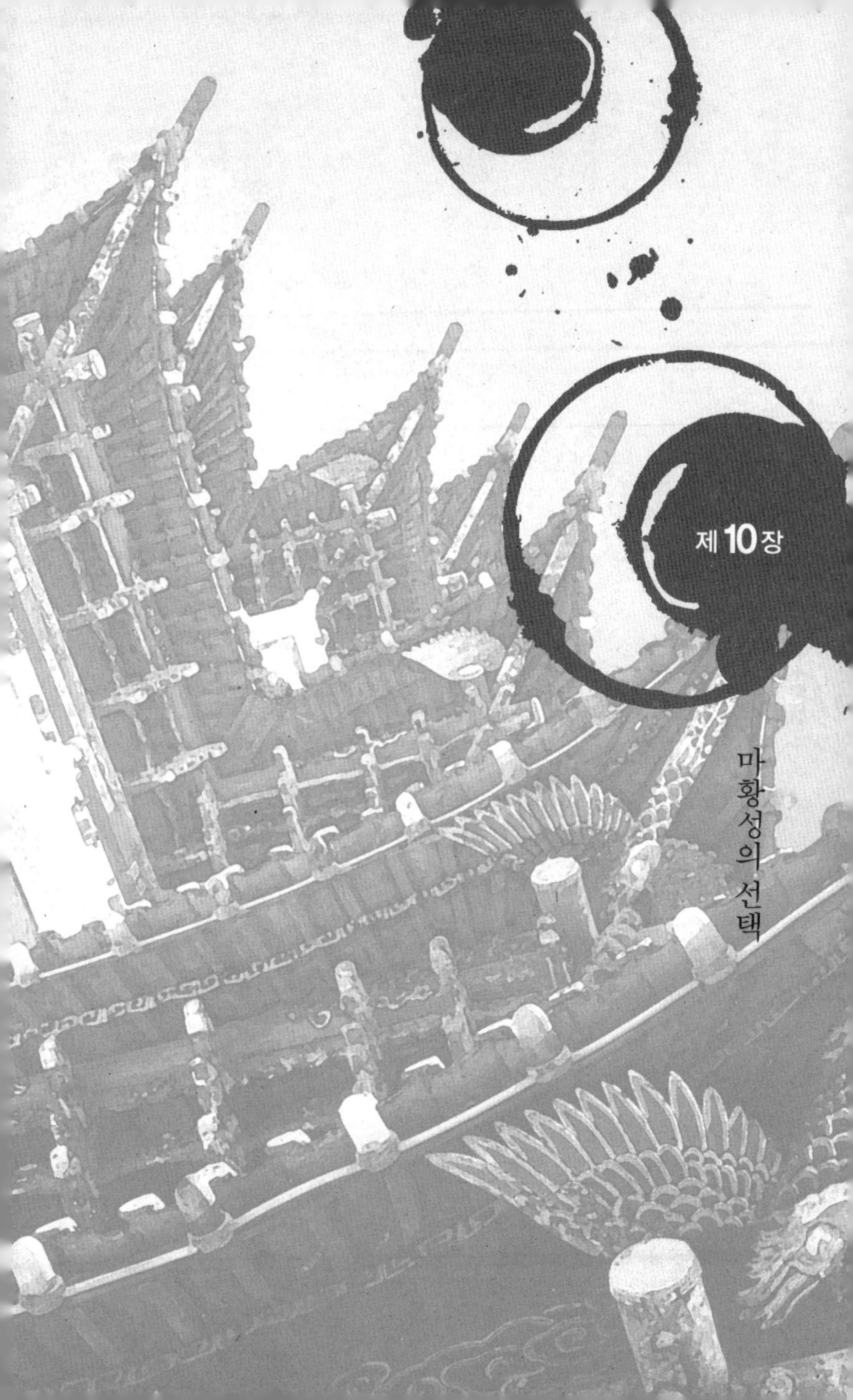

제 10 장

마황성의 선택

천극의 서

진하가 처음 사람을 죽인 것은 네 살 때였다.

그날 엄마 아빠가 죽었다.

그것은 무슨 의식과도 같은 것이었다. 많은 사람이 모여 있었고, 모인 그들의 눈은 하나같이 광기로 번들거렸다. 그리고 그 많은 사람의 손에 엄마 아빠의 몸이 갈기갈기 찢겼다.

눈앞에서 살점이 뜯기고 피가 튀었다. 그럼에도 엄마 아빠는 웃고 있었다.

자신의 살점이 뜯기는 중에도, 갈라진 배에서 내장이 흘러나오고 있는데도 웃고 있었다.

텅 비어 버린 듯한 동공을 보았다. 그 순간 진하는 자신의 내면에서 무언가 부서지는 것을 느꼈다.

그것은 사람으로서의 마음이었다.

부모를 잃은 것은 진하만이 아니었다. 같은 날 같은 장소에서 열다섯 명의 아이들이 진하와 똑같은 일을 당했다.

그들의 앞에 제물이라는 것이 놓였다. 그리고 진하와 아이들의 손에는 자그마한 단도가 들렸다.

이지를 상실한 눈으로 무감각하게 칼을 찔렀다.

더러는 배를, 더러는 가슴을…… 하지만 질긴 살가죽을 뚫고 내장을 가르기에는 힘이 부족했다.

푹푹!

아이들이 칼이 들어갈 만한 곳을 찾아 제물의 이곳저곳을 찔러댔다. 제물은 그들의 엄마 아빠와 같이 그 와중에도 웃고 있었다.

진하는 제물을 죽일 방법을 아이들 중 가장 먼저 알아차렸다. 날카로운 칼날로 목을 그으면 되었다. 하지만 진하는 그러지 않았다.

제물의 얼굴에서 웃음을 없애 보고 싶다는 묘한 오기가 발동했다. 그래서 죽을 수 있을 만한 곳만을 피해서 칼을 썼다.

다른 아이들이 제물을 다 죽일 때까지도 진하는 여전히 자신만의 일에 몰두했다.

그러나 끝내 뜻을 이루지는 못했다. 피가 다 빠져서 죽어 버리는 것까지는 막지 못했기 때문이었다.

진하는 생각했다.

다음번에는 지혈하는 것을 잊지 말아야겠다고.

그 후 진하는 열다섯 아이들과 같이 마을의 촌장에게 거두어졌다. 아니, 거두어졌다기보다는 가둬졌다는 게 맞았다.

넓은 공간이었지만 그곳은 사방이 석벽으로 꽉 막혀 있었다. 철문이 하나 있긴 했지만 아이들에겐 밖으로 나가는 것이 허락되지 않았다.

그곳에서 이 년의 시간을 보내며 많은 것들을 배웠다. 고문술, 독을 다루는 법, 사람을 죽이는 여러 가지 다양한 기술들…….

그러한 교육을 받으며 진하는 자신에게 숨겨진 특별한 능력을 발견했다. 아니, 숨겨진 능력이 아니라 배움을 통해 습득한 기술이었다.

섭혼술이라 했다.

하지만 배운다고 모두가 습득할 수 있는 것은 아니었다. 열다섯 아이들 모두가 같이 배웠지만, 섭혼술이 무엇인지 어떤 힘이 있는 것인지 어떻게 사용하는 것인지 깨달은 것은 오직 진하뿐이었다.

신기하게도 사람의 마음을 조종할 수가 있었다.

상대의 눈을 주시하고 있노라면 그 안이 텅 비어 버리는 순간이 있었다. 그때 어떤 암시를 주면 열에 여덟은 그 암시대로 움직였다.

더구나 써 보면 써 볼수록 마치 내공이 쌓이듯이 마음을 조종하는 힘이 강해졌다. 유지되는 시간도 점차 길어졌고 통하지 않던 사람도 차츰 뜻대로 움직일 수 있게 되었다.

아이들을 상대로 그 신비한 힘을 연마하며 그렇게 2년을 보냈다.

진하는 문득 지겹다는 생각을 했다. 바깥세상에 대한 호기심보다는 그냥 그 속에서 똑같은 얼굴들을 보며 똑같은 일상을 겪는 것이 지겨웠다.

그래서 아이들을 설득했다. 사실 설득이 아니었다. 모든 아이들이 이미 그의 꼭두각시가 되어 있었기에 그것은 명령이었다.

먼저 문을 지키던 문지기를 유인해 죽였다. 그리고 밖으로 나가 미리 준비해 둔 독을 우물에 뿌렸다. 이가촌 자체가 상당히 폐쇄적인 공간이었고, 마을 사람들 간에도 왕래가 오가지 않아 별 소란 없이 모두를 죽일 수 있었다.

진하는 다시 생각했다.

'이 애들은 앞으로 나한테 도움이 될까? 아니면 해가 될까?'

자신에 대해 너무 많이 알고 있다는 건 역시 도움보다는 해가 될 가능성이 높았다.

열다섯 아이들마저 죽이기로 결심했다. 세상천지에 이제 우리뿐이라며 결속을 다지자는 구실로 그날 밤 모두를 모이게 했고, 그 자리에서 또 독을 이용해 모두를 죽였다.

그런 다음 마을에 불을 질렀다.

그것으로 그를 구속했던 모든 것이 사라졌다.

그때 포도청의 포두 이장도가 나타났다.

진하에게 있어 세상과 통하는 첫 인연이었다.

천가장으로 가기 전날 밤 이장도가 그를 찾아왔다.

다 말하지는 않았지만 그 표정이나 말투로 보아 천가장이 자신에겐 결코 좋지 못한 장소가 될 것이란 건 충분히 짐작할 수 있었다.

진하는 지금껏 다른 대상이 없어서 아이들에게만 반복해 왔던 자신의 힘을 이장도를 통해 다시 한 번 시험해 보았다.

"나를 구하러 와 주세요."

다음 날 천가장에서 천 대인이란 자를 만났다. 짐작대로 진하에게 나쁜 마음을 품고 있는 자였다.

하루가 채 지나기도 전에 진하를 자신의 처소로 불러 역겨운 탐욕을 드러냈다.

욕정으로 일그러진 얼굴을 보며 진하는 2년 전 제물을 상대로 실패했던 것을 천 대인을 상대로 다시 한 번 도전해 보기로 했다.

암시를 걸어 무기력하게 만든 후 먼저 혀를 잘랐다. 그런 다음 보기 흉하게 덜렁대는 물건도 잘랐다. 혀를 자른 것은 혹시라도 정신을 차려 사람들을 부르게 될까 봐 걱정되어서였고,

덜렁대는 물건은 그저 더러운 것을 눈에 담고 있기가 불편해서였다.

하지만 암시만으로는 천 대인을 2년 전 제물의 상태로 완벽히 돌려놓기가 불가능했다. 2년 전의 제물은 섭혼술을 이용해 이지를 없애고 약물을 이용해 고통을 잊게 했기 때문이다.

겨우 웃게 해 놓으면 칼 땀 한 번에 몸부림을 쳐댔다. 그러기를 반복하다 보니 짜증이 나는 것이 아니라 오히려 그 나름의 재미가 생겼다.

한참 동안 그 재미에 빠져 있었다. 이번에는 지혈도 완벽히 했다. 그러나 사람의 목숨 줄이란 게 질긴 듯하면서도 또 한없이 약하기도 한 거였다. 끝내 천 대인이 버티지 못하고 숨을 거두고 말았다. 실컷 재미를 본 후라 아쉬움은 없었다.

암시에 따라 이장도가 그를 구하러 온 것이 그 무렵이었다.

하북성 앞에 이르러 돌아가는 이장도에게 자신의 방패막이가 되어 달라 암시를 걸어 두고, 이장도의 말대로 북으로 향했다.

그리해 장백에 도착했다.

거기서 강인의 부모를 만났다.

어차피 달리 갈 곳도 없고 자신의 능력을 시간을 두고 다듬을 필요도 있었다.

강인의 부모를 꼭두각시로 만들어 그곳에 머물렀다. 한데, 한 가지 생각지 못한 변수가 생겼다.

강인에겐 자신의 능력이 통하지 않았던 것이다. 암시를 걸라치면 소스라치게 놀라며 그를 밀쳐냈다. 스스로가 그것을 인식 못 하는 것을 보면 어쩌면 타고나기를 그러한 것에 강한 내성이 있는 건지도 몰랐다.

진하에게 방해가 될 것은 분명한 일이었다. 죽여 버릴까 생각도 했다. 하지만 그러지 않았다. 그의 능력이 보다 완벽해지면 그때 한 번 더 시도해 보고 싶었기 때문이었다.

그로부터 다시 2년이 흘렀다.

담우광이 장백현에 발을 디딘 것은 진하의 능력이 완벽에 가까워졌을 무렵이었다.

그렇잖아도 장백에서의 생활이 지겨워지던 참이었다. 담우광이 내민 손을 거절할 이유가 없었다.

진하는 먼저 강인을 상대로 다시 한 번 암시를 걸어 보았다.

여전히 통하지 않았다.

다음 실험 대상은 강인의 부모였다.

자살을 지시했다. 사람이란 것이 희한하게도 죽음 앞에서는 유난히 자기방어가 강했다. 그 때문에 지금까지 수차례 시도를 해 보았지만 모두 실패로 돌아갔었다.

진하가 말했다.

"아저씨, 아주머니. 죽어 주실래요?"

완벽해진 능력은 드디어 죽음의 벽마저도 뛰어넘었다.

목을 매 죽어 있는 부부를 보자니 웬일인지 눈물이 났다. 마음은 하나도 슬프지 않았는데 눈에선 주체할 수 없이 눈물이 흘러나왔다.

눈물 탓이었을까? 떠나는 길에 강인도 죽이려고 했었는데 그 생각이 바뀌었다. 죽이고픈 마음이 생기지 않았다. 그래서 글 하나만을 남겼다.

'형도 이제 비렁뱅이 고아야.'

놀림은 아니었다. 오히려 축하였다. 살아남았음을, 그리고 부모라는 거추장스러운 존재로부터 해방되었음을.

이제 진하는 그의 인생에서 세 번째 가족을 만났다.

제자가 되어 달라고 한다. 제자가 되어 주기로 했다.

무엇을 가르쳐 줄지 궁금하기도 하고 한동안 바람막이로 쓰기에 적합해 보이기도 해서였다.

* * *

진하가 뭔가 잘못되었음을 느낀 것은 장백현을 떠나고 얼마 지나지 않아서였다.

강인과 마찬가지로 담우광도 암시가 통하지 않았다. 아예 시도조차 하지 못했다. 지금껏 누구에게나 예외 없이 보였던 동공 속 공간이 담우광에게만큼은 보이지 않았기 때문이다.

정확한 이유는 모른다.

그저 단 한 가지 확실한 것은 그가 감히 조종할 수 있는 인물이 아니라는 것이다.

당황스러웠다. 자신의 능력이 무용지물이 되었다는 것이 그랬고, 자신의 능력을 무용지물로 만들어 버릴 정도의 인물이라는 것이 그랬다.

당황스러운 반면에 기대도 되었다.

가진 게 많다는 것은 또한 얻을 게 많다는 뜻이기도 하니까.

암시가 통하지 않아 다루기는 어렵겠지만 그건 그것에 맞게 대처하면 된다.

진하는 그렇게 생각했다. 하지만 그 생각이 얼마나 안일한 것이었는지 깨닫는 데는 그리 많은 시간이 필요치 않았다.

장백현에서 출발해 하루 밤낮을 달린 끝에 림강(臨江)까지 이른 진하와 담우광은 밤이 깊어 어느 이름 모를 폐가에서 행장을 풀었다.

한겨울 강바람은 삭풍이 되어 폐가를 쓸고 갔다. 그럴 때마다 낡은 폐가가 위태롭게 흔들거렸다.

게다가 날씨도 먹구름 잔뜩 끼어 곧 한바탕 퍼부을 것같이 으름장을 놓아댔다.

진하가 추위에 부르르 몸을 떨자 담우광이 나뭇가지들을 모아다 불을 지폈다.

진하가 모닥불의 가까이로 다가가 손을 호호 불며 얼린 몸을 녹였다.

"내 이름은 담우광이다."

담우광의 말에 진하가 담우광을 보았다.

"내 비록 격식에 구애되진 않으나 사제의 연이란 천륜처럼 무겁디무거운 것이기에 소홀히 할 수가 없다. 내게 아홉 번의 절을 하거라."

진하는 순순히 담우광에게 구배를 올렸다.

천지신명께 고해 오늘 맺은 사제의 인연을 목숨으로 지키겠노라 그리 맹세도 했다.

담우광도 진심이었고 진하도 진심이었다.

단지 진하는 소용이 다할 때까지라는 전제를 마음속으로 되뇌었을 뿐이다.

담우광은 그렇게 사부가 되었다.

진하는 그렇게 제자가 되었다.

담우광이 말했다.

"나는 너를 마인으로 키울 것이다. 그러나 너는 마인이 되어서는 안 된다."

모순된 말에 진하가 의아해했다.

"깊이 생각할 것 없다. 네가 할 일은 마인이 되지 않도록 부단히 스스로를 다스리면 되는 것이다."

마음속에 하고픈 많은 말이 있었지만 담우광은 그것으로 끝냈다.

제자를 둔다는 것…….

대수롭지 않게 생각했지만 막상 제자를 들이고 나니 마음이 좋지만은 않았다.

지금껏 두 손에 많은 피를 묻혔다. 또 많은 생명을 거두었다. 냉혹한 마인의 길을 걸어온 그에게 생명이란 한 톨의 먼지보다도 가벼웠다.

한데, 이 작은 생명의 무게만은 왜 이렇게 무겁게 느껴지는 것일까?

어쩌면 아직 사부가 될 준비가 되어 있지 않았는지도 모른다.

단지 무공만 가르치면 되는 것이라 그리 여겼건만 어깨를 짓눌러 오는 책임감은 그보다 더 많은 것을 요구하고 있었다.

말 한마디 꺼내는 것조차 조심스러웠다. 혹여 나쁜 영향을 미치게 되지나 않을지, 혹여 사부로서의 체통에 문제가 되는 거나 아닌지.

아무리 극마지체를 이루어 천하를 눈 아래로 굽어보는 절세의 마인이 되었다고 해도 진하의 앞에서는 결국 서툰 초보 사부일 뿐이었다.

"길이 멀다. 일찍 출발할 것이니 그만 눈을 붙이거라."

담우광이 자리를 깔고 누웠다.

진하도 그 옆에 모포와 침낭으로 추위를 막으며 잠자리에 들었다.

눕자마자 바로 잠이 들었다. 하루 종일 말을 탔으니 피곤할

만도 했다.

우르릉 쾅!
진하는 갑작스러운 천둥소리에 눈을 떴다.
쏴아아아!
세찬 빗소리가 들렸다.
눈을 비비고 일어나 보니 아직 사위는 깜깜한 어둠이었다. 모닥불도 꺼져 있었다.
으스스 한기가 일었다. 모닥불을 다시 피울까 생각했지만 이내 그 생각을 접었다. 사위는 어두웠지만 느낌으로는 새벽녘이 분명했다. 하늘을 뒤덮은 먹장구름과 한여름 장마처럼 쏟아지는 빗줄기 때문에 빛이 잠시 제힘을 잃은 것뿐이다.
일찍 길을 나선다고 했으니 모닥불을 피우는 것보다 담우광이 깨기를 기다리는 게 더 효율적이었다.
진하는 담우광의 잠든 얼굴을 내려다보았다.
담우광은 그를 마인으로 키울 것이라 했다. 그러면서도 마인이 되지 말라고도 했다.
'마인이라고?'
담우광의 말이 정확히 무슨 뜻인지도 모르지만, 또 사부 제자 놀음을 그리 오래 할 생각도 없지만, 그래도 이왕 하는 거면 고리타분하게 협객 흉내 내는 것보다야 마인 쪽이 더 끌렸다.

잠시 그러고 있자니 진하의 기척을 느꼈기 때문인지 아니면 그저 일어날 때가 되어서인지 담우광이 눈을 떴다.

"안 잔 게냐?"

"아뇨. 방금 전에 깼어요."

진하의 대답에 고개를 끄덕이며 몸을 일으키던 담우광이 그제야 밖의 날씨를 확인하고는 눈살을 찌푸렸다.

"쉬이 그칠 비가 아니로구나."

그렇다고 이런 폐가에서 하루를 더 묵을 수도 없는 노릇이었다.

"마을까지는 족히 한 시진은 걸릴 터인데……."

"제 걱정이라면 안 하셔도 돼요. 지금까지 고뿔 한 번 걸려 본 적 없는걸요."

진하가 걱정 말라며 밝게 웃었다.

기특했다. 그 기특함이 작은 감동을 낳았다.

천하의 마군자가 이토록 소소한 일에 감동하고 있다. 다른 사람들이 들으면 콧방귀를 뀌며 말도 안 된다 했겠지만, 초보 사부의 입장에서는 이런 게 바로 제자를 두는 즐거움이 아닌가 싶었다.

우의로 진하의 몸을 단단히 감싸 준 후 말에 올랐다. 고뿔 한 번 걸려 본 적 없다지만 이미 진하는 추위로 바들바들 떨고 있었다.

담우광은 한 손으로 말고삐를 잡고 한 손은 진하를 안아 들

듯이 하며 단전에 가져다 대었다.

진기를 흘려보내 주자 진하가 그 뜨거운 기운에 놀라 눈을 휘둥그레 뜬다.

"이게 뭐예요?"

"별거 아니지만 한결 추위가 가실 게다."

진하가 신기해하며 고개를 끄덕였다. 담우광의 말대로 떨림이 많이 진정되었다.

"사부님, 근데 우리 어디로 가는 거예요?"

"일단은 가까운 마을에서 잠시 비를 피하고, 비가 그치면 마황성으로 갈 것이다."

"마황성이요?"

"거기에 내 사부님이 계신다. 그리고 앞으로 네가 살 곳이기도 하고."

그들이 마황성에 도착한 것은 그로부터 스무 날이 지나서였다.

그리고 그로부터 구 년이 지났다.

* * *

"그때 저를 데리고 온 걸 후회하세요?"

구 년이 지나 이제는 훌쩍 커 버린 진하가 담우광에게 물었다.

담우광은 눈을 감은 채 아무 대답도 하지 않는다.

새삼스러울 것도 없다.

지난 오 년이 한결같았으니까.

오 년 전 진하가 먹인 독에 당한 후로, 그리해 이렇듯 단전이 파괴되고 사지의 근맥이 모두 끊긴 채로 깊디깊은 뇌옥의 철창 속에 갇힌 후로 줄곧 그랬다.

"하지만 너무 자책하진 마세요. 사부님이 뜻하신 대로 제가 제 마음에 협을 품었다면 오래지 않아 정파 놈들의 칼날에 마황성이 갈기갈기 찢겼을 테니까요. 제 마음에 협이 없는 것이 사부님껜 탐탁잖을지 모르지만, 그로 인해 마황성은 살아남을 거예요."

담우광에게선 여전히 아무 반응이 없다.

진하도 여전히 상관 않고 말을 이었다.

"도제 백무강 말이에요. 사부님이 사조님보다도 더 존경하고 동경해 마지않는 그 사람…… 알고 보니 중원인이 아니래요. 흑지 출신이래요."

순간, 처음으로 담우광이 반응했다.

눈썹이 보일 듯 말 듯 꿈틀거린 것이다.

"도문을 멸문시킨 것도 흑지였대요. 그러니까 도문을 멸문시킨 장본인이 도제였던 거죠."

담우광의 눈썹이 보다 확연히 꿈틀거렸다.

진하가 그런 담우광을 보며 해맑게 미소 짓는다.

"못 믿겠다고요? 하지만 사실이에요. 얼마 전 흑지 비사천문의 군주라는 자가 다녀갔거든요. 그자가 그랬어요. 도문은 시작일 뿐이라고. 중원 무림이 곧 도제의 칼에 도륙을 당하게 될 것이라고. 그러면서 제게 그러더라구요. 자신들과 손을 잡자고. 사실 선택의 여지가 없는 일이죠. 도문의 멸문으로 힘의 균형이 무너진 이상, 정파의 칼날이 가장 먼저 향할 곳은 우리 마황성이니까. 마황성이 살기 위해서라도 그들과 손을 잡는 것 말고는 달리 방법이 없죠. 오히려 그들이 먼저 손을 내밀어 준 게 얼마나 다행인지 몰라요. 그들을 돕는 조건으로 얻을 수 있는 최대치의 것을 얻을 수 있을 테니 말이에요."

순간, 담우광이 눈을 떴다.

무려 오 년 만이다.

오 년 만에 본 담우광의 눈은 그전처럼 형형하게 빛나지는 않았지만, 여전히 가슴을 짓눌러 왔다.

온몸의 털이 곤두서는 듯한 느낌…… 실로 오랜만이다. 예전에는 그런 느낌이 정말로 싫었었는데 지금은 반대로 진하를 더없이 즐겁고 유쾌하게 한다.

"그런 눈으로 보지 마세요. 아직은 확답을 주지 않았으니까. 그들의 세 치 혀만 믿고 중원 무림을 팔아넘길 수는 없는 일 아니겠어요? 그래서 보여 달라고 했어요. 그들의 힘이 어느 정도인지, 우리 마황성이 믿고 따를 수 있을 만큼의 힘이 과연 그들에게 있는지…… 아마 지금쯤이면 시작되었을 거예요. 사천에서…… 그 첫 번째는 아마도 당문일 테죠."

진하가 담우광을 보며 해맑게 웃었다.

팔 년 전 처음 본 그날, 정말로 보기 좋았던 그 환한 웃음이 고스란히 거기에 있었다.

제 11 장

반즉살(反卽殺) 복즉생(伏卽生)

당문에는 내성과 외성이 있다.

내성이라 함은 당문의 순수 혈통을 뜻하고, 외성이라 함은 데릴사위나 당문에 큰 공을 세워 당문의 일족으로 인정받은 자들을 뜻한다. 쉽게 말해 직계와 방계의 차이라 할 수 있는데, 어느 문파든 주축이 되어 문파를 이끌어 가는 것은 직계의 몫이듯이 당금 당문을 이끄는 자들 또한 내성의 순수 혈통들이었다.

내성과 외성을 쉽게 구분하는 방법은 이름이었다.

당문의 규율상 외성은 외자를 쓰도록 되어 있었다. 데릴사위가 되기 전이나 큰 공을 세우기 전에 설혹 석 자의 이름을 가지고 있었다 하더라도 당문의 성을 받는 순간 외자로 이름을 바꿔야 했다. 그래서 무림에 알려진 당문의 고수 중에는 이름이 외자인 사람이 없는 것이었다.

당적(唐赤)도 당연히 외성이었다. 자신의 삼대조가 당문의 데릴사위로 들어왔고 그 가계가 지금의 당적에게 이른 것인데, 다른 외성의 일족들과는 달리 당적은 자신이 외성이라는 것에 전혀 불만이 없었다. 그와는 가까이 지내는 당기(唐技)와 그 친우들만 해도 젊은 혈기를 주체 못 하고 늘 당문의 불평등한 규율에 대해 불만을 토로하거나 자신들의 핏줄에 대한 신세 한탄으로 술독에 빠져 살았지만, 당적은 지금의 삶에 무척이나 만족하고 있었다.

주어지는 역할만 다를 뿐이지 배분을 엄히 따지는 당문이기에 내성과 외성 간에 신분의 차를 두는 것도 아니었고, 부당하거나 억울한 일을 당하는 일도 없다. 오히려 철저한 규율 속에서 문밖출입조차 함부로 못 할 만큼 자유를 억압당하는 내성의 일족들과는 달리, 외성은 책임이 적은 만큼 자유로웠다.

무엇보다 혹독한 수련을 하지 않아도 되었다.

어릴 적에 독에 대한 내성을 키우기 위한 목적의 수련을 본 적이 있었다. 그 또래의 아이들이 몸통만큼 큰 물독에 턱밑까지 몸을 담그고 있었는데, 거기에는 냄새만으로도 토악질이 올라올 만큼 매캐하고 비릿한 독물이 가득 담겨 있었다.

금세 얼굴이 시퍼렇게 변하는가 하면 그 자리에서 혼절을 해 버리는 아이들도 있었고, 비명과 울음을 토하며 물독에서 빠져나오기 위해 버둥거리는 아이들도 있었다.

그 모습은 그야말로 아비규환의 참상에 다름 아니었다.

선택받은 존재들이라는 것이 그 같은 과정에서 태어나는 것이라면 차라리 그 선택이란 것은 받지 않는 편이 나았다. 그렇게 해야만 가문을 이끌 수 있다면 차라리 가문을 이끌지 않는 편이 나았다.

오히려 불평등은 내성의 일족들이 당하고 있는 것은 아닐까 하는 생각마저 하게 된 당적이다 보니 당가타의 경계나 서고 있는 지금의 현실도 그에게는 그저 다행한 일인 것이다.

그렇게 당적은 그날도 당가타의 안전을 그 양어깨에 짊어지고 불철주야 경계에 힘쓰고 있었다.

한데, 지루하게 반복되던 일상 속으로 다른 날과는 다른 것이 끼어들었다.

늦은 밤이라고 하기에도 늦은 시각, 당가타의 입구에 웬 낯선 중년인이 나타난 것이다.

평범한 얼굴, 평범한 인상, 그리고 평범한 복장……. 한데 왜일까? 그 평범한 얼굴에서 눈을 거둘 수가 없다. 어떤 섬뜩한 무언가가 등허리를 훑어 내리는데, 착각인가 싶을 만큼 이뭔지 모를 섬뜩함이 대체 무엇인지 그 연유가 또한 무엇 때문인지 알 수가 없다.

"무슨…… 일로 오셨습니까?"

"당문의 뜻을 물으러 왔다."

담담히 흘러나오는 목소리 역시 별다른 특색이 없다.

'내가 너무 예민해진 건가?'

당적이 왠지 모를 섬뜩함을 그렇게 정리하는데 중년인이 그런 당적의 앞으로 서찰 하나를 내밀었다.

받아 들고 보니 봉투조차 없이 반으로 접고 그걸 다시 반으로 접어 놓은 채였다.

"가주께 전하거라. 답은 사흘 후에 들을 것이다."

그러고는 당적이 부를 새도 없이 홀연히 떠나가 버렸다.

뭐가 뭔지 도통 어리둥절하기만 한 당적이다.

장난인가 싶기도 했다. 그도 그럴 것이 당문의 가주에게 전하는 서찰이라고 하기에는 무례하다 싶을 만큼 격식이 없었다.

그러나 한편으로는 누가 감히 당문을 상대로 장난을 칠까 싶기도 했다. 게다가 조금 전의 그 중년인도 이런 장난질이나 할 자로는 보이지 않았다.

그러니 더 호기심이 일었다.

봉투에 밀봉이 된 것도 아니고 서찰에 풀칠이 되어 있는 것도 아니다. 접힌 것을 그저 펼치기만 해도 그 안의 내용을 볼 수가 있다.

당문의 가주에게 전하라 한 서찰을 어찌 함부로 보겠는가마는, 달리 생각해 보면 되지도 않는 장난질에 호들갑을 떤 꼴이 되는 것보다야 내용이라도 먼저 살펴보고 어찌할지 판단하는 게 나을 듯도 싶었다.

그리해 갈등과 고민 끝에 결국 서찰을 펼쳤다.

먼저 여섯 자의 간단한 글귀가 보였다.

반즉살(反卽殺) 복즉생(伏卽生)!

반항하면 죽을 것이요, 복종하면 살 것이다.

그리고 그 밑에는 흑지(黑池) 비사천문(秘沙天門)의 군주 아극소(阿克蘇)라는 이름이 적혀 있었다.

흑지도 비사천문도 아극소란 이름도 생소할 뿐이다.

게다가 반즉살 복즉생이라니?

'역시 장난인가?'

장난이 아닌 다음에야 감히 어느 누가 사천당문에게 이 같은 오만 방자한 글을 보낸단 말인가.

그렇게 단정을 짓고 보니 고민은 더 심해졌다.

가주에게 전할 가치도 없는 서찰이다. 하지만 당문의 존엄을 위해서라도 감히 당문을 상대로 두 번 다시는 이 같은 장난질을 하지 못하도록 일벌백계의 차원에서 혼을 내줘야 할 필요성도 있었다. 그러자면 자신이 독단으로 처리할 일은 아니었다.

결국 가주 당세양(唐世養)의 조카이자 그에겐 숙부뻘인 당문경(唐文敬)을 찾아갔다.

아니나 다를까, 서찰을 본 당문경의 반응도 당적과 크게 다르지 않았다.

"어느 놈이 장난이라도 친 게로군."

"그래도 혹시 모르니 가주께는 알려야 하지 않겠습니까?"

"그럴 것 없다."

아예 일고의 가치도 없다는 듯 그 자리에서 서찰을 찢어 버리기까지 했다.

"사흘 후에 답을 들으러 온다고 했느냐?"

"예. 분명 그리 말했습니다."

"만에 하나 그 말대로 사흘 후 다시 온다면 이 어리석은 장난질에 대한 대가는 내가 직접 받아내도록 할 것이니 더는 마음 쓸 것 없다. 어차피 장난이라면 다시 나타날 리도 없겠지만……."

그러나 당문경의 계산과는 달리 정확히 사흘 후, 그 중년인은 보란 듯이 당가타 입구에 나타났다.

"당문의 답을 들으러 왔다."

중년인이 대뜸 그렇게 말했다.

하지만 당문경은 더는 그 말을 장난으로 치부해 버릴 수가 없었다.

전날과는 달리 중년인은 혼자가 아니었다. 중년인의 뒤로

수를 헤아릴 수 없을 만큼 많은 수의 흑의인들이 도열해 있었다.

장난이 아니었다.

반즉살 복즉생의 그 글귀는 장난이 아니라 엄연한 경고였고 강요였다.

'대체…….'

대체 이자들은 누구란 말인가? 누군데 당문을 상대로 이런 어처구니없는 일로 도발을 해 온단 말인가?

흑지라 했다. 비사천문이라고도 했다. 하지만 당적이 그러했듯이 그에게도 생소한 이름일 뿐이다.

당문경이 당혹감을 감추지 못하고 있자 중년인의 눈길이 그 옆의 당적에게로 옮겨 갔다.

"아무래도 내 뜻이 제대로 전달이 되지 않은 모양이군."

불쾌한 듯 중년인의 눈꼬리가 살짝 치켜 올라갔다. 그저 눈꼬리가 살짝 치켜 올라갔을 뿐이건만 당적은 그 순간 모골이 다 송연해 오는 것을 느꼈다. 하지만 중년인은 당적을 탓하지 않았다. 오히려 자책하듯 중얼거렸다.

"서찰만으로는 부족했나 보군."

그때였다. 그사이 당혹감을 털어낸 당문경이 당적을 향하고 있는 중년인의 시야 속으로 불쑥 끼어들었다.

"흑지가 뭔지, 비사천문이 뭔지, 그대들이 무슨 연유로 이러는 것인지 그건 나중에 따지기로 하고 그전에 하나만 묻지.

그대들…… 여기가 사천당문임은 알고서 이러는……."

당문경은 미처 말을 끝맺지 못했다.

"……?"

뭔가 눈앞이 번쩍한다 싶은 순간 입에서 목소리가 사라져 버렸다. 입을 붕어처럼 뻐끔거리고는 있는데 어쩐 일인지 말이 소리가 되어서 나오지를 않았다.

영문을 몰라서 어리둥절해하고 있는 당문경과는 달리 그를 옆에서 지켜보고 있는 당적은 그 이유를 싫을 정도로 잘 알고 있었다.

"으……!"

목이 떨어져 내리고 있었다.

"으으……!"

당문경의 목이 당문경의 몸뚱이에서 스르르 미끄러지더니 억겁과도 같이 길게 느껴지는 시간 속에서 바닥으로 서서히 떨어져 내리고 있었다. 그와 동시에 몸뚱이도 기력을 잃고 고목이 쓰러지듯 '쿵!' 하고 꺾여 넘어졌다.

하지만 정작 당문경의 목은 허공중에 그대로 머물러 있었다. 땅에 닿기 전에 먼저 중년인이 당문경의 머리채를 낚아챈 것이다. 그러고는 그대로 당적에게 던졌다.

"서찰로는 부족했을지 몰라도 이 정도면 당가주의 얼굴 정도는 볼 수 있겠지. 안 그런가?"

마치 귀한 선물이라도 주는 듯 말을 하는 중년인이지만 정작 당적은 충격과 공포에 놀라서 그 귀한 선물을 제대로 받아내지를 못했다.

툭!

둔탁한 소음에 이어서 데굴데굴 구른다.

그렇게 데굴데굴 구른 끝에 멈추고 보니 마침 당문경의 얼굴이 당적을 정면으로 향하고 있었다. 이미 혼백조차 남아 있지 않건만 그 얼굴은 여전히 영문을 모르겠다는 표정을 하고 있었다.

"아……!"

그제야 화들짝 정신이 드는 당적이다. 충격과 공포에 백지가 되었던 머릿속도 다시 원래대로 돌아오고, 회색빛으로 변했던 시야도 다시 제 색깔을 찾았다.

그리고 믿기지 않는 현실…… 당문경이 죽었다. 삼백 내성일족 가운데 서열 이십 위 안에 드는 당문경이 중년인의 일수에 저항 한번 해 보지 못하고 너무도 간단히 목이 잘렸다.

그랬다.

당문에 실로 큰 위기가 닥쳤다.

정신을 놓고 있을 때가 아니다.

당적은 장포를 벗어 당문경의 머리를 빠른 동작으로, 그러면서도 조심스럽게 말았다. 끈적끈적한 혈수가 손바닥을 흥건히 적시자 울컥 눈물이 솟구쳤다.

그 역시 태생부터가 무인이었다. 지금 이 순간 가슴속에 휘몰아치는 것은 중년인에 대한 공포가 아니라 주체할 수 없는 분노였고 살심이었다. 만일 이곳이 그저 전장의 한복판이었다면 이미 죽기를 각오하고 중년인과 생사결을 했을 테지만, 이곳은 전장의 한복판도 아닐뿐더러 지금은 그보다 더 중요히 해야 할 일이 있었다.

알려야 했다. 지금 그가 할 수 있는 유일한 일은 복수가 아니라 닥쳐온 위험을 한시라도 빨리 가주 당세양에게 전하는 것이었다. 죽기를 각오하고 싸우는 것은 그다음의 일이었다.

당문경의 머리를 자신의 장포에 감싸 든 당적이 찰나간 중년인을 노려보고는 이내 걸음을 돌렸다. 한데, 그렇게 두 걸음을 내디뎠을 때다.

'어……?'

순간, 어떤 아찔함이 느껴진다 싶더니 갑자기 시야가 아래로 기울어진다.

'어……?'

고개를 돌려 보려 했지만 그저 아래로 떨어지기만 할 뿐 마음대로 움직이지 않았다.

'이, 이게 대체……?'

심지어 목소리도 나오지 않았다.

그 순간 뇌리를 스쳐 가는 것은 조금 전 당문경의 모습이었다.

목소리도 내지 못한 채 그저 입만 뻐끔거리던 그 모습…….

어쩌면 자신의 지금 모습도 다른 사람들의 눈에는 그리 보이는 것은 아닐까?

이윽고 떠오른 것은 현실에 대한 부정이 아니라 소박한 의문 한 자락이었다.

'왜……?'

가주에게 전하라며 당문경의 목까지 던져 주었으면서 왜 이제 와 자신의 목을 친 것일까?

"다시 생각을 해 보니 아무래도 사람을 보내는 것보다는 우리가 직접 가는 게 빠를 듯해서 말이네. 그편이 괜한 시간 낭비도 없을 테고, 내 뜻을 전하기에도 보다 효율적일 것 같고."

아득해지는 정신 너머로 환청처럼 들려온 말이었다.

가슴 한구석에서 왠지 모를 억울함이 밀려들었지만 그도 잠시, 의식은 구멍 난 독에서 물이 새어 나가듯 빠져나가 금세 모든 것이 새하얗게 변해 버렸다.

그리고 살육이 시작되었다.

*　　*　　*

피바람이 불었다.

그들의 손속은 냉혹했고 칼은 그보다 더 잔혹했다. 그리해 그들의 발길이 닿는 곳에 살아 있던 모든 것이 죽었다.

뒤늦게 소식을 듣고 당가주 당세양을 비롯해 당문 고수들이

부랴부랴 뛰어나왔을 때에는 당문의 근간이자 뿌리이며 터전인 당가타는 이미 죽음의 땅으로 변해 있었다.

죽음의 땅이 되어 버린 그곳에서 당가주 당세양이 흉수들과 마주했다.

'흑지 비사천문이 왜……?'

아마도 당문이 세워진 이래로 이처럼 피비린내가 진동했던 적은 없었을 것이다. 이처럼 무참한 살육 또한 일찍이 경험하지 못했다. 그런데도 분노에 앞서 의문을 먼저 떠올린 것은 그가 당적이나 당문경과는 달리 흑지라는 이름을 익히 알고 있었기 때문이었다.

과거 양주 양가창의 일가 몰살 사건이 바로 그들의 짓이라는 것도 알고 있었고 지난 도문 혈사의 범인으로 그들을 의심하고 있기도 했다. 그 잔혹무비한 살귀들이 지금 당문에서 무참한 살육을 벌이고 있다.

대체 왜 이런 짓을 벌인단 말인가?

양주 양가창이나 도문은 어땠는지 모르지만 흑지와 당문과는 티끌만큼의 은원도 진 일이 없다. 이런 참혹한 짓을 당할 그 어떤 짓도 하지 않았다. 그런데도 사천당문을 상대로 이처럼 천인공노할 짓을 벌이는 이유가 무엇일까?

아무런 은원 관계가 없다는 것, 그럼에도 이런 참혹한 짓을 벌인다는 것…… 순간 당세양이 생각할 수 있는 것은 하나뿐이었다.

"설마…… 천하라도 노리는 것인가?"

설마 했다.

순간 뇌리에 떠올라서 물은 것이지만 묻는 동안에도 '설마 그럴 리가……' 하는 심정이었다. 한데,

"왜? 안 될 이유라도 있나?"

스스로를 흑지 비사천문의 군주 아극소라고 밝힌 중년인이 간단히 인정을 해 버린다.

천하를 노리고 있다.

"터무니없는……!"

반사적으로 튀어나온 말이었다.

아극소가 그 즉시 반문했다.

"터무니없다?"

"하면 정녕 그것이 가능하다고 보는가?"

"불가능하다고는 생각지 않는데?"

"허……!"

당세양이 실로 어처구니없다는 듯 헛웃음을 터트렸다.

물론 흑지 비사천문의 힘이 그 끝을 가늠키 어려울 정도라는 것은 그도 알고 있었다. 무림사세의 하나인 도문조차 간단히 멸문을 당했다. 어쩌면 도문이 그리된 것은 어떤 특별한 사연이나 은원이 얽혀 있었던 것이 아니라 중원 무림의 힘을 가늠해 보기 위한 일종의 시험이었는지도 몰랐다.

하지만 정말로 그런 것이라면 완전히 잘못 판단하고 있음이

다.

중원 무림은 도문 하나로 가늠할 수 있을 만큼 낮고 얕은 곳이 아니었다. 도문이 무림사세의 한 자리를 차지하고 있었다고 하더라도 중원 무림 전체의 그림 속에서는 그저 기암절경 속의 나무 한 그루에 지나지 않았다. 지금 흑지는 나무 한 그루를 보고 숲 전체를 판단하는 실로 어리석은 우를 범하고 있는 것이다.

더구나 그 나무 한 그루조차 제대로 보지를 못하고 있었다.

"역시 도문혈사는 그대들의 짓인가?"

"그렇다면?"

"그래서 이리도 무모한 욕심을 부리는 게로군. 도문을 상대해 보니 중원 무림이 우스워 보이던가?"

"아니, 그 반대지. 중원 무림이 우습게 보였다면 우리가 이먼 곳까지 올 이유가 없지. 우리가 그 뜨거운 열사의 땅을 건너서 이곳까지 달려온 것은 오히려 중원 무림의 강함을 새삼 깨달았기 때문이네. 다시 말해 우리를 이곳으로 이끈 것은 욕심이 아니라 호승심이라는 거지. 물론 그 호승심을 끌어낸 것은 도문이 아니라 다른 자였지만……. 도문은 존재했을 때도 존재하지 않게 된 후에도 우리에게는 먼지에 다름 아니니까. 그러니 우리가 이러는 이유를 도문에서 찾는 것은 실로 멍청하고도 불쾌한 짓이지. 그건 우리를 너무 얕잡아 보는 것이기도 하거니와 또한 도문을 지나치게 높게 추어올리는 것이거든."

"내 보기에는 오히려 그대들이 도문을 너무 얕잡아 보는 것 같은데?"

"이미 사라지고 없는데 얕잡아 보고 말고 할 게 있나?"

"전부가 사라진 건 아니지. 아니, 그저 그대들이 보지를 못하는 것일 뿐, 애초에 사라진 것은 아무것도 없었던 건지도 모르겠군. 적어도 그분이 계시는 한은 말일세. 그분이야말로 진정으로 도문 그 자체이니 말이야."

"그분?"

"도제 백무강."

순간, 아극소가 대소를 터트린다.

"푸하하하하하하!"

그야말로 박장대소였다.

아극소의 그 같은 반응에 그 즉시 불쾌히 이맛살을 구기는 당세양이다.

결코 우스갯소리로 한 말이 아니었다. 도제 백무강도 결코 우스갯감이 되어서는 안 되는 존재였다.

그의 말은 진심이었고 또한 진실이었다.

사십 년 전이었다. 도제를 만난 적이 있었다. 불과 한 번의 만남이었을 뿐이지만, 당세양의 일생에서 가장 잊지 못할 순간이었고 가장 가슴 떨리는 기억으로 남아 있었다.

실로 가늠할 수도 가늠해서도 안 되는 존재였다.

사람으로서 신에 가장 근접해 있는 절대자였다.

도제야말로 도문 그 자체였다. 건물이 불타고 현판이 부서지고 제자들이 몰살을 당했어도 도제만 무탈하다면 그로써 도문은 건재하다. 그들이 벤 것 또한 나무가 아니라 나무 주위의 잡풀에 지나지 않았다. 그래 놓고 나무를 베었다 착각을 하고는 이렇듯 기고만장해 있었다.

한데, 그렇게 당세양을 불쾌하게 하며 박장대소를 해대던 아극소가 돌연 웃음을 뚝 그치더니 한심하다는 듯 혀를 끌끌 찬다.

"뭔가 단단히 착각을 하고 있는 모양인데, 도문은 도제의 분신이 아냐. 그저 잠깐 가지고 논 장난감에 지나지 않지. 그것도 이미 싫증이 날대로 싫증이 나서, 부서지든 고장이 나든 아무런 관심이 없게 되어 버린 그런 장난감 말이야. 굳이 도제의 분신이라고 한다면 도문이 아니라 우리 흑지 비사천문일 테지."

아극소의 말이 무슨 뜻인지를 몰라 어리둥절해하는 당세양이다. 그런 당세양을 보며 피식 실소를 흘리더니 고개를 뒤쪽으로 돌린다.

"제 말이 틀렸습니까, 대군?"

순간, 아극소의 뒤쪽으로 흑의인들이 좌우로 갈라지는가 싶더니 그사이로 한 인형이 걸어 나온다.

그 인형을 확인한 당세양은 자신의 눈을 의심했다.

"도제……?"

분명 도제 백무강이다. 잘못 보았을 리도 없다. 자신은 이제 이십 대의 혈기방장한 나이도 아니고 사십 년의 세월이 고스란히 얼굴에 담겨 있었지만, 도제는 사십 년 전 그 모습 그대로였다.

"오랜만이네. 그래, 그간 무탈하셨는가?"

반갑게 인사를 건네 오는 목소리도 기억 속 그대로였다.

하지만 다르다.

너무 깊고 커서 세상 모든 것을 담을 수 있을 것 같았던 눈은 핏빛을 머금고 있었고, 자애롭고 온화했던 입매는 메마르고 거칠어져 비릿한 살향을 흘리고 있었다.

자신이 일생에 처음으로 존경과 흠모로 우러러보았던 당대의 거인은 결코 저런 모습이 아니었다.

대체 무슨 일이 있었던 것일까?

대체 무슨 일이 벌어지고 있는 것일까?

도제는 왜 저런 모습을 하고 있는 것이며 여기에는 또 무슨 일로 온 것일까?

무엇보다…… 혹지 비사천문과는 무슨 관계란 말인가?

당세양의 머릿속은 온통 뒤죽박죽이었다.

"생각이 많은가 보군. 시간이 많이 흐르긴 많이 흘렀나 보네. 젊은 날의 자네는 하고 싶은 말을 그렇게 머리에 담아 두는 청년이 아니었지. 생각보다 말이 빠르고 말보다 행동이 먼저였으니까.”

아니다. 도제의 말대로 젊은 날의 자신은 생각하기에 앞서 먼저 말하고 먼저 행동하는 혈기방장한 애송이이긴 했지만, 젊은 날의 자신이라도 이 같은 상황을 맞닥뜨렸다면 지금의 자신과 크게 다르지 않았을 것이다.

“하나만 묻겠습니다.”

“그리하게.”

“저자가 말하기를 흑지 비사천문이 어르신의 분신이라 했는데 그게 무슨 뜻입니까?”

“글쎄…… 그건 나한테 물을 것이 아니라 저 아이한테 묻는 게 나을 것 같네만…….”

도제가 슬쩍 아극소를 눈짓했다.

아극소는 그런 도제의 눈짓에 그저 멀찍이 물러서서 어깨만 으쓱할 뿐이다.

“그러나…….”

도제가 말을 이었다.

“저 아이가 무슨 뜻으로 그런 말을 했는지는 모르겠지만 자네가 알고 싶어 하는 것이 나와 흑지와의 관계라면 그건 말해 줄 수 있지. 나는 중원인이 아니네.”

“중원인이 아니시라니……?”

“내가 나고 자란 내 고향은 중원이 아니라 흑지 비사천문이네.”

"하면 지금껏 세상을 속여 왔단 말씀입니까?"

"속인 것이 아니라 세상이 그렇게 믿고 싶어 했던 것뿐이지. 나는 그저 그렇게 믿고자 하는 그들의 기대를 부정하지 않은 것뿐이고. 그들에겐 내가 중원인인 것이 중요했는지 모르지만, 정작 내게는 내가 중원인인가 아닌가 하는 것은 하등 상관이 없는 것이었으니까."

도제가 중원인이 아니다. 그 사실 하나만으로도 충격적인 일이지만, 흑지가 그의 고향이라는 것은 충격을 넘어 그야말로 경악할 만한 일이었다.

"혹시 도문을 그리 만든 것도 어르신이셨습니까?"

"아니네. 그것은 내 뜻도 내 의지도 아니었네."

그래, 그럴 리가 없다. 자신의 손으로 세운 도문이다. 자신을 추종하여 모인 제자들이다. 도문혈사에 도제가 관여되었다는 것은 도무지 말이 안 된다.

"그러나……."

"……?"

"그것이 내 뜻은 아니었지만 내 묵인하에 이루어진 것은 틀림없는 사실이네."

말인즉슨, 직접 명은 내리지 않았지만 굳이 막지도 않았다는 말이다.

"하면…… 하면 어르신께 도문은 대체 무엇이었습니까?"

무려 백 년을 일구어 온 가업이 아니던가?

그의 일생을 바친 도문이 그토록 무의미하고 하찮은 것일 리가 없지 않은가?

"그 질문…… 그래, 도향이 그 아이도 똑같은 질문을 했었지. 실은 나도 놀랐다네. 움켜쥐고 있을 때는 마치 내 몸의 일부인 양 쓰리고 아팠는데 막상 놓고 보니 아무렇지가 않더란 말이지. 그게 내 지난 백 년이라 생각하니 섭섭하기까지 할 지경이었다네."

도제 백무강은 나름 옛 정리를 생각해서 친절히 답을 하는 듯했지만 들으면 들을수록 오히려 그 속내를 더 모르겠다.

다만 한 가지는 확실해졌다.

도문혈사의 진정한 범인은 도제 백무강이라는 것.

자신의 뜻은 아니었다지만, 자신이 명을 내린 것은 아니었다지만, 자신이 직접 손을 쓴 것은 더더구나 아니라지만 도제의 묵인이야말로 도문을 향했던 가장 무서운 칼날이었다.

그 무서운 칼날이 지금 사천당문으로 향하고 있다.

분신과도 같았던 도문조차 멸문지화의 불길 속으로 내몰았는데 그깟 과거의 티끌만 한 인연이 방패막이가 되어 줄 리가 없다.

구파일방과도 어깨를 나란히 했던 도문마저 하룻밤 사이 참화를 당했는데 사천당문이 그 화를 면할 수 있을 리도 없다.

결국 당세양에게 주어진 선택지는 두 가지였다.

반즉살(反卽殺).

일천팔백 명의 목숨을 버려 사천당문의 이름을 지키느냐.

복즉생(伏卽生).

사천당문의 이름을 버려 일천팔백 명의 목숨을 구하느냐.

선택지는 두 개였지만 어차피 길은 하나였다.

칠백 년 동안 사천당문이 한 걸음 한 걸음 무림에 새겨 온 족적은 일천팔백 명의 목숨에 비할 바가 아니었다. 설혹 일족이 몰살을 당하더라도 사천당문의 이름만큼은 더럽혀져서는 안 되는 것이었다. 그것이 또한 당문의 주인으로서 마땅히 걸어야 할 길이었다.

당세양의 그러한 기색을 느꼈는지 도제 백무강이 혀를 찼다.

"쯧…… 결국 그리하려는가? 내게 도문이 그러했듯이 자네에게도 당문은 그저 놓고 나면 부질없는 것일지도 모르는데……."

"다릅니다. 어르신께 도문은 그러했을지 모르지만 제게 있어 당문은 놓을 수 있는 것이 아닙니다."

"그런가?"

"예."

"그렇다면 할 수 없는 일이지."

아쉬워하는 말투였지만 그 표정이나 눈빛은 오히려 섬뜩할 만큼 즐거워 보였다.

"그러고 보면 사십 년 전 그때, 칼로도 세월로도 나를 죽이진 못할 거라 하니 약관의 청년이었던 자네가 내게 이렇게 말했었지. 당문의 독이라면 능히 도제를 죽일 수 있다고. 기억하는가?"

물론 기억하고 있다.

젊은 날의 치기였다. 그리고 실로 무모하고 얼토당토않은 객기였다.

비록 무모하고 얼토당토않은 젊은 날의 치기였지만 지금은 그날의 객기라도 빌려 와야 했다.

"자! 그럼 당문의 독이 얼마나 쓴지 한번 보여 줘 보시게."

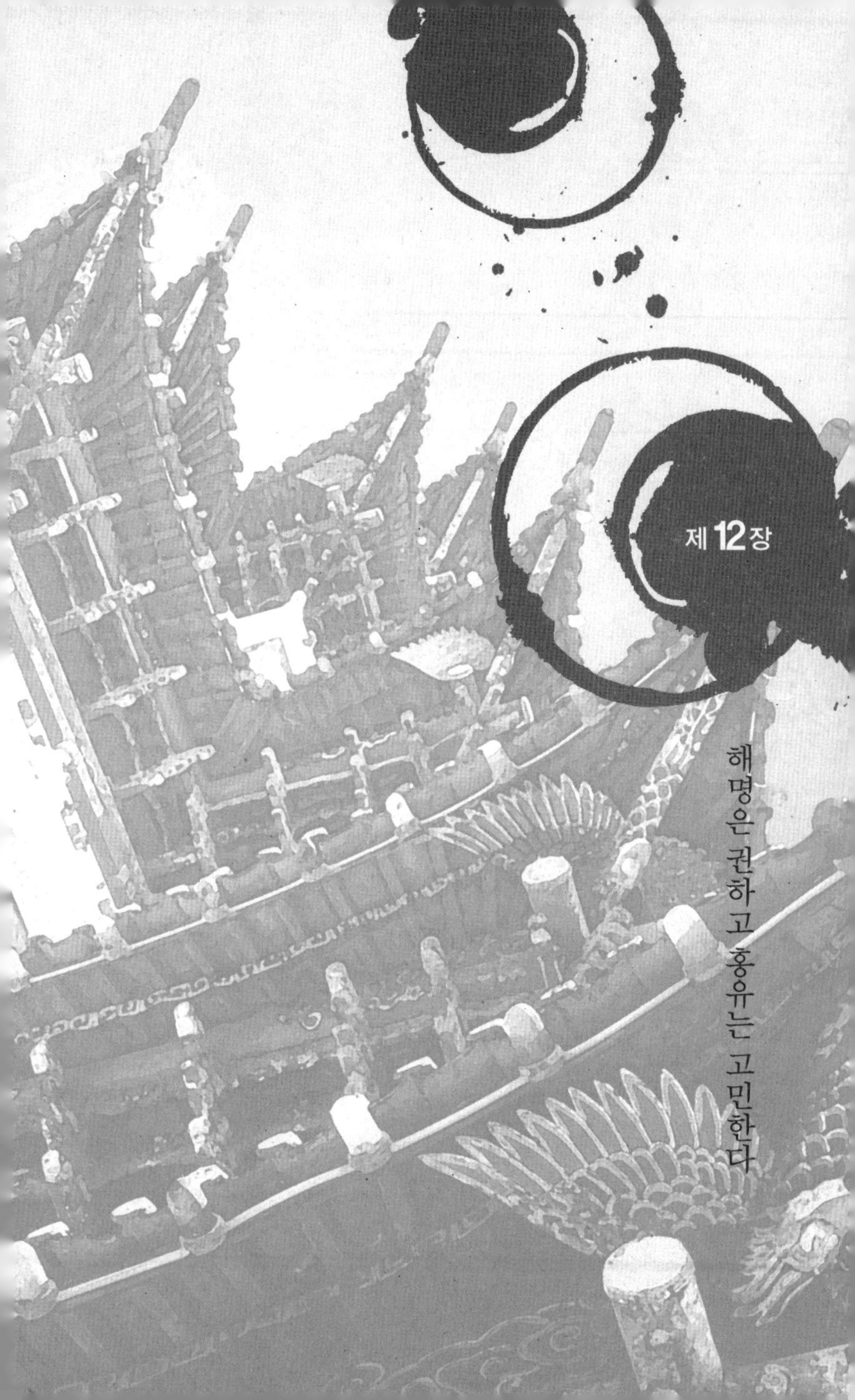

제 12 장

해명은 권하고 홍유는 고민한다

천국의 서

어디선가 날아든 소문 한 자락이 무림을 발칵 뒤집어 놓았다.

사천당문의 멸문.

처음에는 아무도 그 소문에 귀를 기울이지 않았다.

무려 칠백 년을 이어 온 무림 최고의 명문세가다. 그들의 용독술과 암기술은 같은 정파인들조차 두려움에 떨게 하는데 대체 어느 누가 그런 사천당문을 멸문시킬 수 있단 말인가.

하지만 하나의 입이 둘이 되고 두 개의 입이 넷이 되자 그저 헛소문으로 치부해 버릴 수만은 없었다.

과거 양주의 양가창문을 몰살시킨 흑지 비사천문이라 했다.

또한 도문혈사의 흉수들이 바로 그들이라는 소문도 있었다.

그런 중에 또 하나의 사건이 터졌다.

사천당문의 멸문 후 불과 한 달도 채 지나지 않았을 무렵, 사천당문 북서쪽에 위치한 청성파마저도 화를 당한 것이다.

그때까지도 반신반의하던 사람들조차 더는 믿지 않을 수가 없었다. 그 소식을 전한 것이 다름 아닌 청성파의 생존자들이었기 때문이다.

그랬다. 사천당문에 이어 청성파마저 멸문의 화를 당한 것이다. 그러나 그조차 청성파의 생존자들이 가져온 또 하나의 소식에 비하면 아무것도 아니었다.

청성파 장문 송풍검(松風劍) 공손락(公孫樂)이 죽었다. 청성파가 멸문의 화를 당했으니 공손락의 죽음이 새삼스러울 것은 없었지만, 그들의 입을 통해 전해진 흉수의 이름은 듣는 모두를 경악게 하기에 충분한 것이었다.

도제 백무강.

도제 백무강이라니?

천하제일이라는 이름에 가장 근접해 있는 도제가, 중원 무림의 상징과도 같은 그 이름이 어째서 거기에 섞여서 나온단 말인가?

'청성파의 공손 장문만이 아니라네. 당가주 당세양도 도제에게 죽임을 당했다는 게야.'

'어디 그뿐인가? 듣기로는 도문을 그렇게 만든 것도 도제였

다는구먼.'

무림이 일대 혼란에 빠졌다. 의문과 불안, 그리고 두려움이 한데 뒤섞여서 실체 없는 소문들만 무성히 나돌았다.

그런 중에 구대문파를 비롯한 무림의 각 대문파에 서찰 하나씩이 전해졌다.

거기에 적힌 것은 당적이 받았던 것과 똑같은 여섯 자의 글귀였다.

반즉살(反卽殺) 복즉생(伏卽生)!

그러나 당적이 받았던 것과 완전히 똑같지는 않았다. 반즉살 복즉생의 여섯 글자 아래로 그보다 큰 글씨로 적혀 있는 이름은 흑지 비사천문의 군주 아극소가 아니었다.

흑지 비사천문 대군 백무강.

그랬다. 거기에 적힌 것은 도제 백무강의 이름이었다.

그로써 실체 없이 무성하기만 하던 소문이 명명백백한 사실로 만천하에 드러났다.

도제가 중원 무림을 배신했다.

그리고 중원 무림을 향해 선전포고를 해 왔다.

다른 누구도 아닌 도제 백무강이다.

도문과 사천당문, 그리고 청성파마저도 그 앞에 맥없이 쓰러져 갔는데 어느 누가 이를 무시할 수 있겠는가? 어느 문파가 감히 홀로 감당해낼 수 있다 자신하겠는가?

중원 무림을 향한 도제의 선전포고에 결국 구대문파를 위시로 한 중원 무림의 수장들이 회합을 가졌다. 그렇게 시작된 회합은 무려 칠 주야가 넘도록 계속되었고, 칠 주야를 꽉 채운 그날 마침내 회합의 결과가 천하 무림에 공표되었다.

그것은 무림맹이었다.

무림맹의 창설…… 오로지 흑지 비사천문과 도제 백무강에 대항하기 위해 중원 무림이 힘을 합치기로 뜻을 모은 것이다.

* * *

무림맹의 창설 소식은 흑지 비사천문과 도제 백무강이 불러온 불안과 공포만큼이나 무림인들을 기대와 희망으로 부풀게 했다.

무림맹은 흑지 비사천문과 도제 백무강이 가져다준 불안과 공포로부터의 해방 이전에 입신양명을 위한 기회의 장이었기 때문이다. 그러나 사람들의 그 같은 기대와 달리 무림맹은 상당히 배타적이었고 또한 폐쇄적이었다.

상징적인 의미와 현실적인 문제를 모두 고려해서 멸문한 도문의 터 위에 그대로 총단을 세운 무림맹은 그 이름에 걸맞지 않게 정파만을 철저히 가려 받았다. 마황성은 물론이고 정사 양간 어느 쪽에도 속하지 않은 검문조차 무림맹에 초대를 받지 못했다. 항간에 떠도는 말로는 구대문파에서 이 기회를 빌려 무림의 주도권을 온전히 되찾아 오려는 속셈이라고 했고, 또 어떤 이는 정사 간의 세력 판도를 완전히 새롭게 하려는 의도라고도 했다.

어느 쪽이든 흑지 비사천문의 도발에 대항하기 위한 중원 무림의 일치단결이라는 본연의 뜻은 시작부터 삐걱거리고 있었다.

그 일을 주도하고 있는 것이 형산파였다.

무림맹의 초대 맹주로 추대된 것은 소림 방장 공효도 아니고 무당 장문인 해천도 아니었으며 화산 장문인 단학영도 아니었다.

초대 무림맹 맹주는 뜻밖에도 형산파 장문인 복마검(伏魔劍) 탁종도(卓宗都)였다.

소림과 무당, 화산이 아닌 형산 장문인 탁종도가 초대 무림맹주로 추대된 것은 소림과 무당이 이제 막 봉문을 깨고 나온 터라 스스로 무림을 이끌 자격이 되지 않는다며 그 자리를 고사한 데다 화산의 단학영 또한 극구 사양을 했기 때문이기도 했지만, 무엇보다 소림과 무당이 봉문을 하고 화산이 무림사에서 한발 물러나 있는 틈을 타 그간의 무림을 형산파가 주도해 온 공을 인정받았기 때문이었다.

탁종도는 야심이 큰 인물이었다.

비록 소림과 무당 등에 비해 명성이나 무공은 미치지 못했지만, 그 부족함을 꾸준한 대외 활동으로 메웠고 그리해 닦은 인맥은 단연 으뜸이었다. 그 노력의 결실이 무림맹 초대 맹주라는 자리인 것이다.

그렇게 무림맹 초대 맹주가 된 탁종도는 먼저 무림맹에 합류시킬 문파들을 선별했다. 그 과정에서 자격 요건으로 내세운 것은 두 가지였다.

'오직 정파여야만 할 것이며 그중에서도 정예여야만 할 것이다.'

어찌 보면 단순하달 수 있지만 과거와는 달리 당금 무림은 정사의 기준이 선명하지가 않았다. 정예의 기준 또한 모호해서 그것은 상당히 까다로운 작업이었다.

그 까다로운 작업을 담당하게 된 것이 탁종도의 사제이자 형산파의 장로 철사금장(鐵砂金掌) 홍유(洪誘)였다.

"무슨 놈의 문파가 이리도 많은 건지……."

홍유가 산처럼 쌓인 문서들을 보며 짜증스러운 한숨을 내쉬었다.

각성의 이름 높은 패주들부터 저 멀리 운남의 하잘것없는 군소방파들까지, 천하에 산재해 있는 모든 무문들에 관한 정보들이 그 안에 총망라되어 있었다.

많아도 너무 많다.

추려도 추려도 도무지 끝이 안 보인다.

마음 같아서는 굳이 이렇게 하나하나 살필 것이 아니라 그냥 무림에서 이름 좀 있다 하는 문파들만 대강 뽑아다 쓰고 싶었다. 실제로 지금까지 선별한 문파들 전부가 무림에서 이름 좀 있는 문파들이었다.

하지만 맹주 탁종도의 엄명이 있었다.

정예를 선별하는 것인 만큼 모두가 납득할 만한 명확한 기준이 세워져야 하고, 명확한 기준을 세우기 위해서는 저 멀리 시골구석의 하오문이라 해도 세심히 살펴야 한다는 것이었다.

그로 인해 지금 이 고생을 하고 있다.

물론 맹주의 엄명이 있었다고 해도, 그리해 산처럼 쌓인 문서들을 하나 빠짐없이 살피고는 있다고 해도, 이름 없는 문파의 문서를 펼칠 때면 문서를 넘기는 손이 절로 빨라지고 그것을 읽어 가는 눈도 이내 시큰둥해져 버리는 것은 어쩔 수 없었다.

그렇게 읽는 둥 마는 둥 하며 던져 버린 것이 벌써 몇 장째인지 모르겠다.

'아무리 시골구석의 하오문까지도 세심히 살피라 했다지만, 그래도 좀 가릴 건 가려서 가져올 것이지…….'

뒷골목 무뢰배 패들 것까지 죄다 긁어 온다. 그러면서도 혹시 비사천문의 살육이 언제 다시 시작될지 모르니 한시라도 빨리 일을 마치라며 독촉을 해댄다. 그러니 이름 없는 문파에 신경을 많이 못 쓰는 것은 어찌 보면 당연한 일이었다.

그렇게 문서를 집고 버리고를 습관적으로 반복하던 어느 순간이었다. 시큰둥하던 눈에 이채가 떠오르는가 싶더니 습관적으로 문서를 넘기던 손길이 순간 멈췄다.

현천문(玄天門).

물론 아는 이름이다.

천하오절이니 옥면신룡이니 하는 강호의 소문이야 그 역시 익히 들어 알고 있었다.

그 명성만 놓고 따진다면 지금까지 선별한 정예 문파들보다도 오히려 더 높았다. 무려 삼만이나 되는 문도의 수만으로도 간단히 무시해 버릴 수 있는 곳이 결코 아니었다.

그러나 그들은 정파가 아니었다. 그렇다고 사마외도로 분류할 수도 없지만 정파로 놓기에는 마뜩잖은 구석이 있었다.

'현천문의 전신인 천절문의 행적만 봐도 그렇지.'

현천문과 천절문은 엄연히 다른 문파였지만 자세한 사정을 잘 알지 못하는 홍유의 눈에는 그저 이름만 바뀌었다 뿐, 거기나 거기나 매한가지로 보였다.

염가상단을 등에 업고 호북과 섬서 상인들의 등골이나 뽑아먹는 삼류 쓰레기.

'그런 주제에 무지한 사람들이 추켜세우니 주제도 모르고 세상의 주인인 양 거들먹거리는 꼴이라니…….'

전부터 꼴 보기가 싫었었다.

그들을 떠받들어대는 사람들의 무지도, 그런 무지한 사람들의 떠받듦에 한껏 우쭐해서는 세상 무서울 것 없이 설쳐대던 옥면신룡인가 뭔가 하는 작자도, 고작 삼류무공 나부랭이 따위나 뿌려대면서 일세의 대종사라도 된 것처럼 신비한 척 거드름을 떨어대는 천하오절도…… 홍유가 보기에는 죄다 같잖고 우스웠다.

'그래. 문도 수 삼만이라는 것은 곧 시정잡배들이 삼만 명이나 된다는 건데, 그 많은 시정잡배를 무림맹에 들였다가 그 혼란을 어찌 다 감당할까.'

그리 생각을 한 홍유는 현천문에 대해 이런저런 정보들이 적혀 있는 문서를 이내 덮어 버렸다. 그러고는 머릿속에서 완전히 지워 버린 채 하던 일을 계속했다.

그렇게 까마득히 잊고 지냈다. 한데, 선별 작업을 모두 마친 다음 날의 일이었다. 생각지 못한 사람에게서 그 이름을 다시 듣게 된 홍유였다.

"어찌하여 현천문의 이름이 명단에 없습니까?"

그렇게 홍유의 집무실로 들이닥쳐서는 따지듯 물어 온 것은 화산파의 장문제자 도진이었다.

화산파 장문인 단학영을 대신해서 장로 관사홍이 무림맹 임시 집행위의 한 자리를 차지하고 있었고, 그를 보좌키 위해 무림맹에 상주해 있는 도진이다. 그러니 탁종도에게 올린 선별된 문파의 명단을 도진이 알고 있는 것은 그리 이상히 여길 일은 아니었다.

당연히 반발이 있을 거라고 예상은 했다. 비단 도진만이 아닐 것이다. 최대한 공정하게 심사를 한다고 했지만 아무래도 형산파와의 우호 관계나 이해관계 등에서 완전히 자유로울 수는 없는 것이 인지상정이었고, 그러다 보니 다른 구대문파에서 어느 정도 불만을 품게 되리란 것은 이미 각오를 했던 바였다.

그러나, 반발이 있을 거라고 예상은 했지만 왜 도진의 입에서 현천문의 이름이 나오는 건지는 도무지 영문을 모르겠다.

"현천문이 거기에 꼭 있어야 할 만한 이유라도 있는가?"

"현천문이 운남의 남선문(南船門)이나 광서의 오련방(五連幇)보다 자격이 부족하다고는 생각지 않습니다."

홍유가 불쾌히 이맛살을 구겼다.

현천문의 이름을 들었을 때는 그저 어리둥절하고 생뚱맞다는 느낌이었는데, 거기에 자신이 선별한 남선문과 오련방이 빗대어지자 마치 비리를 추궁당하는 듯한 기분마저 들었다.

"하면 자네는 내가 자격 없는 자들을 무림맹으로 불렀다는 말인가?"

홍유의 날 선 반문에 도진이 고개를 저었다.

"아닙니다. 저는 그저 왜 현천문이 자격이 안 되는지 그것이 알고 싶은 것뿐입니다."

"이는 관 대협의 질문인가? 아니면 자네 개인적인 호기심인가?"

임시 집행위 관사홍의 질문을 대신 가져온 것이라면 응당 대답을 해 줘야겠지만, 그것이 도진의 사적인 호기심이라면 대답할 의무가 없다는 뜻이다.

도진이 뭐라 대답을 하려는데,

"하긴, 그런 걸 따져 무엇할까……."

홍유가 이내 날 선 눈빛을 거두고는 고개를 잘래잘래 내젓는다. 그러고는 도진에게 반문했다.

"현천문이 운남의 남선문이나 광서의 오련방보다 자격이 부족하다고는 생각지 않는다고 했었지?"

"예. 흑지 비사천문 같은 강대한 적을 상대함에 있어 현천문은 분명 무림맹에 큰 힘이 될 것입니다."

도진의 확신에 찬 말을 홍유가 반박했다.

"그러나, 내 생각은 다르네. 그들이 과연 자네의 말처럼 무림맹에 큰 힘이 되어 줄지도 의문일뿐더러, 무엇보다 그들은 정파가 아니지 않은가?"

"하지만 그들은 사마외도도 아닙니다."

"내 보기에는 사마외도에 다를 바 없어 보이네만? 아니, 자네 말대로 사마외도가 아닐지도 모르지만 그렇다고 정파의 울타리 안에 넣을 수도 없는 것만은 분명하지. 무림맹이 자리를 잡을 때까지 결속을 다지고 분란을 최소화하기 위해서 우선 공인된 정파만을 모으라 결정한 것은 자네를 비롯한 구대문파의 집행위가 아닌가? 아니면, 자네 말뜻은 현천문에 특혜라도 줘야 한다는 말인가? 현천문에만 특혜를 줘야 할 만한 무슨 특별한 이유라도 있는 것인가?"

"그건…… 아닙니다."

도진은 반박할 말을 찾지 못했다.

홍유의 말은 틀린 것이 없었다.

"그게 아니라면 그만 물러가시게. 자네가 왜 현천문에 이렇듯 마음을 쓰는지는 모르겠지만, 집행위의 방침이 바뀌기 전에는 현천문이든 어디든 그 어떤 특례도 특혜도 없을 것이네."

이렇게 되고 보니 공정치 못한 것은 홍유가 아니었다. 오히려 도진이 부정 청탁이라도 넣으려는 모양새가 되어 버렸다. 여기서 더 고집을 부리거나 반발을 한다면 정말로 모양새가 이상해질 것 같았다.

결국 더는 따지지 못하고 걸음을 돌리는 도진이다.

그런 도진을 보는 홍유의 눈에는 승자의 여유나 오만함이 아닌 불쾌감만 가득 들어차 있었다. 그렇다고 그 불쾌감이 도진을 향하고 있는 것은 아니었다.

현천문이다.

왜 그런 삼류 쓰레기 문파 때문에 자신의 그간의 고생이 부정당하고 의심받아야 한단 말인가?

지금 홍유는 짜증을 넘어 마치 새 신을 신고 개똥이라도 밟은 것 같은 기분이었다. 자연스레 현천문에 대한 생각도 더 안 좋아질 수밖에 없었다.

다시는 그 이름을 듣고 싶지 않았다. 설혹 집행위의 방침이 바뀐다 하더라도 현천문만은 결단코 부르지 않을 결심까지 했다.

하지만 홍유는 미처 알지 못했다. 역시 마음대로만 되지 않는 것이 세상살이라는 것도, 다시는 듣고 싶지 않던 그 이름을 생각지 못한 사람에게서 또다시 듣게 되리라는 것도.

그것은 무림맹이 무림맹이란 이름으로 흑지 비사천문과 첫 전투를 벌인 직후의 일이었다.

*　　*　　*

무림맹 창설의 대업은 구대문파의 전폭적인 지원하에 일사천리로 진행되었다. 최고위직부터 최하위 말단에 이르기까지 무림맹 내부의 지휘 체계를 확립하는 것은 물론이고, 중원 무림 전체를 일사불란하게 움직일 수 있도록 각 지역의 문파를 무림맹 산하의 지부로 두었다.

그렇게 무림맹이 맹으로서의 힘을 발휘할 수 있게 되었을 무렵이었다.

폭풍처럼 몰아칠 것 같던 처음의 기세와는 달리 그동안 이상할 만큼 조용하던 흑지 비사천문이 마치 무림맹이 맹으로서의 힘을 발휘할 수 있게 되기를 기다리고나 있었다는 듯 때를 맞추어 일거에 중원 무림을 공격했다.

중원 무림은 또 한 번 흑지 비사천문의 힘에 경악해야 했다. 그들의 공격은 사천 무림은 물론이고 감숙, 귀주, 광서까지 서쪽 무림 전역에서 동시다발적으로 일어난 것이다.

그저 도제를 위시로 해서 정예화한 문파로만 생각했다. 그 규모까지 이토록 어마어마할 줄은 생각지도 못했다. 각지에서 보고된 흑지 비사천문의 총 규모는 무려 십만이 넘을 정도였다.

무림맹의 전력을 기울여 흑지 비사천문의 공격을 간신히 막아내기는 했지만, 그 한 번의 전투로 중원 무림이 입은 타격은 실로 엄청났다.

서쪽 무림을 잃었다.

사천, 감숙, 귀주, 광서를 잃음으로써 중원 무림의 삼 할 이상을 그들에게 넘겨줌은 물론이고, 양쪽 진영이 그 성들을 기준으로 땅을 양분하며 일촉즉발의 냉전 상태로 돌입하게 된 것이다.

정말로 큰 문제는 중경(重慶)이었다.

무림맹의 총단이 있는 호북은 섬서와 중경, 호남에 둘러싸여 있는데 섬서와 호남에 비해 중경은 상대적으로 작은 땅이었다. 그러면서도 사천과 귀주에 맞물려 있어 방어에도 상당히 취약한 상태였다.

만일 사천과 귀주에서 협공을 한다면 저항 한 번 제대로 하지 못하고 일거에 무너질 것이 뻔했다.

중경이 무너지면 그 앞은 바로 무림맹 총단이 있는 호북이었다. 흑지 비사천문과의 전쟁이 너무도 간단히 끝나 버릴 수도 있는 상황, 그러다 보니 무림맹의 전력은 중경으로 밀집될 수밖에 없었고 그에 따라 흑지 비사천문의 칼날도 일제히 중경을 향해 겨누어졌다.

그로 인해 당금의 중경은 그야말로 언제 폭발할지 모르는 활화산처럼 극도로 위험천만해져 있었다.

'이달 들어 벌써 세 번째인가?'

홍유는 수하가 가져온 보고서를 보며 이맛살을 구겼다.

호남의 끝자락 강화(江華)에서 국지적인 소규모 전투가 벌어졌고, 무림맹 측의 피해가 크니 증원을 요청한다는 내용이었다.

이달에만 벌써 세 번째였다. 세 번의 전투가 있었고 세 번 모두 밀렸다. 그리고 그동안 두 번의 증원이 이루어졌다.

이젠 거의 한계였다. 대부분의 인원이 중경에 집중되어 있는 터라 저 멀리 강화까지 증원을 보낼 만한 여유가 없었다. 강화뿐만 아니라 흑지 비사천문과의 접경 지역은 어디든 인원이 턱없이 부족한 상황이었다.

애당초 적을 제대로 파악 못 했다.

흑지 비사천문을 일개 문파로만 생각한 것이 계산 착오였다. 지금까지 조사된 바에 의하면 흑지 비사천문은 일개 문파가 아니었다. 사막 넘어 신강 전역을 아우르는 대국(大國)이었다.

아무리 중원 무림과는 만 리 길 밖에 떨어져 있다고 해도 어떻게 그런 엄청난 규모의 세력이 지금까지 그토록 신비에 싸여 있었던 것인지 실로 의문이 아닐 수 없었다.

그랬다.

적을 너무 몰랐다.

전 무림이 힘을 합해도 모자랄 판국에 일국의 군대에 버금가는 적을 상대로 정파니 정예니 하며 거드름을 피웠으니 지금 겪는 곤란은 어쩌면 당연한 결과였다.

오히려 흑지 비사천문의 도발이 이 정도 선에서 그치는 게 실로 천만다행한 일이었다.

만일 그들이 이런 국지적인 도발이 아니라 전면전을 불사하고 단번에 몰아쳐 왔다면 과연 어찌 되었을까?

생각만으로도 눈앞이 다 아찔할 지경이었다.

이제 달리 길이 없었다.

정파고 정예고 가릴 것 없이 긁어모을 수 있는 문파는 죄다 긁어모아야 했다. 그리해 지금 홍유의 집무실은 각 지역 군소방파들에 관련한 문서들이 다시 산더미처럼 쌓여 있었다.

하지만 상황은 그리 좋지가 못했다.

그동안 입맹 권유서를 보낸 곳이 이백하고도 서른두 곳이었다. 한데 그중에 입맹하겠다고 확답을 준 곳은 고작해야 스물여섯 곳뿐이었다.

첫 선별에서 자격 미달로 누락된 문파들이, 아쉬워지니 그제야 자신들을 찾는 무림맹의 행태를 불쾌히 여긴 것이다. 게다가 엎친 데 덮친 격으로 도제가 흑지 비사천문을 이끌고 있다는 소식이 전해지면서 무림맹도 곧 도문과 당문, 청성파의 뒤를 따르게 될 것이라는 흉흉한 소문마저 더해지자 이젠 하잘것없는 하오문도들조차 무림맹에 들기를 꺼리는 실정이었다.

그렇게 되고 보니 맹주 탁종도에 대한 불신이 조금씩 불거져 나오기 시작했다. 무림맹을 이끌기에는 역시 형산파의 역량으로는 역부족이었다는 둥, 소림이나 무당의 장문인이나 그도 안 된다면 화산의 단학영 정도는 돼야 했다는 둥…… 그렇게 무림맹은 시작부터 삐걱거리고 있었다.

밖에서는 흑지 비사천문이 이빨을 드러낸 채 호시탐탐 물어뜯을 기회만 엿보고 있고, 안에서는 형산파와 탁종도에 대해 팽배해진 불만이 이미 위험수위를 넘고 있다. 거기다 대외적인 신뢰도마저 바닥을 쳐 이젠 허드렛일 할 사람조차 쉽게 구할 수가 없는 상황. 덕분에 무림맹의 내외 살림을 총괄하고 있는 홍유의 시름은 날로 깊어질 수밖에 없었다.

'급한 대로 곡부(曲阜)의 흑룡채(黑龍寨)라도 보낼 수밖에.'

참 생각하면 할수록 기가 막힐 노릇이다.

곡부의 흑룡채라니?

곡부의 흑룡채라면 이름 그대로 산적패였다.

며칠 전 초청도 하지 않았건만,

'위급에 처한 중원 무림을 더는 두고 볼 수가 없어 이 한 몸 중원 무림을 위해 분골쇄신하고자 왔소이다!'

그렇게 무림맹의 문을 두드린 그들이었다.

그 뜻이야 가상하지만 뜻이 좋다고 다 좋은 것은 아니다.

무림맹에 어울리는 자들이 아니었다.

안타깝게도 존재 자체가 민폐인 자들이었다.

이전 같았으면 문전에서 바로 내쳤을 터였다. 하지만 그런 흑룡채마저도 아쉬운 것이 작금 무림맹의 현실이었다.

그래서 받았다. 하지만 어디까지나 무림맹 내의 잡무나 시체 처리 같은 전투의 뒷정리 등을 맡길 생각이었지, 이렇듯 그들을 전선으로 보내게 될 줄은 전혀 예상치 못했다. 이 같은 결정을 내리는 지금 이 순간에도 과연 잘하는 일인지 회의가 들었다.

무림맹이 산적패의 도움까지 받아야 할 지경이라는 것이 알려지면 무림맹에 대한, 탁종도에 대한, 형산파에 대한 세상의 불신이 더욱 가열할 것은 불을 보듯 뻔한 일이다.

'역시 이대로는 안 된다.'

달리 돌파구를 찾아야 한다.

돌파구라면 있었다.

소림과 무당, 화산에서 무림맹을 위해 나서 주면 된다.

혹지 비사천문이 선뜻 전면전으로 나서지 못하는 것도 그들 세 문파를 꺼리기 때문이라는 말이 공공연히 나돌 정도로 여전히 막강한 존재감으로 무림맹 위에 군림하고 있는 그들이다.

봉문을 깬 지 얼마 되지 않았다는 이유로, 혹은 탁종도의 권위를 침범하지 않겠다는 선의로 각기 한발씩 물러서 있는 그들 문파의 수장들이 무림맹을 위해 헌신하겠다는 공동성명이라도 발표하면 분위기는 단번에 반전될 수 있다.

문제는 과연 동참해 줄지가 미지수라는 것이다.

'아니, 동참하지 않겠다면 바짓가랑이를 잡고 늘어져서라도 동참하게 만드는 수밖에.'

눈앞에 산처럼 쌓인 문서 더미들을 보고 있자니 그 같은 결심이 더욱 확고해진다. 그런 한편으로 가슴 한구석에 씁쓸함이 들어차는 것은 어쩔 수 없었다.

탁종도가 무림맹주에 오르면서 다시는 그들 앞에 머리를 조아리는 일이 없을 거라 생각했다. 이제 진정한 무림의 태산북두는 바로 형산이고, 형산이야말로 모두의 위에 군림할 자격이 있다고 생각했다.

하지만 현실은 또다시 그들 앞에 머리를 조아리게 한다.

형산은 아직 그들 세 문파를 넘어설 역량이 되지 못한다. 천 년 전에도, 향후 천 년 후에도 그들은 여전히 무림 위에 군림할 것이다.

현실이란 놈은 그것을 인정할 것을 가슴 아프도록 강요하고 있었다.

"후우……."

무거운 한숨을 그보다 더 무겁게 토해낸 홍유가 이내 자리에서 몸을 일으켰다.

그리해 그가 찾아간 사람은 화산의 관사홍과 마찬가지로 무당장문인 해천을 대신해서 무림맹에 머물러 있는 해천의 사제 해명이었다.

임시 집행위는 이제 그 이름을 바꾸어 무림맹 최고 의결기관인 현무원(玄武院)이 되어 있었다. 해명도 엄연히 의결권을 가진 현무원의 일원이었다.

하지만 홍유가 해명을 찾은 것은 그가 현무원의 일원이라서가 아니었다.

무당파 장문인 해천의 사제로 그가 무당파를 대표하고 있었기 때문이다. 그를 통해서 무림맹의 뜻을 해천에게 전하고자 함이다.

그리해 해명을 찾아 무림맹의 현 상황을 설명하고 무당파의 도움을 청했다.

한데, 무림맹의 현 상황을 설명 듣던 해명이 이해가 안 된다는 듯 고개를 갸웃거렸다.

"맹의 사정이 좋지 못한 거야 저도 알고 있었습니다만, 그만큼이나 사람이 부족했었단 말씀입니까? 산적패의 힘까지 빌려야 할 정도로?"

그러한 질문 속에는 불쾌함이 가득 묻어나고 있었다.

왜 이 같은 사정이 현무원에 보고가 되지 않았느냐는 질책이자 추궁이다.

홍유로서는 달리 변명할 말이 없었다.

사실이 그러했다.

형산파나 맹주 탁종도에게 불리한 것들은 사전 검열을 통해 철저히 가려서 보고를 올렸다. 말이 최고 의결기관이지 홍유에게는 그저 호시탐탐 탁종도의 자리를 노리는 경쟁자로밖에는 보이지 않았던 것이다.

다행히 그 같은 질책과 추궁은 길게 이어지지 않았다. 저반 사정이야 뻔한 것이기에 불편한 진실을 파헤쳐서 굳이 관계를 불편하게 하는 것은 해명으로서도 부담스러운 일이었다.

"한데……."

대신 다시 한 차례 고개를 갸웃하며 더욱 이해가 안 간다는 듯 물었다.

"인원이 이렇게도 부족한데 왜 현천문에는 도움을 청하지 않는 것입니까?"

해명의 물음에 홍유가 저도 모르게 얼굴을 확 구겼다.

현천문에 대한 좋지 않은 감정도 감정이지만, 그 이름을 해명에게서 다시 듣게 되리라고는 정말이지 생각지도 못했기 때문이다.

홍유의 격한 반응에 해명이 의아해하며 물었다.

"왜 그러십니까? 제가 무엇을 잘못 말한 것입니까?"

해명의 질문에 그제야 자신의 실태를 깨닫고는 급히 손을 내젓는 홍유다.

"아니, 그게 아니라 대협께서 현천문을 어찌 아시는지……?"

"현천문은 잘 모르지만 그곳의 주인과는 한 번 검을 겨룬 적이 있습니다."

"그곳의 주인이라면…… 옥면신룡과 말씀입니까?"

"일전에 무당파를 찾아오신 적이 있었는데 그때 기회가 되어 그분의 검을 견식해 볼 수 있었습니다."

"아……!"

그러고 보니 옥면신룡이 무당파에 찾아가 소란을 피웠다는 소문을 들은 기억이 있었다.

하지만 그때는 별반 관심을 두지 않았던 터라 그 소란이란 것이 어떤 것인지, 옥면신룡이 무당파에서 무슨 일을 벌였는지에 관해서는 아는 것이 없었다.

고작 옥면신룡 따위가 감히 해명 같은 고수와 검을 겨루었다는 것만으로도 놀라운 일인데 이어서 나온 해명의 말은 그를 더욱 당혹스럽게 했다.

"그때 그분께 참으로 호되게도 당했었지요."

"하면 대협께서 옥면신룡에게 패하기라도 했단 말씀입니까?"

"승부를 결한 것이 아니니 패했다고는 할 수 없습니다만…… 아니, 애당초 승부를 논하는 것조차 그분께는 실례일 겁니다. 그저 제가 그분께 큰 가르침을 받았다고 하는 편이 맞을 테니까요."

그렇게 말을 하는 해명의 눈빛은 공경의 마음까지도 담고 있었다.

도통 뭐가 뭔지 모르겠다.

소문에 듣기로는 옥면신룡의 나이는 고작해야 약관을 갓 넘겼다고 했다. 다른 걸 다 떠나서 대 무당파의 장로가 저런 눈빛을 보이기에는 지나치게 어린 애송이가 아닌가 말이다.

과연 해명이 그분이라 칭하는 자가 옥면신룡이 맞기나 한 건지 그조차 의심스러울 지경이었다.

거기다 해명은 한술 더 떴다.

"말이 나왔으니 드리는 말씀입니다만, 저희 장문인께서도 궁금해하셨습니다. 무림맹에서 왜 현천문을 부르지 않는 것인지…… 옥면신룡이라면 분명 무림맹에 큰 힘이 될 터인데 말입니다."

이젠 정말 머릿속이 다 하얘질 지경이다.

대체 옥면신룡이 뭐라고 해명도 모자라서 무당 장문인 해천까지 그 같은 관심을 보인단 말인가?

"현천문을 부르지 않는 데에는 무슨 다른 이유라도 있는 것입니까?"

머릿속이 멍한 지경에서도 대처는 빨랐다.

"아, 아닙니다. 워, 워낙에 현천문의 덩치가 크다 보니 무작정 들일 수가 없는 상황이라…… 이것저것 준비할 것도 많고…… 그렇잖아도 곧 현천문으로 사람을 보내려던 참이었습니다."

"아, 그렇군요. 하긴, 문도 수가 무려 삼만이 넘는다고 하니…… 아무튼 현천문이 와 준다면 당장의 인원 수급 문제는 얼추 해결이 되겠군요."

"그러나 그 정도로는 임시방편에 지나지 않습니다."

"물론 그렇겠지요. 중원 무림을 상대로 감히 반즉살 복즉생을 외치는 자들이 그리 호락호락할 리가 없지요. 알겠습니다. 홍 총관님의 뜻, 장문인께 잘 말씀 드려 보겠습니다. 기왕지사 내치는 걸음이니 소림에도 제가 다녀오도록 하지요."

그렇게 일은 수월하게 풀렸다.

하지만 돌아서 나오는 홍유의 표정은 그다지 좋지가 못했다.

현천문 때문이다.

역시 마뜩잖다.

무림맹에 누구를 들일지는 어디까지나 총관인 자신의 소관이었다. 그러한 자신의 일에 감 놔라 대추 놔라 하는 무당파의 행태가 고깝기도 했거니와 구대문파의 체통도 잊고는 옥면신룡인지 뭔지 하는 작자를 치켜세워대는 그 채신머리도 영 마음에 들지 않았다.

'해명도 해명이지만 도진은 또 무슨 상관인 거고?'

그러고 보면 언젠가 그런 소문을 들은 적이 있었다.

화산의 도진이 옥면신룡에게 머리를 조아려 가르침을 청했다는, 화산의 지렁이 소리를 듣던 도진이 일약 무림대회의 우승자가 될 수 있었던 것도 옥면신룡의 가르침 덕분이라는 소문…….

그때는 별 거지 같은 소문이 다 나돈다 생각하고 한 귀로 듣고 한 귀로 흘려버렸지만, 해명의 태도를 보고 나니 어쩌면 단지 헛소문만은 아니었을지도 모른다는 생각이 들었다.

하지만 그뿐이었다.

그의 안에서 옥면신룡이란 이름이 커지면 커질수록 오히려 옥면신룡이나 현천문에 대한 반감만 더 강해질 뿐이다.

그러나 어쩌겠는가.

무당 장문인의 이름까지 나온 마당에 도진 때처럼 그냥 무시해 버릴 수는 없는 일이었다. 더구나 지금은 어떻게든 무당과 소림의 비위를 맞춰야 하는 처지, 결국 현천문을 불러들이기로 했다.

'하긴, 달리 생각해 보면 삼만 인원은 분명 요긴하게 쓰이긴 할 테니까…….'

그리고,

'그들을 써먹을 곳도 널리고 널렸으니까…….'

하물며 허드렛일만 해도 무림맹 내에 잔뜩 쌓여 있었다.

게다가 비사천문과의 전투는 앞으로 더욱더 치열해질 터였다.

그런 만큼 때에 따라서는 군량미도 날라야 하고 시체도 치워야 하는데, 그런 용도로 써먹기에는 현천문만큼 적당한 곳도 없을 듯싶었다.

'현천문을 부르는 것이야 무당파의 뜻이었지만 그들을 어떻게 써먹을지는 어디까지나 내 마음이니까.'

그렇게 마음을 정한 홍유는 그 즉시 현천문으로 입맹 권유서를 보냈다.

한데, 참 많은 고민과 갈등 끝에 어렵게 보낸 입맹 권유서이건만 정작 현천문의 반응은 그가 예상했던 것과는 너무 달랐다.

귀맹의 제안은 고마우나 아직 문파의 기틀조차 제대로 세우지 못한 탓에 힘이 되어 드리기는커녕 필경 귀맹에 폐만 끼치게 될 터, 부득불 입맹을 거절함을 이해 바랍니다.

현천문 문주 소천풍 배상.

홍유의 손아귀에서 갈기갈기 찢기기 전, 서찰 속에 적혀 있던 글이었다.

제 13 장

무림맹으로

"왜 거절하셨습니까?"

관여락이 이해가 안 된다는 듯 그렇게 물어 왔다.

"서신에 적은 그대로입니다. 지금은 문파의 내실을 다지는 데만 온 힘을 기울여도 모자란 실정이 아닙니까? 더구나 아직 제가 준 비급조차 제대로 익히지 못한 상태인데 그런 제자들을 굳이 전장으로 내몰 필요야 없지 않겠습니까?"

이유라면 그게 전부는 아니었다.

제자들도 제자들이지만 천풍 개인 사정상으로도 무림맹 입맹은 그리 달갑지가 않았다.

전선의 상황은 시간이 지날수록 점점 더 치열해지고 있었다. 흑지 비사천문과의 접경 지역에서는 하루가 멀다 하고 전투가 벌어지고 있다고 한다.

끼어들고 싶지 않았다.

전쟁이란 것이 늘 그렇듯이 원한에 의해 사람을 죽이는 곳이 아니라 명령에 의해 사람을 죽이는 곳이었다. 그 속에 있으면 도문에서보다도 더 사람의 생명이 하찮게 느껴질 것 같았다.

그때처럼 또다시 무감각하고 무덤덤하게 사람을 죽이게 되지는 않을까? 그렇게 아무 죄책감도 없이, 죄악감도 없이 또 얼마나 많은 사람을 이 손으로 지워 버리게 될까?

지금은 이성으로나마 살인은 안 된다 거부를 하고 있지만, 그 속에 있으면 그 하나 남은 이성마저도 무너져 버릴 것만 같았다. 그리해 정말로 악귀가 되어 버릴 것만 같았다.

무림맹에 들어가는 것이 선뜻 내키지 않는 또 하나의 이유는 소림사였다.

듣기로는 흑지 비사천문으로 인해 신마쾌도에 대한 추적이 일시 중단되고 신마쾌도를 쫓던 혜정과 십팔나한이 모두 전략상 최고의 요충지인 중경의 옥화산(玉化山)에 머물러 있다고 한다. 그러니 당장은 안심이겠지만 무림맹에 들게 되면 언제고 그들과 마주치게 될 것은 자명한 일이다.

그런 위험을 감수하면서까지 무림맹에 들 이유가 없는 것이다.

하지만 관여락은 여전히 납득을 못 하겠다는 얼굴이다.

"물론 굳이 제자들을 위험한 전장으로 내몰 필요는 없습니다. 그러나 제자들은 그리 생각하지 않을 것입니다."

"이 기회에 이름이라도 떨치고 싶어 할 거란 말씀입니까?"

"이름을 떨치려는 마음도 물론 있을 겁니다. 그러나 그보다는 중원 무림에 대한 충심(忠心)이 먼저입니다."

관여락의 말에 천풍은 미간을 찌푸렸다.

중원 무림에 대한 충심이란 말이 너무 낯설게 느껴졌기 때문이었다.

자신이 서 있는 이곳이 중원 무림이라는 자각을 단 한 번도 해 본 적이 없었다. 그건 자신뿐만 아니라 그가 만나 본 모든 무림인이 그랬다. 무림인이란 그렇게 세상을 크고 넓게 보는 부류들이 아니었다. 기껏해야 자신이 속한 문파가 그들이 눈에 담는 세상의 전부였고, 그들 개개인의 이해로만 움직이는 것이 또한 무림인이었다.

무림맹만 해도 그랬다.

중원 무림을 대표하는 그곳조차 자신들의 실리를 위해 정사를 구분 지어 문파를 가려 받지 않았는가. 무림맹이 그럴진대 하물며 다른 무림인들이야 오죽할까.

하지만 관여락의 생각은 달랐다.

"충(忠)이란 가지고 태어나는 것이 아닙니다. 배움에서 습득하고 세상의 말들 속에서 만들어지는 것이 충입니다. 한 번 마음에 새겨지면 막을 수도 지울 수도 없는 것이 또한 충입니다. 내실을 다지려던 것이 자칫 더 큰 분란만 초래할 수도 있습니다."

언뜻 이해가 되는 듯하면서도 역시 마음이 움직이지는 않는다. 그리해 관여락의 충고에도 불구하고 천풍의 결정은 번복되지 않았다.

그러나 충이란 것이 세상의 말들 속에서 만들어진다는 그 말을 깨닫는 데는 그리 많은 시간이 필요치 않았다.

현천문 내에 불만들이 생겨나기 시작한 것이다.

처음에는 무림맹에 들어 그동안 자신들이 익힌 무위를 뽐내고 싶다는 단순한 호기와 욕심에서 비롯되었다. 하지만 그러한 호기와 욕심에 스스로 당위성을 더하고 정당성을 주장하게 되자 그것은 곧 충의라는 그럴듯한 명분으로 포장되었다.

관여락의 말대로 내실이 다져지기는커녕 불만과 불평만 팽배해지고 있었다. 연무장만 가도 전과 같은 열의는 더 이상 찾아볼 수 없었다. 삼삼오오 모여서는 심각한 얼굴로 열띤 토론을 해대는가 하면, 천풍을 보기라도 할라치면 무슨 역당 모의라도 한 것처럼 슬금슬금 자리를 피하기 일쑤였다.

여산삼귀조차 위급에 처한 중원 무림을 이렇게 배신할 수는 없는 거라며 목소리를 높일 지경이었다. 더구나 전쟁이 격화되면서 여기저기서 전사를 알리는 부고가 이어졌다. 워낙에 많은 사람이 모여 있다 보니 그만큼 많은 인연이 있었다.

전장에서 전사한 자가 일가친척인 경우도 있었고 목숨조차 나눌 수 있는 죽마고우인 자들도 있었다. 그러다 보니 흑지 비사천문에 대한 원성의 목소리가 커지는 거야 당연했다.

그만큼 지금이라도 무림맹에 입맹해서 중원 무림을 지켜야 한다는 목소리도 커졌다.

그것은 막아서도 안 되고 막을 수도 없는 시대의 흐름과도 같았다.

그제야 알았다.

중원 무림인이라는 자각은 지금 살아가고 있는 땅이 아니라 사람과 사람 사이의 관계에서 형성되는 일체감이자 울타리라는 것을.

천풍이 홍유의 방문 소식을 접한 것은 바로 그즈음의 일이었다.

* * *

'빈 수레가 요란한 것도 정도가 있는 것이지…….'

부단주 관여락이라는 자의 안내를 받아 현천문으로 들어서는 홍유의 낯빛은 시종일관 그리 좋지가 못했다. 현천문의 그 큰 성벽 앞에 다다른 후부터 줄곧 그랬다.

그래 봐야 일개 삼류 문파에 지나지 않는 주제에 이 무슨 말도 안 되는 크기란 말인가?

무림맹 총단이 초라해 보일 만큼 어마어마한 규모였다. 황궁에 비한다고 해도 그리 꿀릴 것 같지가 않았다.

단지 건물의 외형이나 크기뿐만이 아니었다. 본격적으로 가당찮게 느껴지는 것은 현천문 안으로 들어서고부터였다.

아무래도 무림맹의 살림을 도맡아 관리를 하는 입장이다 보니 물건을 보는 안목이 남다를 수밖에 없는 홍유다. 그런 그의 눈에 비친 현천문 내 집기들이나 장식물들은 입이 떡 벌어질 만큼 고가의 것들로 채워져 있었다.

'섬서와 호북 상권을 모두 손아귀에 틀어쥐었다더니 아주 돈지랄을 해 놓았군.'

질투인지 가소로움인지 지금 홍유의 기분은 구겨진 얼굴보다도 더 구겨져 있었다.

'하긴, 이 정도 위세는 되니까 감히 무림맹의 입맹을 거절도 한 것이겠지.'

생각하면 할수록 울화통이 치민다.

기도 안 찰 노릇이었다.

무림맹 입맹을 허락한 것만으로도 감지덕지해도 모자랄 판국에 감히 거절이라니?

실로 괘씸하기 짝이 없다.

마음 같아서는 두 번 다시 무림맹에 아예 발도 못 붙이게 하고 싶은 심정이었다. 하지만 그러지 못했다. 그러기는커녕 이 먼 곳까지 한달음에 달려와야 했다.

홍유가 정말로 화가 나는 것이 그거였다.

감히 주제도 모르고 자신을 여기까지 달려오게 했으니 말이다. 더욱 분통이 터지는 것은 이딴 되먹지도 않은 삼류 쓰레기 문파에 대 형산파의 장로이자 무림맹의 총관인 자신이 머리까지 조아려야 할지도 모른다는 것이다.

'무당파만 아니었더라도…….'

현천문으로부터 거절의 뜻을 전달받은 그날도 해명의 당부가 있었다.

'장문인께서도 곧 무림맹에 한 번 들르신다고 하셨습니다. 옥면신룡을 만날 수 있을 거라 하니 무척이나 기대를 하시더군요.'

그리해 결국 몸소 여기까지 옥면신룡을 만나러 올 수밖에 없었던 것이다.

정말이지 필요하다면 머리 아니라 무릎이라도 꿇어야 할 판이었다.

'그래. 한신(韓信)은 무뢰배들의 가랑이도 기었다는데 이깟 굴욕쯤이야 뭐가 그리 대수랴. 큰 뜻을 품은 자라면 응당 작은 굴욕쯤은 참아 넘길 수 있어야 하는 법.'

그리 마음을 크게 먹어 보지만 걸음은 어쩔 수 없이 도살장에 끌려가는 소처럼 무겁고 힘이 없었다.

그렇게 복잡한 심경으로 관여락의 뒤를 따르는데, 두어 채의 전각을 막 지났을 무렵이었다. 멀리서 그들을 향해 달려오는 자가 있었다.

"홍 총관님께서 이렇게 직접 찾아오실 거라고는 정말이지 생각지도 못했습니다."

"……?"

자신의 앞으로 헐레벌떡 뛰어와서 그렇게 말을 건넨 사내는 약관 정도의 청년이었다.

"정말이지 송구스러워서 몸 둘 바를 모르겠습니다."

"……?"

약관의 청년이 그렇게 말을 건네 왔지만 홍유는 그저 난데없고 어리둥절할 뿐이다. 그런 홍유의 표정을 본 청년이 그제야 자신의 실태를 깨닫고 급히 포권을 취해 보였다.

"아, 이런 결례가! 저는 현천문의 문주 소천풍이라 합니다."

"아……!"

그제야 이 눈앞의 청년이 옥면신룡임을 알게 된 홍유가 저도 모르게 탄식을 토했다.

이건 생각보다 더 젊다.

상황이 상황이다 보니 상대가 생각보다 더 젊다는 것이 그렇게 부담스러울 수가 없다. 이렇게 어린 자에게 머리를 조아려야 한다 생각하니 가슴에 들어찬 돌덩이가 배는 더 무겁게 느껴졌다.

그때,

"총관님께서 이곳까지 저를 만나러 오신 것은 혹시 무림맹 입맹을 다시 권유코자 하시는 것입니까?"

천풍이 통성명도 채 마치기 전에 대뜸 그렇게 물어 왔다.

"예. 뭐, 그렇긴 합니다만……."

"그런 거라면 괜한 걸음 하셨습니다."

천풍의 말에 홍유는 가슴이 철렁 내려앉는 기분이었다. 그에 이 어린 애송이에게 머리를 조아려야 하는 처지가 되어 버린 것이다.

한데, 이어서 나온 천풍의 말은 그가 생각했던 것과는 조금 다른 것이었다.

"그렇잖아도 사람을 보내 청이라도 넣어 보려던 참이었습니다."

청이라니?

"청이라 하시면……?"

"무림맹 입맹 말입니다."

"……?"

"지금이라도 늦은 것이 아니라면 저희 현천문, 금일부로 무림맹에 입맹토록 하겠습니다."

"에?"

그 먼 길을 달려온 것이 무색할 만큼, 그간의 마음고생이 억울할 만큼 너무도 간단히 수락을 해 버린다. 덕분에 머리를 조아리는 굴욕은 면했지만, 그 수수하게 웃는 얼굴을 보고 있자니 왠지 더 기분이 나빠지는 홍유다.

'그럴 거면…… 그럴 거면 애당초 거절은 왜 한 거야?'

왜 거절을 해서는 사람을 괜히 고생시켰는가 말이다.

홍유의 억울하고 허탈한 심정이야 어쨌든 현천문은, 그리고 천풍은 그리해 혈풍의 복마전 속 무림맹으로 입성을 하게 된 것이었다.

『천국의 서』 8권에서 계속